Ursula Straub

Ich, das alte Kamel !

S-Verlag 2006

© Ursula Straub

S-Verlag
Mail: S-Verlag@web.de

Titelfoto: © Bjoern Goettlicher / VISUM

Lektorat: Ute Hehr
Layout und Satz: Sara Copray
Druck: Top Kopie, Frankfurt am Main

ISBN 3-00-017559-8

Frankfurt am Main 2006

Ich, das alte Kamel !

gewidmet meiner lieben Enkelin Svenja Karina

Mr. Bee

Ich liege müde unter einer Dattelpalme und sehe den Touristen entgegen, die gerade den staubigen Bus verlassen. Es sind 39 Grad Celsius im Schatten und alle stöhnen vor Hitze. Ich bin Fatima und gehöre zum Hotelpersonal. Da ich schon eine ältere Dame bin, wie Moussa immer sagt, muss ich nicht ständig arbeiten. Nur wenn die Touristen Kinder mitbringen, habe ich ein wenig zu tun. Heute ist eine gemischte Gruppe aus England und Deutschland angereist.

„Ladies and Gentlemen, meine Damen und Herren, wir sind jetzt endlich in der Oase Douz" sagt die Reiseleiterin Yvonne aus Holland und bittet alle zur Rezeption. Dort werden die Schlüssel für die Zimmer verteilt.
Die jüngste Touristin aus der deutschen Gruppe ist 19 Jahre. Sie hat ihr Abitur hinter sich und ist zum ersten Mal alleine unterwegs. Stefanie Aah ist eine hübsche Frau. Braune Kulleraugen, brünette Haare und ein freundliches Gesicht. Sie bekommt als Erste ihren Zimmerschlüssel und ist auch gleich mit ihrem 3-Tage-Gepäck verschwunden. Es drängt sie unter die Dusche. In einer halben Stunde ist Cocktail-Empfang für die neuen Gäste auf der Hotelterrasse. Und sie möchte noch vorher ihre Reisetasche auspacken und die Sachen im Schrank verstauen.
Das Zimmer ist klein und ob es rein ist, wird sich noch zeigen. Sie geht duschen, föhnt ihre halblangen Haare. Auf Make-up verzichtet sie. Nein, nicht so viel Schmiere bei der Hitze. Sie tauscht Jeans und T-Shirt gegen ein leichtes, buntes Sommerkleid aus. Pünktlich um 7.00 Uhr ist sie auf der Terrasse, wo die Begrüßung stattfindet. Es gibt leckere Säfte ohne Alkohol.

Welch ein Glück! Sie beäugt ihre Mitreisenden und stellt fest, gegenüber stehen drei Damen aus England. Lang, dünn, rötliche Haare, flachbrüstig, alle drei mit Brille und neben ihnen ein Ehepaar, Mister and Misses Dee, dunkelhaarig, klein und rund, nicht ganz so englisch wie die drei Damen. Und ein langer Kerl, „George Bee aus London", stellt er sich vor. Gentlemanlike! Die deutsche Gruppe besteht aus drei etwas älteren Ehepaaren und Stefanie.

Im gleichen Augenblick bemerkt Stefanie, dass sie beobachtet wird. Der Gentleman aus der englischen Gruppe lächelt ihr zu. Woher kennt der mich, fragt sie sich. Wohnt der auch im Hotel „Sahara" in Hammamet? Hat er mich dort womöglich schon mal gesehen? Was will der Kerl?, denkt sie. Der ist bestimmt schon 50 und könnte mein Vater sein. Schätzungsweise 1,90 lang, schlank, blaue Augen und mittelblondes Haar, gute Haltung, klasse Erscheinung! Für einen Engländer fast zu gut aussehend. Er trägt einen hübschen, khakifarbenen Safari-Anzug mit langer Hose. Shorts wären ihm bestimmt lieber, aber man ist schließlich in einem muslimischen Land und hier wird es nicht gerne gesehen, wenn man mit kurzen Hosen herumläuft. Und ein Mann von Welt hält sich selbstverständlich an solche Regeln. Die Menschheit hätte es sowieso viel leichter, wenn andere Kulturen und Religionen mehr Beachtung finden würden und wenn man ein bisschen toleranter miteinander umginge. Viel mehr gegenseitiges Verstehen und interessante Freundschaften könnten entstehen, denkt sich Fatima bei ihren Betrachtungen.

Die Gäste machen sich nun untereinander bekannt, und Mister Bee fängt gleich ein Gespräch mit Stefanie an. Ihre Zimmernummer ist ihm besonders wichtig. Er ist der Einzige aus der englischen Gruppe, der Deutsch spricht. Und er hat das Zimmer neben ihr. Zufall, oder hat er an der Rezeption geschmiert? Stefanie traut sich aber nicht dort nachzufragen; sie möchte weder neugierig noch unhöflich erscheinen.

Mister Bee wird von dem englischen Ehepaar angesprochen und hat jetzt Stefanie im Rücken. Aber Fatima sieht von ihrem Schattenplatz unter den Palmen alles was sich so auf der Hotelterrasse tut und plötzlich kratzt sich dieser feine Pinkel unterhalb der Gürtellinie. Und jetzt wieder! Und noch mal! Fatima denkt, ihn hat womöglich ein Moskito da unten gestochen.

Inzwischen hat sich auch der Fahrer des Klein-Busses, Ahmed, zu ihnen gesellt und sie lassen sich die Speisen vom Buffet schmecken. Besonders lecker findet Stefanie die großen Datteln. Und immer wieder erzählen sie sich von dem Sandsturm, der sie kurz vor dem Salzsee Chott el Djerid überraschte. Sie mussten mehr als eine Stunde in der Wüste ausharren, weil Ahmed keine Sicht mehr hatte. Dann mussten sie auch die Reifen des Busses vom Sand befreien. Alle Reisenden hatten Sand in Augen und Ohren, den Haaren und Nasenlöcher. Sehr unangenehm!
Für Fatima ist das nichts Besonderes. Sie lebt schon lange hier und kennt sich aus mit Sandstürmen. Tcha-Tcha, ihr guter „Alter", hat sich für die Nacht neben ihr niedergelassen und Moussa, ein Hotelangestellter, bringt den beiden Wolldecken, denn in der Wüste kann es nachts empfindlich kalt werden. Doch die beiden schlafen gerne unter den Dattelpalmen.

Mister George Bee unterhält sich wieder angeregt mit Stefanie Aah und sie ist von seinem Charme überwältigt. Er erzählt, dass er frisch geschieden ist, eine Tochter von 25 und einen Sohn von 21 Jahren hat. Die Tochter ist mit einem Banker liiert und sein Sohn studiert Medizin, will Orthopäde werden. Seine geschiedene Frau ist auch Ärztin.

Er selbst ist Kaufmann und zum ersten Mal in Tunesien in Urlaub. Früher ist er immer mit der Familie nach Teneriffa gereist, weil seine Frau das so wollte. Aber auf die Dauer wurde ihm das langweilig. Meredith, seine Ehemalige, hat jetzt dort eine Praxis zusammen mit ihrem Lover. Betrogen hat sie ihn mit mehreren Männern, das war dann auch letztlich der Scheidungsgrund.

Auch Stefanie ist zum ersten Mal in Tunesien. Sie erzählt George, dass sie Sprachen studieren möchte und dass sie nach diesem Urlaub vielleicht zu Bekannten in die französische Schweiz gehen werde um die vier Kinder der Familie zu betreuen. „Das kann aber sehr anstrengend werden mit vier Kindern", sagt George. Er schlägt ihr vor, zu ihm nach London zu kommen. Dort hat er einen gutgehenden English-Wool-Shop und Stefanie könne als Verkäuferin bei ihm arbeiten. Sie würde mit vielen Kunden zusammen kommen, was der flüssigen und guten Aussprache zugute käme. In seinem Haus am Stadtrand wäre auch die kleine Wohnung seiner Tochter frei. Und wenn es in London mal nicht regnet, könne man sich in den schönen Garten setzen. Stefanie gefällt die Idee und George gefällt ihr noch besser. Kurz nach 10.00 verabschieden sich die ersten Gäste und Fatima kann erkennen, dass George und Stefanie in ihren Zimmern verschwinden. Wäre ja auch in bisschen unverschämt, gleich in der ersten Nacht das nette deutsche Fräulein zu belästigen, denkt Fatima.
Stefanie geht in ihrem Zimmer erst mal auf Spinnen- und Skor-

pionsuche. Sie hat Angst, von diesen Biestern gebissen zu werden. Ist ja auch gefährlich! Aber außer einem kleinen Käfer im Bad findet sie nichts. Es ist alles sauber und gemütlich. Sie putzt sich die Zähne, bürstet ihr Haar und legt sich schlafen. Bevor sie einschläft, denkt sie immer wieder an George Bee.

Am nächsten Morgen sind verschiedene Besichtigungen angesagt. Zuerst der Kamelmarkt, dann eine Töpferwerkstatt und danach reiten sie auf Kamelen zu den großen Dünen. Stefanie ist begeistert, George ist „not amused", weil die Wolldecken, die man über die Kamele gehängt hat, dreckig sind und stinken. Stefanie bemerkt lachend:
„Mister Bee, wir sind nicht in Europa, sondern in der tunesischen Wüste. Ich bin schon froh, dass unser Hotel sauber ist", sagt sie. George nickt und schlägt Stefanie Aah das „du" vor. Sie willigt freudig ein. „Ich habe einen Kuss gut", sagt George. „Ich auch", erwidert Stefanie. Sie lachen laut und herzlich und müssen sich festhalten, damit sie nicht von ihren Kamelen fallen. George gesteht Stefanie seine große Zuneigung und Stefanie bedauert den riesigen Altersunterschied, aber verliebt in ihn sei sie schon.

Nach diesem Ausflug sind sie am Nachmittag wieder zurück in der Oase. Vor ihren Zimmern angekommen, nimmt George Stefanie spontan in die Arme, fasst mit beiden Händen ihren Wuschelkopf und küsst sie leidenschaftlich. Stefanie hat Schmetterlinge im Bauch und bunte Sternchen vor den Augen. Langsam lösen sie sich wieder und schauen sich verliebt an. „Bey-bey", sagt George, „wir sehen uns in 20 Minuten." Sie gehen duschen und sich für den Abend neu ankleiden.
Fatima hatte sich am Vormittag die Beine ein bisschen vertreten und liegt schon den ganzen Nachmittag auf ihrem Lieblings-

platz. Sie ist neugierig, wie es mit den beiden Liebenden weitergeht. Und da kommen sie auch schon gemeinsam. Stefanie erscheint wieder in ihrem bunten Kleid, George hat einen weißen Leinenanzug an. Sie nehmen sich jeder einen Liegestuhl und setzen sich direkt neben Fatima. „Jetzt haben wir noch ein halbes Stündchen zum relaxen", sagt George und wirft Stefanie eine Kusshand zu. Sie unterhalten sich über den Kamelritt, die Wüste und die Töpferei und Moussa bringt jedem ein großes Glas Saft. Dann erfährt Fatima, es ist bereits beschlossene Sache, dass Stefanie nach diesem Urlaub zu George nach London geht. Sie erfährt auch, dass die beiden sehr verliebt sind, aber eine Heirat nicht in Frage kommt, wegen des zu großen Altersunterschiedes von 33 Jahren. George hofft auf ein paar schöne Jahre mit Stefanie, aber er will der jungen Frau nicht den Weg für ihre Zukunft verbauen.

Sobald sie wieder in Hammamet im Hotel „Sahara" sind, will Stefanie gleich an die Familie Ixx in der Schweiz ein FAX schicken und mitteilen, dass sie nun doch nicht kommen kann. Sie habe bei der Abreise nach Tunesien am Frankfurter Flughafen eine ehemalige Freundin getroffen, die in London lebt, und diese hat sie gebeten, zu ihr zu kommen. Kleine Notlüge!

„Mein Privatleben geht niemanden etwas an", sagt sie leise vor sich hin. Ihren Eltern wird sie auch diese Notlüge auftischen, denn ihnen einen Freund von 52 Jahren zu präsentieren, wäre ja der reinste Wahnsinn. Wo ihr Vater doch noch etwas jünger ist. Er wird in drei Wochen 50 und diesen Geburtstag wird sie noch in Frankfurt mitfeiern und danach gleich nach London abreisen.
Fatima versteht fast alles. Außer Arabisch und Französisch hat sie auch etwas Deutsch und Englisch gelernt, durch die vielen

Touristen, die jährlich in die Oase Douz kommen. Und schließlich ist sie nicht dumm und vergessen tut sie sowieso nichts.

Der Oberkellner bittet die Gäste ans Buffet und Stefanie und George gehen zuerst mal an ihren Tisch. Sie sitzen mit einem deutschen Ehepaar zusammen. Herr und Frau Jott sind schon da. Sie begrüßen sich und erzählen von ihren Erlebnissen in der Wüste. Auf einen Kamelritt zu den Dünen haben die Jotts, wegen ihrer kaputten Bandscheiben, verzichtet. Aber die anderen Besichtigungen haben sie mitgemacht und fanden es sehr interessant. Jetzt bewundern auch sie Stefanies Kleid, genau wie Fatima. Sie können es besonders gut beurteilen, da sie selbst ein kleines Modegeschäft in ihrer Heimatstadt haben. Und George einen Wool-Shop in London. Also genug Gesprächsstoff für diesen Abend.

George geht mit Stefanie zum Buffet um Salat zu holen und sie flüstert ihm ins Ohr: „Voulez-vous coucher avec moi"? Er nickt und lacht. So viel Französisch kann er auch. Stefanie drückt ihm ihren Zimmerschlüssel verstohlen in die Hand, dann gehen sie wieder an ihren Tisch. Sie essen in aller Ruhe und unterhalten sich angeregt mit Jotts. Aber George schaut öfter mal heimlich auf seine Uhr und als es schon zehn vorbei ist, täuscht er plötzliche Migräne vor und verabschiedet sich. Zehn Minuten später gehen auch die Jotts. Sie sind müde und wollen noch für den nächsten Tag packen. Stefanie eilt in ihr Zimmer. Hier erwartet sie schon sehnsüchtig George.
Fatima ist das natürlich nicht entgangen und sie denkt, jetzt folgt eine heiße Liebesnacht. Und Fatima denkt richtig. George hat viel Gefühl und ist zärtlicher als ihr ehemaliger Freund. Der wollte wochenlang keinen Sex und wenn er einen Rappel kriegte, dann gleich fünfmal am Tag. Deshalb hatte sich Ste-

fanie vor ihrem Urlaub von Jochen getrennt. Außerdem war er unsauber. Schweißfüße und fettige Haare, das konnte sie überhaupt nicht vertragen.

Am nächsten Morgen hätten beide fast verschlafen. Sie packten eiligst ihre sieben Sachen, frühstückten nur kurz, denn sie wollten unbedingt noch zu Fatima. Die war auch noch schläfrig, bemerkte aber sehr schnell, dass Tcha-Tcha gerade nach den beiden spucken wollte. Sie wirft ihm einen bösen Blick zu und er verzichtet auf die Spuckerei. Stefanie streichelt ihr zärtlich über den Rücken und von George bekommt Fatima sogar einen Klapps auf den Po. Sie ist traurig, dass diese beiden schon wieder abreisen müssen. Aber so ist das mit den lieben Touristen. Kaum hat man sich an sie gewöhnt, müssen sie schon wieder die Rückreise nach Hammamet oder sonstwo antreten.
George und Stefanie versprechen, im nächsten Jahr wieder zu kommen. Es gefällt ihnen in Tunesien und ganz besonders in der Oase, in der sie sich kennen und lieben gelernt haben.
Hoffentlich lebe ich da noch, denkt Fatima, denn sie ist ja schon ein altes Kamel!

Kinder hatte sie fünf zur Welt gebracht, alles Einzelgeburten. Nur bei der letzten Geburt kamen Zwillinge. Eine Seltenheit bei Kamelen. Das Mädchen, ihr erstes Mädchen überhaupt, war sehr schwach und der Junge war tot. Also hatte sie nur vier Kinder und davon waren alle drei Söhne schon weg von der Familie, irgendwo mit den Berbern in der Sahara. Sie musste sich sehr um ihr Mädchen kümmern, länger als normal. Fatima nannte es Butterfly. Diesen Namen hatte sie mal von Engländern gehört. Der Name passte zu ihrem zarten Kind, das Beinchen wie Butter hatte und immer wieder in den

heißen Wüstensand plumpste. Zum Aufstehen und Säugen musste sie es ständig animieren. Und nachts musste sie es, zusammen mit Tcha-Tcha, warm halten. Inzwischen ist Butterfly mit einem jungen Kamelhengst befreundet.
Als hätte ihr guter „Alter" ihre Gedanken erraten, stupst er sie am Kopf und liebkost sie. Fatima schimpft mit ihm, weil er vorhin spucken wollte. So etwas tut man nicht, schon gar nicht bei netten Touristen.
Der Bus fährt ab und die Insassen winken alle dem Hotelpersonal zu und Fatima schaut den Abreisenden traurig hinterher. Jetzt denkt sie wieder an das bunte Sommerkleid von Stefanie und stellt sich plötzlich selbst in einem Kleid vor. Ein Kamel in einem Kleid. Wie mag das wohl aussehen?
Ich, Fatima, in Tunis oder Hammamet in einer Boutique. Gehe ganz locker da rein, knurre einen guten Tag und verlange erst mal ein Paar, nein, zwei Paar Nylons, kamelfarben. Oder schwarze Netzstrümpfe? Die Verkäuferin wird ganz blass vor Schreck und ruft nach ihrem Chef. Dem sage ich dann, ich möchte auch noch das flaschengrüne Abendkleid mit Pailletten bestickt, anprobieren. Der geht einen Schritt zurück, schaut auf mein Maul und die großen Zähne und stottert: „Meine Dame, Sie sind doch ein Tier." Zum Glück hat er nicht gesagt, „Sie sind ein altes Kamel". Obwohl das ja stimmt. War ja nur mal so eine Idee von mir.
Meine bunte Wolldecke, besonders die für die Nacht, ist ja auch sehr schön. Nur waschen müsste man sie mal. In einer supergroßen Waschmaschine, mit Extra-Super-Kamelwoll-Waschprogramm. Aber das Hotelpersonal hat sich auf die Touristen zu konzentrieren und wir Kamele sind ein sparsames Leben in der Wüste gewohnt. Ein bisschen Grünzeug und Wasser genügen schon. Da bleibt man auch schlank. Früher haben sie beide viele Lasten getragen, sind mit den Berbern stunden-

bzw. tagelang durch den Wüstensand gelaufen, um Waren an einen anderen Ort zu bringen. Tcha-Tcha war sehr stark und trug meist viele Stoffe, Teppiche und manchmal auch Tonkrüge. Ich trug immer den alten Abraham auf meinem Rücken, weil ich eine Frau bin und nicht so schwere Sachen schleppen kann. Und Abraham war schon ziemlich alt und gehbehindert.

Bevor es in der Wüste dunkel wurde, hatten die Männer ein Zelt aufgebaut, aber zuerst kriegten alle Kamele Wasser. Die Berber kennen genau die Stellen in der Wüste, wo man Wasser findet. Wasser ist lecker, wenn man das Maul voller Sand hat. Müssen Sie mal ausprobieren.
Die Berber im Zelt tranken Pfefferminztee und aßen Cous-Cous mit Hammelfleisch. Und zum Nachtisch Datteln. Später rauchten sie stundenlang Wasserpfeifen. Das ist gut für den Rachen bei so viel Staub. Nicht viel Gerede im Zelt, keinen Alkohol, keine Zigaretten. Ruhige, vernünftige Menschen, die ihre Freiheit lieben. Und wir Kamele schliefen vor den Zelten mit unseren schönen, bunten und stinkenden Decken auf dem Rücken.

Jetzt im Alter brauche ich, Fatima, kaum noch etwas tun. Ich bin sozusagen im Vorruhestand. Ab und zu tragen Tcha-Tcha und ich Touristen-Kinder auf unseren alten Buckel durch die Oase und in die nähere Umgebung. Selbst das fällt uns manchmal schwer. Wir beide haben es nämlich mit den Kniescheiben. Aber ich würde manchmal gerne noch ein Tänzchen wagen, so wie vor zwei Jahren. Da war eine deutsche Gruppe junger Leute hier und die machten nach dem Abendessen Musik und tanzten dazu. Ich habe mich hinter ein paar Palmen versteckt und mitgetanzt und schwang nicht nur meine vier Beine und

den Schwanz, nein, ich wackelte auch mit dem Po. Genau wie die Frauen. Das machte mich glücklich. Tcha-Tcha hat irritiert zugesehen. Wie kann man nur so verrückt sein?, dachte er wohl.
Jetzt kommt gerade Moussa und bringt zwei Eimer Wasser und Grünzeug. Danach ruhen wir uns aus. Und beim Ausruhen denke ich gern an frühere Zeiten. Plötzlich weiß ich auch, warum ich immer wieder an Stefanie Aah denken muss. Ich, das Kamel Fatima, war in meinem früheren Leben mal ein Mensch und lebte in der Nähe von Frankfurt am Main.
Ich hatte wohl einiges mit dieser jungen Frau gemeinsam. Und besaß auch ein so schönes buntes Sommerkleid wie Stefanie. Und Stefanie lebt auch in Frankfurt, das habe ich zumindest so verstanden.

Das Margarethchen

Und jetzt erzählt Ihnen das alte Kamel von seinem früheren Leben.

Also, ich war die Margarethe, oder auch das Margarethchen, und ging ab 1940 ins Gymnasium, teilweise mit Unterbrechungen, weil da schon dieses entsetzliche Gemetzel in Gange war. Krieg! Abschlachten, töten, vernichten, zerstören. Morden um jeden Preis. Menschenverachtender Größenwahn!

Wir wohnten im Ostend, preiswerte Altbauwohnung. Hässliche Gegend, kaum Grün. Aber der Ostpark war in der Nähe, dort gingen wir in besseren Zeiten gern spazieren.
Unsere netten Nachbarn wanderten 1937 nach Amerika aus und ich hatte keinen Spielkameraden mehr. Das war alles so schrecklich für mich. Außerdem wollte Nathan mit mir zusammen ins Gymnasium. Wir zwei hatten so viele Pläne, haben viel miteinander gelacht und gespielt. Seine Eltern haben gesagt, es sei notwendig, dass sie von Deutschland fortgehen. Ich verstand das damals nicht so recht. Als sie abreisten, schenkte ich Nathan mein einzigstes Plüschtier. Einen schwarzen Hund. Wir umarmten uns und weinten.

Zwischenzeitlich haben Mama, meine beiden Brüder und ich Frankfurt verlassen und sind zu den Großeltern aufs Land gezogen. Wegen der Bomben. durch den ständigen Schulwechsel war es mir kaum möglich, Freundschaften zu schließen.
Als unser Papa im September 1945 wieder heimkam, Gott sei Dank, war er erst mal arbeitslos. Und die Hungerei wurde für

uns alle sehr schlimm. Mit unseren alten Fahrrädern sind wir manchmal in die Wetterau gefahren und haben dort ein paar Kartoffel und Obst erbettelt oder auch geklaut. Danach mussten die uralten Fahrräder wieder repariert werden. So war das eben. Also ging ich schon mit 16 Jahren von der Schule ab und wollte mir eine Stelle suchen, um Geld zu verdienen. Hätte ja lieber Abitur gemacht.
Doch Mama wurde in jener Zeit krank, Verdacht auf Tuberkulose. Also ab ins Krankenhaus. Sie war jedoch nur unterernährt und musste ein bisschen aufgepäppelt werden. Ich führte den Haushalt. Und an dem Tag, als Mama aus der Klinik kam, wollte ich es besonders gut und schön machen. Ich stolperte beim Putzen im Treppenhaus, rollte die Treppe runter und brach mir den linken Knöchel. Schei..! habe es nicht ausgesprochen, nur gedacht. Denn nun musste ich für einige Tage ins Krankenhaus. Die Aufregung war groß.
Alle haben mich verwöhnt, so gut es ging in dieser schweren Zeit. In der Klinik habe ich mich so richtig satt essen können. Es schmeckte nicht besonders gut, aber der Hunger verging. Und nebenbei habe ich mich in einen Arzt verknallt, aber der war schon längst vergeben. Hatte einen Ehering an. Und mit dem blöden Gipsbein war ich wohl nicht sehr attraktiv. Ich beschloss sofort, Krankenschwester zu werden. Wollte unbedingt auch einen Arzt als Mann, weil sie im weißen Kittel so schnieke aussehen.
Eine weiße Weste hatten die meisten Ärzte allerdings nicht, wie sich noch rausstellen sollte.

Mein Papa bekam wieder seinen ehemaligen Arbeitsplatz im Finanzamt und ich bewarb mich um eine Stelle in dem Krankenhaus, in dem ich gerade mein Bein kuriert hatte. Und das klappte dann auch. Ich wurde Lernschwester für drei Jahre.

Als ich mit 16 Jahren meinen Dienst antrat, war ich furchtbar aufgeregt. Aber die anderen Mädels auch.
Schwester Felicitas, die Oberin, war immer sehr streng mit uns Lernschwestern. Selbst die Blumenvasen durften wir nicht einfach mit Wasser ausspülen, nein! Sie wurden mit der Bürste und Scheuermittel geschrubbt. Und Schwester Felicitas beobachtete uns mit strengem Blick über ihre Doppelglasbrille hinweg bei dieser Tätigkeit.
Ich lernte schnell mit Kacka und Pipi umzugehen und mich nicht mehr davor zu ekeln. Ausgespucktes musste vom Boden gewischt werden, anfangs hätte ich am liebsten dazu gekotzt, es hat mich immer gewürgt. Aber wir hatten ja keine Putzfrauen. Das mussten wir Lernschwestern erledigen. Abends war ich total zerschlagen.

Papa wollte immer, dass ich der Mama noch im Haushalt helfe, aber das war manchmal unmöglich, so müde war ich. Ich sollte auch die Schuhe meiner beiden Brüder putzen, die schlapprigen Trainingshosen ausbürsten und Vokabeln abhören. Aber da gab es einmal richtigen Krach und die Sache war geklärt. Meine Brüder waren immerhin 14 Jahre alt. Sie mussten ihre dreckigen Sachen von nun an selbst reinigen. Ich hatte mich ganz auf meinen zukünftigen Beruf zu konzentrieren, musste viel lernen und viel arbeiten und das habe ich lautstark der Familie klar gemacht. Außerdem musste ich noch Ausschau nach einem geeigneten Arzt halten, mit dem man vielleicht mal ausgehen konnte. Im letzten Lehrjahr klappte das auch, mit Dr. Claus Weh. Wir waren ein Jahr lang locker befreundet, mehr war da nicht. Er war ziemlich langweilig. Aber er nützte mir sehr für meine Abschlussprüfung.
Nachdem ich mit der Ausbildung fertig war, bekamen wir auch einen neuen Chef in der Chirurgie. Der Typ sah super

aus. Aber es sollte sich herausstellen, dass er ein Dreckskerl war, der Herr Professor, Dr. Willy Zett. Maria, die Stationsschwester, hat uns alle vor ihm gewarnt. Sie kannte ihn aus einem Kölner Krankenhaus, wurde aber nicht sehr konkret. Leider!

Eines Tages traf ich auf dem Nachhauseweg Anita. Sie war früher mit mir zusammen Lernschwester. Jetzt saß sie im Treppenhaus der Klinik und heulte literweise Tränen. Ich nahm Anita in die Arme und wollte sie beruhigen, aber es wurde immer schlimmer. Plötzlich schrie sie mehrmals laut: „Drecksau, Dreckskerl, verdammtes Schwein!"
„Wen meinst du damit Anita?" fragte ich. Aber sie heulte weiter und schüttelte den Kopf. Jetzt traute ich mich nicht, noch mehr zu fragen. Wollte das arme Ding nicht ganz aus der Fassung bringen. Wir verließen gemeinsam die Klinik und ich begleitete sie ein Stück auf dem Heimweg. Anita murmelte immer wieder „Drecksau".

Warum ist eigentlich „Drecksau" ein Schimpfwort, fragte ich mich. Schweine suhlen sich nun mal gerne im Schlamm. Das gehört einfach zu ihrem Wesen. Ist doch nicht schlimm. Und eine Sau ist ein Muttertier, also die liebe Mama der Ferkelchen. Oder haben Sie schon mal gehört, dass Frau Sau zu ihren Kindern und ihrem Eber sagt: „Am Sonntag gibt es einen schönen Menschen-Rollbraten." Würde doch keinem Schwein einfallen, der Familie so etwas zu servieren, womöglich noch auf Markenporzellan. Aber bei uns gibt es am Sonntag Schweine-Rollbraten. Die arme Sau!

Am nächsten Tag haben Anitas Eltern die Kündigung für ihre Tochter abgegeben. Und niemand erfuhr, warum sie gekündigt hat. Es hieß nur, Anita ist krank. Ich bot meinen Besuch an, aber die Eltern sagten, es sei ansteckend. Wir könnten ja irgendwann, wenn es Anita besser ginge, mal miteinander telefonieren. Wir hatten aber noch gar kein Telefon. Und von der Klinik aus war es streng verboten, Privatgespräche zu führen.

Drei Wochen später traf ich den Herrn Professor Dr. Zett alleine auf dem Flur. Ich war mit meinem Nachtdienst fertig und wollte nach Hause, da rief er mich ins Bad. „Fräulein Margarethe, kommen sie mal bitte hierein", sagte er. Was ich nicht sah, er schloss die Tür von innen zu. Und er stellte mir die Frage: „Haben sie schon die Spezialuntersuchung machen lassen?" „Welche Untersuchung meinen Sie, Herr Professor", fragte ich und dachte plötzlich an Anitas ansteckende Krankheit. So doof war ich damals.

„Ach, Sie fragen zu viel, Margarethe. Legen Sie sich mal hier auf das Bett und wir erledigen das gleich. Keine Angst, das geht ganz schnell." Ich legte mich arglos auf das schmale Untersuchungsbett und der Chefarzt rückte mich weit nach vorne, riss mir meinen Slip vom Leib und ich fühlte ein entsetzlich großes und hartes Etwas zwischen den Beinen und er fragte mich mit hochrotem Kopf: „Sind Sie noch jungfräulich?". Ich nickte und schrie: „Au, au" dann spürte ich nur noch Watte auf meinem Gesicht und Äthergeruch. Für einige Minuten war ich weg. Und als ich wieder zu mir kam, war der Herr Professor, im feinen weißen Kittel, damit beschäftigt, mir Blut abzuwischen und meinen Slip hochzuziehen. Dann ging er wortlos aus dem Bad.

So elend und schmutzig habe ich mich in meinem ganzen Leben noch nicht gefühlt wie in diesem Augenblick. Langsam ließ ich mich von dem Untersuchungsbett gleiten. Mir war nur zum

Heulen. Vorsichtig öffnete ich die Badtür und ging schnell über den Flur ins Treppenhaus, um möglichst von niemandem auf der Station gesehen zu werden.

Am Klinikausgang erwartete mich Maria, die Stationsschwester. „Wie siehst du denn aus, Kindchen", sagte sie zu mir. Ich kriegte einen Weinkrampf. Maria war aus dem Rheinland und wohnte direkt neben dem Krankenhaus in einem Schwesternwohnheim. Sie nahm mich mit in ihre kleine Wohnung, wischte mir das Blut von den Beinen und fragte ganz direkt: „War der Professor Zett mit dir im Bad und hat er dich vergewaltigt?" „Ich habe euch nämlich dort reingehen sehen. Kenne seine Masche! Mir kannst du es ruhig sagen, denn mich hat er damals in Köln auch vergewaltigt. Und vermutlich auch Anita. Ich sagte euch ja, dass ich ihn von früher kenne. Er ist noch niemals angezeigt worden, der Hund. Alle Schwestern schämen sich, darüber zu sprechen. Aber wenn er dich auch betäubt und dann vergewaltigt hat, sollten wir ihn gemeinsam anzeigen, denn jetzt reicht es." Mir war so elend, aber ich hatte auch das Bedürfnis, auf Marias Vorschlag einzugehen. Gemeinsam gingen wir zur Polizei.

Maria hat erst mal nach einer Polizistin gefragt, aber dann kam ein sehr netter älterer Polizist und der wusste auch gleich, worum es ging. Hat es mir wohl angesehen. Er protokollierte alles und schickte mich gleich zu einer Frauenärztin. Wir brauchten nicht warten, ich wurde sofort untersucht. Und die Ärztin versprach, einen entsprechenden Bericht zu verfassen. Auch hier bekam ich wieder einen Weinkrampf, konnte kaum etwas erzählen, aber meine liebe Maria war ja dabei und hatte das alles auch erlebt. Sie war mir eine große Hilfe in dieser Situation. Dann begleitete sie mich nach Hause und berichtete al-

les meiner Mutter. Zum Glück waren meine Brüder und Papa nicht da. Mama hat dann mit mir zusammen geheult.
Ihre Bestürzung war riesengroß. Sie nahm mich lange in die Arme, und das tat sehr gut. Noch am Abend gingen Maria und ich zu Anitas Eltern. Wir haben erst mal gar nicht nach Anita gefragt, sondern gleich von unseren Vergewaltigungen erzählt. Sie waren entsetzt, dass dies auch uns passiert ist, und berichteten dann freiwillig von ihrer Tochter, die sie zu einer allein lebenden Tante auf die Insel Nordeney geschickt hatten, um sich dort von dem Erlebten erholen zu können. Anitas Eltern und auch die Tante waren der Ansicht, dass Anita eine psychologische Betreuung benötigte. Und sie hatten auch schon eine Psychotherapeutin in Frankfurt gefunden und mit ihr dann in unserem Beisein telefoniert.

Anita wollte sowieso in den nächsten Tagen, zusammen mit der Tante, nach Hause kommen. Und ihre Eltern sowie die Therapeutin waren bereit, mit Anita zu reden, damit diese sich der Anzeige von mir und Maria anschließt. Nach zwei Wochen gingen wir gemeinsam zu einer Anwältin und die Sache kam endlich ins Rollen.

Herr Professor Dr. Zett wurde plötzlich beurlaubt. Maria hatte in der Kölner Klinik ehemalige Kolleginnen gefragt, ob er dort auch....usw. Es haben sich vier Schwestern gemeldet, die jetzt ebenfalls Anzeige erstatteten.
Die Chefstelle in der Chirurgie musste neu besetzt werden. Und Herr Dr. Kaah aus Wiesbaden, der schon jahrelang in unserem Krankenhaus tätig war, bekam endlich diesen ersehnten Posten. Der „Schweinsprofessor", wie wir ihn nannten, wurde nach einigen Monaten zu hohen Geldstrafen verurteilt und wanderte sogar in den Knast.

Schwester Anita erholte sich nur sehr langsam von alledem und sie wollte nie wieder in einem Krankenhaus arbeiten. Sie suchte sich einen anderen Arbeitsplatz und fand eine Stelle als Arzthelferin bei einer Kinderärztin.

Martin, der Hanseat

Ich blieb vorerst in unserer Klinik auf der Chirurgie. In dem sehr kleinen Zimmer 312 lag am Fenster eine „Galle", 78 Jahre. Und davor, am Waschbecken, der 35-jährige „Blinddarm", gebürtiger Hamburger, wie er sagte, typischer Hanseat.
Er lag so gerade im Bett, dass man dachte, er habe einen Zollstock dabei und genau abgemessen, damit er auch mittig liegt. Der „Blinddarm" war sehr blass, erst vor zwei Tagen operiert und bekam von mir heute sein erstes Hafersüppchen mit drei Krümel Salz. Lecker!
Irgendwie tat er mir Leid. Hat auch nicht alles aufgegessen, war wohl im Frischoperiertenstreik mit der ganzen Welt.
Die „Galle" stand kurz vor der Entlassung. Der Typ hatte immer wieder die rechte Hand unter der Zudecke und bearbeitete seinen schlaffen Friedolin.
Hilft nichts mehr, Oppa, dachte ich, noch nicht mal „al dente" wird deine Nudel. Und mit dieser Hand schmierte er auch sein Brötchen, aß zu Mittag und begrüßte seine Besucher. Mir reichte er auch immer die rechte Hand, um mich höflich zu begrüßen, wenn ich mit dem Fieberthermometer kam. Aber ich übersah das einfach und klemmte ihm das Ding unter den Arm.

„Heute begleite ich Sie zur Toilette", sagte ich zu unserem „Blinddarm". Sein Name stand auf dem Schild vorn am Bett: Martin Peh! Ich half ihm aus dem Bett und wir gingen ganz langsam über den Flur zur Toilettentür. „Das schaffe ich jetzt alleine", sagte Herr Peh. Ich hatte auch nicht vor, ihm zuzuschauen. Es gab genug andere Arbeit. „Bitte klingeln Sie, wenn

Sie fertig sind", bat ich ihn und er nickte. „Sie dürfen noch nicht alleine laufen". Er schaffte es doch, alleine ins Bett zu kommen. Wollte er mir etwas beweisen, dieser Martin Peh?
Ich brachte ihm einen Kamillentee und fragte neugierig: „Und warum liegen Sie als Hamburger in einem Frankfurter Krankenhaus?" Er erzählte mir, dass er seit kurzer Zeit in einem Dorf im Taunus bei den Großeltern wohne. Wenn der nicht so blass wäre, dachte ich, würde er mir vielleicht ganz gut gefallen. Muss ich mir warm halten, den Martin. Ein bisschen mehr Zuwendung als normal schadet ja nicht. Und wenn er wieder alleine gehen kann, dann mal in den Garten schicken, damit er rote Wangen bekommt.
Am nächsten Tag war er mit der Fragerei dran: „Schwester Margarethe, wenn ich wieder gesund bin und das Krankenhaus verlassen darf, würde ich Sie gerne mal einladen. Was halten Sie davon?" Ich hielt sehr viel davon, war aber vorsichtig mit der Antwort. „Wenn es mein Dienst erlaubt und Sie sich erst mal meinen Eltern vorstellen, dann bin ich gerne bereit." „Sie sind eine liebe Schwester", sagte Herr Peh und sein Bettnachbar stimmte freudig zu.
„Ja, gehje se moal schee mit dem Mädsche fort, däss hott doch immer soa veel Aweit do drinn, unn iss doch immer soa freindlich, gell?" Ich lachte beide an und gab dem lieben Herrn Peh zu verstehen, dass er aber noch mindestens eine Woche bei uns bleiben müsse.
„Was machen Sie denn beruflich", fragte ich und Herr Martin Peh antwortete: „Ich bin Apotheker." „Daher kennen Sie alle Medikamente so gut."
Es klopfte an der Tür und seine Großeltern kamen zu Besuch. „Guten Tag Jungchen", sagte die Oma und umarmte den gar so kranken Enkelsohn; der Opa tätschelte ihm aufmunternd auf die Schulter. Sie hatten ein paar Blümchen mitgebracht und

ich beeilte mich, um eine Vase zu holen. Dann verschwand ich wieder ganz schnell, wollte ja nicht stören und musste auch noch Verbände in dem Nachbarzimmer wechseln.

Am nächsten Tag, gegen Mittag, wurde Oppa, „die Galle", entlassen. Er steckte uns zehn Mark in die Kaffeekasse. Das war viel! Und ich bedankte mich ganz freundlich und wünschte weiterhin gute Gesundheit, wie sich das ja auch so gehört.
Unserem blassen „Blinddarm" ging es von Tag zu Tag besser. Er lag einen Tag allein, dann kam ein zwölfjähriger Junge zu ihm ins Zimmer, ebenfalls Blinddarm. Der hatte starke Schmerzen und musste nachts noch notoperiert werden, sonst wäre sein Blinddarm geplatzt. Und das ist sehr gefährlich. Mit so einem vereiterten Ding ist nicht zu spaßen.
Martin Peh machte sich große Sorgen um den Jungen. Das gefiel mir. Der Mann hat Herz, dachte ich. Ein weiterer Grund, mit ihm auszugehen. Vielleicht gehen wir schön Essen und dann ins Kino oder in ein Konzert, das wäre toll. Ich würde so gerne mal was Besonderes essen. Bei uns gab es alle zwei Wochen sonntags Schweinebraten, Klöße oder Nudel und Gemüse, weil Papa das so gerne mochte. Und am nächsten Tag gab es die restlichen Klöße in der restlichen Soße warm gemacht und das aufgewärmte Restgemüse. Ich aber hatte Lust auf Hühnerfrikassee, Reis und Salat, kannte das nur vom Hörensagen. Für so was Feines, sagte Mama immer, haben wir kein Geld.

An Martin Pehs Entlassungstag kamen seine Eltern aus Hamburg und holten ihn ab. Zum Glück hatten wir vorher unsere Adressen ausgetauscht, denn seinen Abschied habe ich nicht mitbekommen. Es gab außer Martin auch noch weitere Patienten, die meine Hilfe brauchten. Und plötzlich war sein Bett leer. Weg, der Gute. Nur Maria hatte einen Gruß von ihm für mich erhalten. Der Tag war nun total versaut. Schon wieder wird die arme Schweinemama missbraucht.

Als ich abends nach Hause kam, sagte mein Vater lächelnd: „Der Blumenstrauß im Wohnzimmer wurde für dich abgegeben." Ich rannte damit gleich in meine kleine Bude und las den Brief, der in dem bunten Blumenstrauß steckte.

„Liebe Schwester Margarethe, leider ging heute früh alles sehr schnell mit meiner Entlassung aus der Klinik und ich bedaure es außerordentlich, dass ich Ihnen nicht mal ‚Auf Wiedersehen' sagen konnte. Sie waren einfach nicht auffindbar. Hätte Sie auch gerne meinen Eltern vorgestellt, die aus Hamburg angereist sind. Von Schwester Maria konnte ich erfahren, dass Sie am kommenden Sonntag keinen Dienst haben und ich würde Sie gerne um 14.00 Uhr zu Hause abholen. Heute Mittag habe ich bei Ihrer Mutti Blumen für Sie abgegeben und sie sagte, sie und ihr Vater hätten nichts dagegen, wenn ich Sie zum Kaffee abholen würde. Wir fahren dann in den Taunus zu meinen Großeltern und Eltern.
Ihr dankbarer Patient Martin Peh".

Oje, dachte ich, jetzt werde ich gleich dem ganzen Familienclan vorgestellt, wie schrecklich! Also nichts mit Hühnerfrikassee und Kino. Na ja, mal sehen, was da auf mich zukommt.

Samstag hatte ich nur einen halben Tag Dienst und erzählte natürlich alles Maria. Sie sagte mir, dass seine Eltern auf sie einen sehr guten Eindruck machten, aber sie hatte sie gerade mal zehn Minuten gesehen und gesprochen. Schließlich kann man sich auch verstellen, ich jedenfalls könnte das. Fragt sich nur, wie lange so was gut geht.

Es wurde Sonntag und ich konnte kaum was zu Mittag essen, so aufgeregt war ich. Half Mutti beim Abwasch und zog dann mein bestes Kleid an, ein bisschen Rouge kam auf die Lippen und ein paar Tröpfchen 4711 oder mal 4612 hinter die Ohren.

Der September war noch sehr warm. „Eine Strickjacke solltest du vielleicht mitnehmen, es könnte ja spät werden, bis du zurück bist", ermahnte mich Mama. Und ich befolgte ihren wohlgemeinten Rat. Es war schon 14.00 Uhr vorbei und von dem „Blinddarm" war nichts zu sehen. Von meinem Fenster aus konnte ich nämlich das Geschehen auf der Straße genau beobachten. Ich wurde immer nervöser. Aber jetzt!

Ein alter Opel fährt da ganz langsam die Straße runter an unserem Haus vorbei auf einen kleinen Parkplatz. Der Typ hat doch niemals ein Auto, dachte ich. Hat er doch!
Ein paar Minuten später klingelt es und Herr Peh steht vor der Tür. Er begrüßt alle herzlich und fragt gleich meine Eltern, ob ich auch zum Abendbrot bleiben könnte. „Kann sie – Essen gespart", sagte mein vorlauter Bruder Tobias und erhielt dafür einen Klaps hinter „die Löffel" wie Papa zu sagen pflegte.
„Aber bringen Sie unsere Tochter bitte bis spätestens 21.30 Uhr nach Hause, sie hat Morgen wieder Frühdienst", bat Vater.
„Ja, selbstverständlich", sagte Herr Peh.
Meine Mama hatte für mich ein paar Rosen aus Nachbars Garten erbettelt und Papa steuerte eine Flasche Weißwein „Kröver Nacktarsch" dazu. Dann gingen wir die zwei Treppen runter, über die Straße zum Parkplatz. So aufgeregt wie jetzt war ich noch nicht mal beim letzten Besuch meiner Gynäkologin, ich hatte ganz nasse Hände.
Martin Peh half mir in den Wagen und lächelte mich an. „Der gehört meinem Großvater und ich darf ihn auch ab und zu

fahren." Ich bewunderte das Fahrzeug, weil mir plötzlich der Gesprächsstoff ausging.
Wir fuhren los und hielten nach 40 Minuten vor einer älteren Villa mit riesigem Grundstück. Herr Peh strich mir plötzlich übers Haar und sagte: „Keine Angst, Mädchen, hier drinnen beißt sie niemand. Ich schlage vor, wir zwei duzen uns ab jetzt, Margarethe." „Ich soll Sie also ab sofort ‚Martin' nennen?" „Ja, bitte, Margarethchen." Und dann gab er mir einen Kuss auf die Wange.

Wir gingen an dem schönen Haus vorbei in den Garten und dort erwartete man uns schon. Ich wurde rumgereicht, also vorgestellt. Und übergab brav meine Röschen und den „Kröver Nacktarsch" und Martin packte die Flasche Wein aus und lachte sich fast kaputt über das Etikett. Der Junge streckt nämlich seinen nackten Po dem Weingenießer direkt ins Gesicht
Mir war das peinlich. Papa hätte mir auch eine andere Flasche Wein mitgeben können, ohne nackten Hintern drauf. Aber Papa hatte wohl nur die eine Sorte im Keller. Seinen Lieblingswein.

Es standen drei Kuchen auf dem Tisch. Gedeckte Apfeltorte, Käsekuchen mit Aprikosen, selbstgebacken von Martins Oma, und eine Schwarzwälder Kirschtorte vom Konditor. Diese Familie muss ganz schön verfressen sein, dachte ich. Alle waren sehr lieb zu mir, so dass meine anfängliche Scheu schnell vorbei war und ich mich mit jedem nett unterhielt.
Und da ich mittags kaum was gegessen hatte, passte ich meinen Appetit der Gesellschaft an. Ich aß von jedem Kuchen ein Stück und war immer noch nicht satt. Aber mehr zu essen verkniff ich mir aus purem Anstand. Dann half ich beim Abräumen des Tisches und trug mit Martin und seiner Mutter das

Geschirr in die Küche. Das Haus war toll. So etwas hatte ich noch nie gesehen. Wenn diese Leute reich sind, dann wird bestimmt nichts aus mir und Martin, ging es durch meinen Kopf. Und es fiel mir auch ein, dass Martin ja 15 Jahre älter ist als ich. Also erst mal keine Hoffnungen machen und alles schön auf sich zukommen lassen.

Wir beide durften uns dann absetzen, das heißt, wir gingen in den parkähnlichen Garten. Ganz am Ende stand ein kleiner Pavillon und dort setzten wir uns hin und ich sagte zu Martin: „Ihre, nein, deine Großeltern und Eltern sind wohl sehr reich?" Martin lachte und erzählte mir, dass seine Großeltern wirklich ziemlich wohlhabend seien, die Eltern aber nicht. Seine Mutter sei das einzigste Kind und Opa Hermann sei Chemiker und hätte ganz wichtige Pillen erfunden, die auf der ganzen Welt gebraucht würden. Danach habe er sich dieses Grundstück mit Haus kaufen können. Sie hätten auch einen Gärtner und eine Haushälterin. Opa Hermann wollte gerne, dass seine Tochter ebenfalls Chemie studiert, aber dazu hatte seine Mutter keine Lust. Sie wurde mit 19 Jahren schwanger und wollte schnellstens heiraten. Irene zog zu Otto und seinen Eltern nach Hamburg. Sie hatten zwar nur ein Einfamilienhaus, aber Opa Hermann schenkte seiner Tochter so viel Geld zur Hochzeit, dass sie anbauen und das Haus vergrößern konnten.

„Martin, musstest du in den Krieg, du bist doch 1915 geboren und warst beim Ausbruch 24 Jahre alt." „Ja, Margarethchen, ich hätte schon gemusst, aber wir regelten das anders. Meine Eltern hatten panische Angst, dass ihr einziges Kind umkommt und so ließen sie sich auf den Vorschlag eines lieben Freundes ein, der Verwandte in Wien hatte und die politische Lage sehr gut einschätzte.

Familie Silbernagel verließ 1937 Hamburg und sie nahmen mich als Neffen mit nach New York. Die Überfahrt mit dem Schiff dauerte endlose drei Wochen und wir hatten fast immer schlechtes Wetter. Das Essen blieb nie lange in uns. Auf dieser Fahrt nahmen wir alle zwischen vier und sieben Kilo ab. In N.Y. lebten wir zwei Jahre, dann brach der Krieg in Deutschland aus.
Wir verrichteten alle nur Hilfsarbeiten in dieser großen Stadt, aber ein gutes Angebot aus Chicago beflügelte die Familie umzusiedeln. Herr Silbernagel war Kürschner und in Chicago war ein Laden zu mieten. Wir bekamen im gleichen Haus eine große Wohnung, so dass ich hier ein eigenes Zimmer bewohnen konnte. In N.Y. hatten David, Sarah und ich zusammen ein Zimmer. Hier am Michigan-See halfen wir anfangs alle in der Kürschnerei mit und ich beendete mein Pharmazie-Studium. Ab 1944 bekam ich eine Anstellung in einem Pharmazie-Konzern und arbeitete dort im Labor.
Obwohl mir die Gegend sehr gut gefiel, hatte ich an manchen Tagen entsetzliches Heimweh. Post aus Deutschland von meinen Eltern kam nur selten und spärlich. Von meinem Heimweh habe ich den Eltern nichts mitgeteilt. Wollte sie nicht traurig stimmen. Es war ja schrecklich genug, was da in Europa passierte. Mein Vater musste nicht an die Front, da er vom Ersten Weltkrieg eine schlimme Verletzung am linken Arm hatte. Für ihn war diese Verletzung jetzt ein Glücksfall. Er arbeitete in einem Krankenhaus als Buchhalter und manchmal auch als Krankenpfleger. Je nach dem, was nötig war.

Die Arbeit im Labor machte mir Spaß und meine Kollegin, die jung verheiratet war, war sehr nett zu mir. Besonders nett!
Wir kannten uns schon ein halbes Jahr, als es ihr immer schlechter ging. Ständig rannte sie zur Toilette. Und ihr Busen

wurde plötzlich so üppig. Sie erzählte mir eines Tages, dass sie im vierten Monat schwanger sei.
Hier wurden wir von Martins Oma Katharina unterbrochen. Sie brachte uns Zitronenlimonade und klärte uns über die Hecken und sonstigen Pflanzen im Garten auf.
„Kindchen", sagte sie zu mir, „wir wollen heute Abend Kartoffelsalat mit Würstchen und Russischen Eiern essen, mögen Sie das?" „Oh, ja, Frau Quh, das mag ich. Vielen Dank!"
Dann eilte sie zum Haus um die Vorbereitungen zusammen mit ihrer Tochter für den Abend zu treffen.

Martin erzählte weiter von Chicago und der schwangeren Kollegin. Ihr Mann war Ingenieur und wurde plötzlich für ein paar Wochen nach Florida geschickt, ausgerechnet jetzt in ihrem Zustand. Es war Sommer und Martin begleitete Mary-Anne zum Baden im See und auch nach Hause oder auch mal ins Kino. Er hatte sich in diese Kollegin ein bisschen verliebt, obwohl das eigentlich nicht anständig war, wie er bemerkte. Schließlich war sie glücklich verheiratet. Aber Martin hatte bis dahin noch keinen Sex und die Kollegin große Lust darauf, wie sie ihm sagte. Und so kam es dann auch, dass er mit ihr ein richtig unmoralisches Verhältnis einging. Es war ja so praktisch mit einer schon schwangeren Frau. Da brauchte man nicht aufpassen.

Fast wäre er eines Tages vom Ehemann der lieben Mary-Anne erwischt worden. Der kam nämlich früher aus Florida zurück, wollte sein Weibchen überraschen und Martin suchte über die Terrasse das Weite. Von da an konnten sie sich nicht mehr treffen, was beide sehr bedauerten. Aber es war auch gut so, denn Marys Bauch hatte schon sehr an Größe gewonnen und Martin hatte Angst um sie und das Baby. Zwei Monate später kam ein kleiner Taylor zur Welt.

Martin erzählte wieder von der Schiffsreise. Kurz vor New York war es so stürmisch, dass vielen das Essen vom Tisch rutschte. Ein 82-jähriger Passagier regte sich so auf, dass er einen tödlichen Infarkt bekam. Alle waren froh, als sie endlich von dem Kahn konnten. „Nie wieder mache ich eine Schiffsreise", sagte Martin. „Als der Krieg vorbei war, bin ich mit dem Flugzeug nach Paris geflogen und von dort mit dem Zug nach Hamburg weiter gereist. Das fand ich wesentlich angenehmer."
Er nahm mich plötzlich in seine Arme und küsste mich innig. „Margarethe, dich würde ich am liebsten sofort heiraten." Ich sah ihn wohl sehr verblüfft an.
„Ja, Mädchen, ich liebe dich." „Aber wir kennen uns doch kaum, Martin. Ich glaube, wir sollten mit dem Heiraten noch ein wenig warten." „Liebst du diese Mary-Anne noch?", fragte ich ihn etwas grob. „Nein, meine Liebe, das ist doch nur eine schöne Liebelei gewesen, etwas zum Anlernen, aber nichts Ernstes. Außerdem war Mary-Anne immer in einen supergroßen Farbkasten gefallen, das gefiel mir überhaupt nicht, aber es ging mich auch nichts an."
Jetzt wollte Martin von mir wissen, ob ich schon einen Freund hatte, usw. Aber da konnte ich ihm nicht viel bieten. Nur meine Kinderfreundschaft mit Nathan und dessen plötzliche Abreise ebenfalls in die Staaten. Außerdem ein Jahr lockere Beziehung mit Dr. Claus Weh, der mir viel Hilfestellung bei der Abschlussprüfung zur Krankenschwester geleistet hatte, aber auch nicht mehr. Und dann die Vergewaltigung durch Herrn Professor Dr. Zett.
„Ich kann dir noch keine Einzelheiten erzählen, Martin, weil mich das immer noch sehr belastet", sagte ich. Martin war äußerst bestürzt. Er nahm mich wieder in seine Arme und sagte leise: „Da muss ich wohl irgendwann sehr behutsam mit dir umgehen, Margarethchen."

Ich nickte nur und vergoss ein paar Tränen. Er nahm mich an der Hand und ging mit mir durch den Garten und erzählte noch ein bisschen von Amerika, seiner Rückkehr nach Hamburg und den dortigen Großeltern, die leider bereits verstorben waren, als er endlich aus den Staaten zurückkam.

In Hamburg war Martin als Apotheker für einen Hungerlohn in einer uralten Apotheke bei einer ebensolchen und auch noch bösartigen Chefin angestellt gewesen. Das hielt er nicht lange aus. Sein Großvater Hermann aus dem Taunus hatte Mitleid mit dem Enkelsohn und kaufte ihm in der Frankfurter Innenstadt eine kleine Apotheke, so dass er jetzt sein eigener Chef war. Und er konnte auf die „alten Herrschaften", wie seine Eltern zu sagen pflegten, ein wenig aufpassen. Martin bewohnte in der Villa der Großeltern die ganze obere Etage. Oma Käthe und Opa Hermann hatten sich unten im Haus eingerichtet, weil ihnen das Treppensteigen doch sehr schwer viel.

„Wenn du willst, Margarethe, zeige ich dir mein neues Zuhause." Wir gingen die große Treppe hinauf in den ersten Stock. Dort gab es vier schöne Zimmer unterschiedlicher Größe, ein Bad und einen großen Balkon.

Martin hatte sich ein kleines Zimmer ausgesucht, weil er von dem Haus der Hamburger Großeltern keine so großen Räume gewohnt war. Er erzählte mir, dass er die alten Möbel durch modernere Sachen ersetzen wolle, aber dafür hätte er noch kein Geld. Opa würde ihm sofort alles kaufen, aber er sagte ihm nichts von seinen Plänen, weil er das auf gar keinen Fall wollte. Außerdem mache es ja auch sehr viel Freude, sich vom Selbstverdienten etwas anzuschaffen. Ich stimmte ihm zu.

Wir gingen wieder hinunter in den Garten und setzten uns zu den anderen an den Tisch.

„Soll ich vielleicht deiner Oma und Mutter in der Küche helfen?", fragte ich Martin. Ich hatte schon wieder Hunger und bevor Martin antworten konnte, sagte sein Großvater: „Bleiben Sie mal schön hier bei uns Margarethe, ich sehe nicht jeden Tag ein so hübsches Mädchen." Die drei Männer lachten und ich wurde erst mal rot, lachte dann aber mit. Papa Otto stellte Biergläser auf den Tisch und die beiden Damen brachten das Essen. Ich verteilte die Teller und Servietten, wollte mich doch wenigstens etwas nützlich machen und einen guten Eindruck hinterlassen.

Auf den Russischen Eiern waren kleine schwarze Kügelchen. Und die Würstchen waren so lecker und mein Appetit entsetzlich groß. Vom Kartoffelsalat aß ich nicht viel. Die Kartoffeln waren mir etwas zu dick geschnitten. Meine Mama konnte ihn besser machen. Und Bier trank ich auch nicht, ich mag den bitteren Geschmack nicht. Also bekam ich wieder Zitronenlimonade.

Während des Essens, was sehr lange dauerte, unterhielten wir uns über Hamburg, meine Eltern und Brüder und ich erzählte einige Stories vom Krankenhaus. Auch, dass Martin immer so schön gerade im Bett lag. Alle lachten, und Martin meinte, das sei ihm gar nicht bewusst. Kurz nach acht traten wir die Rückreise an. Alle drückten mich ganz herzlich und baten, bald wieder zu kommen. Und Opa Hermann, der schlaue Fuchs, sagte dann plötzlich: „Fräulein Margarethe, wir bzw. Martin brauchen in der Apotheke noch eine gute Verkäuferin. Am besten wäre eine Krankenschwester, die sich mit Medikamenten schon etwas auskennt. Also überlegen Sie sich das mal, mein Kind."

Ich wusste gar nicht, dass meine Mutter mit ihm fremdgegangen war, und fragte Martin dann im Auto: „Ist dein Großvater wirklich mein Vater?" Martin konnte sich nicht einkriegen vor Lachen. „Ja, das sind so seine Sprüche, aber er ist schon okay, mein Opa. Was sagst du zu seinem Angebot?"
„Darf ich erst mal eine Nacht darüber schlafen? Ich muss doch auch diesen anstrengenden Tag noch verdauen, das verstehst du doch, Martin?" Martin küsste mich so innig, dass mir fast schwindelig wurde, dann startete er den alten Opel und fuhr los.
Um nicht zu früh nach Hause zu kommen, schmusten wir noch ein bisschen auf dem Parkplatz in der Nähe unserer Wohnung und Martin gab mir dann die Adresse seiner Apotheke und bat mich, am Mittwoch Nachmittag zu ihm zu kommen. An diesem Tag hatte ich um 3 Uhr nachmittags Dienstschluss.

„Also tschüss, bis Mittwoch, und vielen Dank für alles, Martin." Er schnappte mich schon wieder und küsste mich heftig. Dann stieg er aus dem Wagen, riss meine Wagentür auf und half mir aus dem Auto. Er begleitete mich noch bis zur Haustür, drückte mir einen letzten Kuss auf die Stirn und ging.

Oben saß meine Familie im Wohnzimmer und überfiel mich mit Fragen. Papa und Mama waren von Martin sehr angetan und meine Brüder wollten natürlich zuerst wissen, was es alles zu essen gab. Und dann waren sie neidisch, als ich zu erzählen anfing. Ich machte mich schnell fertig fürs Bett, weil ich am nächsten Tag Frühdienst hatte. Aber einschlafen konnte ich nicht. Ich hatte so viele Bilder im Kopf und spürte noch immer Martins heiße Küsse auf dem Mund. Und in meinem Bauch tanzten nicht nur Schmetterlinge. Es müssen auch Motten und andere Falter dabei gewesen sein.

Als ich am Montag im Krankenhaus meine Arbeit antrat, war ich noch schrecklich müde. Und da fiel mir Opa Hermanns Angebot ein. Später fragte ich Maria, um welche Uhrzeit Apotheken morgens öffnen. „Ich glaube so um 8.30 oder 9.00 Uhr. Warum willst du das wissen?" Ich erzählte in unserer Pause Maria vom gestrigen Sonntag und dem Angebot. „Da müsste ich nicht mehr so früh aufstehen, Maria." „Aber du kannst mich doch nicht verlassen, Margarethe", sagte sie traurig. Ich erzählte ihr, dass ich am Mittwoch Nachmittag zu Martin in die Apotheke gehen würde, um mir alles anzusehen. Ich war zwar erst ein Jahr Krankenschwester und das auch gerne, aber der Vorfall mit Prof. Zett nagte noch sehr an meinen Nerven und erschwerte die Arbeit auf dieser Station. Denn es passierte doch immer wieder mal, dass ich in das Bad musste, wo er über mich hergefallen war.

Maria meinte, Martin sei doch etwas zu alt für mich. Ich war im Mai 1950 gerade mal 20 geworden und er wird im nächsten Monat, also Oktober, schon 35 Jahre. „Aber er hat keine Flausen im Kopf, ist sehr zärtlich und wohlerzogen. Martin hat gute Manieren", verteidigte ich ihn. „Aber, wenn du, meine Liebe, 45 bist, wird dein Mann schon bald 60 Jahre, das meine ich", sagte Maria. „Noch sind wir nicht verheiratet", war meine spontane Antwort. „Erst mal besser und gründlicher kennen lernen." Maria lächelte verständnisvoll.

Am Mittwoch bin ich gleich nach dem Dienst mit der Straßenbahn zu Martin in die Apotheke gefahren. Die Begrüßung war sachlich, schließlich war Kundschaft da. Nachdem alle weg waren, stellte er mir Frau Äll vor, seine einzige Angestellte. Frau Äll war ebenfalls Apothekerin, so um die 50 und schon ein wenig ergraut, aber sehr nett. Martin führte mich überall herum und ich war ganz begeistert. Ja, das gefiel mir sehr!

Er fragte mich nach meinem Monatsgehalt und bot gleich wesentlich mehr Geld, so dass ich schon fast ja gesagt hätte, wollte das Ganze aber noch mal mit den Eltern besprechen. Ich sortierte dann Medikamente in einen großen Schrank, so dass die beiden etwas entlastet waren, weil immer wieder Kunden hereinkamen. Nachdem wir am Abend geschlossen hatten, ging Martin mit mir zum Römer, dann über den Eisernen Steg auf die andere Mainseite, nach Sachsenhausen und dort in ein gemütliches Restaurant.
Wir bestellten „Gespritzten" und Rippchen mit Kraut, das ‚Frankfurter Nationalessen'. Eine lustige Runde Männer saß ebenfalls an unserem langen Tisch und einer davon blinzelte mir immer wieder zu, so dass Martin ganz nervös wurde.
Jetzt kam das Essen und ich hatte keine Zeit mehr für den Blinzler, ich war hungrig. In der Klinik hatte es zu Mittag nur Gemüsesuppe mit wenig Geschmack und nur halbweich gekochtem Gemüse gegeben. Und danach Grießpudding, ebenfalls fad.

Martin fragte plötzlich, ob ich vielleicht noch eine Portion Essen haben wolle, ich sei ja regelrecht ausgehungert. „Nein, danke Martin, das war genug. Aber Wassersuppe mit halbweichem Gemüse und anschließend faden Grießbrei mag ich nicht, und deshalb habe ich heute Mittag sehr wenig gegessen." „In der Apotheke habe ich immer frisches Obst, wenn du wieder zu mir kommst, bitte melden, eh du vom Fleisch oder Stuhl fällst." Ich nickte und wir prosteten uns zu.
Inzwischen war die Männerrunde mit dem Blinzler gegangen und auch Martin bezahlte und wir gingen wieder über den Eisernen Steg zum Römer, dann in eine Seitenstraße, wo Martin den schönen, alten Opel von Opa Hermann geparkt hatte. Im Auto haben wir dann erst mal geknutscht und Martin bat

mich, schnellstens bei ihm in der Apotheke anzufangen, weil er sonst noch jemand anderen einstellen müsse. „Spätestens am Wochenende sage ich dir Bescheid, mein Bester." Er sah mich hocherfreut an und flüsterte in mein Ohr: „Ich liebe dich so sehr, dass ich dich ständig um mich haben möchte."
„Ich liebe dich auch, Martin. Aber ich bin ein Mensch, der sich erst mal alles langsam durch den Kopf gehen lässt und ich bin noch nicht volljährig, so dass meine Eltern noch ein kleines Mitspracherecht haben. Das verstehst du doch, du schlauer Hanseat?" „Aber ja, meine Gute", sagte er und musste mehrmals den Motor starten. Er fuhr mich nach Hause, verabschiedete sich mit hunderten von Küssen, begleitete mich noch bis zur Haustür und hüpfte wie ein liebestoller Gockel die Straße hinunter zu Opas Auto.

Im Wohnzimmer saßen meine Eltern mit den Jungs und spielten ‚Mensch ärgere dich nicht'. „Nach dieser Runde ist Schluss für heute", sagte mein Vater zu den Spielenden. „Ihr zwei geht dann zu Bett, wir haben mit Margarethe noch etwas zu besprechen." Nach zehn Minuten verschwanden sie ins Bad und meine Eltern fingen an: „Na, Margarethe, wie sieht die Apotheke aus?", fragte mein Vater. „Nicht wie eine Bäckerei", war meine vorwitzige Antwort. „Es riecht auch etwas anders, mehr nach Menthol als nach frischen Brötchen."

Meine Eltern lachten und Mama stellte fest, dass ich wohl sehr verliebt sei. „Ja, das bin ich! Und die Apotheke mit Martin und Frau Äll gefällt mir gut. Ich würde gerne dort arbeiten, wollte das aber doch erst noch mal mit euch besprechen." „Da gibt es nichts zu besprechen, Margarethe", sagte meine Mutter. „Das ist deine Entscheidung, du bist reif genug."
Jetzt fühlte ich mich so richtig erwachsen und strahlte meine

Eltern an und erzählte ihnen, dass ich auch wesentlich mehr verdienen würde und zum Haushaltsgeld etwas beisteuern könne. Das gefiel meinem Vater besonders gut.
„Dann könnten wir uns ja bald ein Telefon leisten, wenn uns unsere Tochter unterstützt, Trudchen." Mama und ich jubelten. Das Telefon war ein Dauerthema in unserer Familie, aber woher das Geld nehmen für diesen Luxus. Papa versprach, sich schnellstens zu erkundigen, was da für Kosten, außer den monatlichen Telefongebühren, auf die Familie zukommen würden. Wir tranken noch ein Glas von Papas Lieblingswein, mit diesem „Nacktarsch", und Mama bat mich, von der Klinik aus zu telefonieren, heimlich natürlich, und Martin für den kommenden Samstag einzuladen. Da hatte ich meinen freien Tag.

Die Kündigung

Am Samstag Morgen liefen die Vorbereitungen für Martins Besuch auf Hochtouren. Von unseren Nachbarn, die mit dem großen Garten, haben wir Zwetschen bekommen für einen Kuchen. Außerdem machte ich noch einen Käsekuchen ohne Boden mit reichlich Zitronensaft - meine Spezialität. Für den Abend hatte Mama eine Hühnerbouillon vorbereitet, etwas Warmes sei gut, meinte sie, weil es doch seit drei Tagen empfindlich kalt wurde. Und wir wollten noch leckere Häppchen machen mit Wurst und Käse. Wir gaben uns große Mühe, denn Martin sollte sich bei uns wohl fühlen.
Papa wollte schon wieder den ‚nackten' Wein aus dem Keller holen, das habe ich aber abgelehnt. „Ich glaube, Martin trinkt viel lieber Frankfurter Bier", war mein Kommentar und Papa war es recht, weil er dann den Wein für sich reservieren konnte.
Meine beiden Brüder waren an diesem Samstag Nachmittag beim Fußballspiel und baten darum, möglichst viel Kuchen für sie übrig zu lassen. Immerhin waren sie bald 18, sehr groß und nie satt zu kriegen.
Pünktlich um drei Uhr klingelte Martin und brachte meiner Mutter einen riesigen, bunten Blumenstrauß mit. Sie war ganz gerührt. Martin unterhielt sich sehr angeregt mit meinen Eltern. Ich kochte inzwischen dünnen Bohnenkaffee. Zwetschenkuchen war Martins große Leidenschaft, wie er sagte, und meinen Käsekuchen fand er ebenfalls lecker.
Und plötzlich hielt Martin bei meinen Eltern um meine Hand an. Ich glaube, ich wurde ganz rot vor Aufregung. Meine Eltern stellten einige unnötige Fragen und Martin gab bereitwillig

Auskunft über alle Familienverhältnisse und wie er sich unsere Zukunft so vorstelle.
Sie willigten dann ein.
„Werde ich zu diesem Thema auch befragt?", sagte ich zu Martin. Er küsste mir zärtlich die Hand und antwortete: „Ich hatte bisher immer das Gefühl, dass wir beide uns schon sehr einig sind und deshalb habe ich heute bei deinen Eltern um deine Hand angehalten."
„Und wann heiraten wir, Martin?"

Martin schlug das nächste Jahr vor: „Vielleicht im Sommer, meine Liebe, das ist letztendlich aber deine Entscheidung."
Es sollte anders kommen.
Dann boten meine Eltern Martin das „Du" an und es wurde so richtig gemütlich. Inzwischen waren auch Thomas und Tobias zu Hause und hatten schon längst die Kuchenplatten geräumt und die letzten Krümel der belegten Brote verspeist. Heute durften auch sie Bier trinken und es dauerte nicht lange und sie waren richtig angeheitert und erzählten von ihren Streichen und Mädchenbekanntschaften. Es gab viel Gelächter.

Martin verabschiedete sich gegen Mitternacht. Ich begleitete ihn noch bis zur Haustüre, die immer um 22.00 Uhr abgeschlossen sein musste. Wir küssten uns immer wieder und dann sagte er: „Es ist gleich Sonntag, Margarethe, ich hole dich Morgen früh um 11.00 Uhr ab und und wir beide machen eine Fahrt ins ‚Blaue'. Wir haben den ganzen Tag für uns."
Ich musste erst wieder Montag arbeiten und versprach Martin, dann gleich zu kündigen.
Als ich wieder in die Wohnung kam, standen schon alle leeren Gläser in der Küche, der Tisch im Wohnzimmer war sauber aufgeräumt und meine Brüder im Bett. Mama und Papa drückten

mir noch einen Gute-Nacht-Kuss auf die Wange und gingen ins Schlafzimmer. Ich war noch nicht müde genug und blieb in der Küche, um wenigstens die Gläser zu spülen. Dann setzte ich mich an den Küchentisch und versuchte, meine Kündigung auf einen Zettel zu kritzeln. Plötzlich schrie mein Bett nach mir, die Müdigkeit hatte mich voll im Griff. Und ich schlief bis 10.00 Uhr. Die Familie war schon lange mit dem Frühstück fertig, als ich aus den Federn kroch. Mama schmierte mir ein Brot, als ich im Bad war, um mich für diesen Sonntag so schön wie möglich zu machen. Es gelang mir nur mit viel Mühe, ich war richtig verknautscht. In der Küche aß ich mein Brot und trank einen Tee dazu und dann klingelte auch schon Martin. Es war noch gar nicht 11.00 Uhr. Er hatte Sehnsucht, wie er mir dann später gestand. Wir fuhren ziemlich ziellos durch den Taunus, gingen in ein schönes Restaurant essen, obwohl ich gar keinen Appetit hatte, und anschließend machten wir einen ausgedehnten Spaziergang durch den Wald. Die Sonne hatte sich hinter den Wolken verkrochen und es fing leicht an zu regnen, so dass wir schnell zum Parkplatz liefen. Im Auto angekommen, ging die Knutscherei gleich wieder los. Ich bat Martin, mich nach Hause zu fahren, ich wollte doch meine Kündigung noch schreiben und er sollte dabei helfen. „Es fällt mir schwer, zu kündigen, weil ich mich mit Maria so gut verstehe", sagte ich Martin. Er fuhr los. Ich wunderte mich nur, dass er einen anderen Weg nahm, kümmerte mich aber nicht weiter darum. Plötzlich standen wir vor dem Haus seiner Großeltern. „Was soll das, Martin?"

„Meine Großeltern rechnen mit unserem Besuch zur Kaffeezeit", sagte Martin. „Sie wollen dich wiedersehen." Seine Eltern waren inzwischen abgereist. Nach dem Kaffeetrinken sind wir dann nach oben in sein Zimmer und haben die Kündigung

geschrieben. Ich war sehr froh darüber. Aber mir grauste vor dem Montag. Martin spürte meine Nervosität und versuchte vergeblich, mich zu beruhigen. Ich bat ihn, mich bald nach Hause zu bringen. Oma Käthe und Opa Hermann hatten volles Verständnis und gaben mir Recht.
Also fuhren wir los und Martin begleitete mich bis in die Wohnung meiner Eltern und blieb noch eine Stunde bei mir.
„Ich hole dich am Donnerstag hier ab", sagte er, gab mir einen Schmatz und verschwand. Donnerstag hatte ich meinen freien Tag, dafür das ganze nächste Wochenende Dienst. Ich hatte schon jetzt die Schnauze gestrichen voll, wollte nur noch zu Martin in die Apotheke.

Der Gedanke an den langen Wochenend-Dienst machte mir am Montag die Kündigung in der Klinik viel leichter, als ich dachte. Nur Maria fing an zu weinen, was mir sehr Leid tat.
„Ich bin doch nicht aus der Welt, Maria, wir können uns jederzeit treffen." Ich gab ihr sofort die Adresse und Telefon-Nummer der Apotheke und erzählte ihr, dass wir privat bald auch ein Telefon hätten, so dass ein kleiner Plausch immer willkommen sei. Schließlich war ich auch neugierig, wollte gerne alle interessanten Ereignisse aus dem Krankenhaus erfahren. Das beruhigte Maria ein wenig, ich nahm sie in meine Arme und streichelte ihr schönes schwarzes Haar, gab ihr noch einen Kuss auf die Wange und dann lachte sie schon wieder. Maria sehnte sich auch nach einem netten Mann, immerhin war sie fast 30 Jahre und wollte gerne heiraten und Kinder haben. Aber Männer waren in dieser Zeit sehr rar, aus bekanntem Grund. Sie hatte es nicht leicht. Ihr Vater war in Russland gefallen und ihre Mutter wurde durch diesen Verlust etwas depressiv. Maria hat noch eine jüngere Schwester, die sich „Gott sei es gedankt" um die Mutter liebevoll kümmert.

Sie selbst konnte nur einmal im Monat nach Köln fahren, um nach ihrer Mutter zu sehen. Aber sie stand in ständigem Kontakt mit ihrer Schwester Elisabeth.
Wir gingen wieder an unsere Arbeit. Heute hatten wir gemeinsam Dienstschluss und ich beschloss, Maria mit nach Hause zu nehmen. Das war ich ihr einfach schuldig. Ich wollte nicht, dass sie alleine in ihrem Zimmer sitzt.

Es wurde ein sehr gemütlicher Abend mit meinen Eltern und Brüdern. Meine beiden Brüder konnten und wollten nicht begreifen, dass Maria noch keinen Mann hatte, weil sie doch so gut aussieht. Und plötzlich fiel ihnen ihr Mathelehrer ein. Sie fingen gleich an, Pläne zu schmieden, und überlegten, wie sie es wohl anstellen könnten, um die beiden zu verkuppeln. Maria und ich lachten Tränen. Ich fand die Idee gar nicht schlecht. Sie planten ihre erste Party.
Der Oktober wurde noch mal richtig warm und am 20. feierten wir, Martin, Oma Käthe, Opa Hermann und ich, Martins 35. Geburtstag. Seine Eltern konnten nicht kommen, Irene hatte sich bei den letzten Gartenarbeiten den Arm verstaucht und sein Vater musste den Haushalt führen. „Da wird es chaotisch zugehen", sagte Martin, denn sein Vater verstand von Hausarbeit gar nichts. Sein größtes Hobby war der Garten. Oma und Opa schenkten Martin eine wunderschöne Uhr. Ich hatte ihm ein Aquarell mit einer Taunus-landschaft gemalt und einen schönen Rahmen gekauft. Martin freute sich sehr über mein gelungenes Werk.
Seine Großeltern hatten für uns beide noch eine Überraschung. Sie schenkten uns Fahrkarten für eine Zugreise nach Hamburg und Geld für eine Woche Urlaub bei seinen Eltern. Ich bot gleich meine Hilfe für den dortigen Haushalt an, und Oma Käthe war richtig glücklich.

„Kindchen, unser Schwiegersohn ist ein lieber, netter Mensch, aber für den Haushalt überhaupt nicht zu gebrauchen. Er hat nicht nur zwei linke Hände, sondern auch meist Tomaten auf den Augen. Aber auch die besten Tomaten in seinem Garten. Otto ist ein prima Hobby-Gärtner."
Ich hatte mir sowieso meinen Resturlaub von zwei Wochen genommen und so konnten wir unsere Reise planen.
Opa Hermann hatte von einem Geschäftsmann französischen Champagner geschenkt bekommen und den tranken wir an diesem Abend reichlich. Martin war nicht mehr fahrtauglich und hatte wohl auch meinen Eltern gesagt, dass ich erst am nächsten Tag nach Hause kommen würde, damit sie sich keine Gedanken machten.
Oma und Opa erzählten von früher und zeigten uns jede Menge Fotoalben. Kurz vor Mitternacht gingen wir dann zu Bett. Oma Käthe lieh mir ein Nachthemd mit Rüschen.

Ich hatte kaum das Gästezimmer betreten, als auch schon Martin hinter mir stand und um Einlass bat.
Erschrocken sah ich ihn an. Martin nahm mich in seine Arme und sagte leise, ich bin auch gaaanz lieb zu dir, Margarethe, du musst keine Angst haben. Hatte ich aber!
Es war meine erste Liebesnacht, aber besonders toll fand ich das nicht. Martin beruhigte mich. „Das wird von Mal zu Mal besser, du bist noch sehr verkrampft, meine Liebe." Er hatte Recht. Es wurde wunderbar in den folgenden Tagen und Wochen. Wir nutzten jede Gelegenheit.
Die Fahrt nach Hamburg war herrlich. Wir saßen sogar mittags im Speisewagen und aßen Hühnerfrikassee mit Reis und zum Nachtisch „Birne Helene". Ich kam mir vor wie eine feine Dame. Dabei war ich werdende Mutter, was ich aber zu diesem Zeitpunkt noch nicht wusste. Noch war ich schlank!

Martins Eltern holten uns von der Bahn ab und meine zukünftige Schwiegermutter Irene entschuldigte sich gleich am Bahnhof bei mir für die Unordnung in ihrem Haus. „Das ist doch nicht weiter schlimm", versuchte ich sie zu beruhigen. „Jetzt sind wir ja hier und ich mache das alles gerne für euch." Wir fuhren erst mit der Straßenbahn und dann noch mit dem Bus. Ein gemütliches Haus mit einem wunderschönen Garten empfing uns. Chrysanthemen, Astern und sogar Dahlien blühten noch reichlich. In der ersten Etage war die kleine Vier-Zimmer-Wohnung, die Martins Eltern früher bewohnten, als die Großeltern noch lebten.

Auf dem Küchentisch stand ein großer Blumenstrauß zur Begrüßung. Aber die Vase war viel zu klein. Irene schickte mich gleich zum Wohnzimmerschrank, um die Richtige zu holen. „Mein Otto sieht so etwas nicht, aber den Blumen wird es darin zu eng und sie haben auch zu wenig Wasser in der kleinen Vase." Ich musste ihr Recht geben.

Dann brachten wir unser Gepäck rauf und gingen danach in den Garten. Er war prächtig angelegt, mit einem kleinen Fischteich. Irene hatte immer noch Probleme mit dem rechten Arm und wir deckten dann den Tisch im Wintergarten und kochten Kaffee. Den Kuchen hatte sie beim Bäcker um die Ecke gekauft. „Man ist schon übel dran, wenn man sich nicht so bewegen kann, wie man möchte", sagte Irene und ich nahm ihr dann das Messer ab und verteilte Streuselkuchen.

Wir erzählten vom herbstlich gefärbten Wald im Taunus, den Großeltern und der Apotheke, die ja ab Anfang November neuen Zuwachs bekam. Obwohl Irene fast täglich mit ihren Eltern telefonierte, hatten sie ihr nicht verraten, dass ich im

Krankenhaus gekündigt hatte und zu meinem Schatz in die Apotheke wechseln würde. Sie freuten sich sehr über diese Nachricht, denn sie wussten schon lange, wie verliebt ihr Sohn in mich war. „Ja, ich freue mich auch", sagte ich zu den beiden. „Wir haben dann mehr Zeit für uns, denn die Schichtarbeit in der Klinik ist sehr anstrengend, besonders die Nachtschicht", die ich mir in letzter Zeit etwas vom Hals gewimmelt habe. Manche reißen sich darum, weil es besser bezahlt wird."
Dann holte Martins Vater ein Päckchen aus einem anderen Zimmer und sagte zu seinem Sohn: „Das ist dein Geburtstagsgeschenk, lieber Martin, wir hoffen sehr, deinen Geschmack getroffen zu haben". Martin packte einen wunderschönen Pullover in dunkelblau mit gelbem Rand aus. Er gefiel uns sehr gut.
Martin half mir am nächsten Tag beim Fensterputzen und der sonstigen Hausarbeit, die seine Mutter momentan nicht verrichten konnte. Ich kochte dann zusammen mit Irene das Essen und am Nachmittag fuhren wir alle zum Hafen. So riesig hatte ich mir den nicht vorgestellt. Das war schon sehr eindrucksvoll.

In den folgenden Tagen machten wir Spaziergänge am Alsterufer oder fuhren in die Innenstadt um die Kaufhäuser zu besichtigen. Martin kaufte mir eine tolle Bluse in zartem rosé. Er war überhaupt sehr lieb zu mir. Ein Mann wie ein Teddybär, so richtig zum knuddeln. Wenn er mich in seine Arme nahm und an sich drückte, ließ ich die Seele baumeln und genoss seine Wärme. Ja, so einen Mann hatte ich mir immer gewünscht. Aber wo blieb meine Regel?

Am 1. November fuhren wir zurück nach Frankfurt. Otto und Irene brachten uns am Nachmittag an die Bahn und Irene

hatte Tränchen in den Augen, als wir uns verabschiedeten. Ich glaube, sie hat ziemlich darunter gelitten, dass ihr Sohn nicht mehr zu Hause wohnte. Aber seine berufliche Zukunft, wie mir Martin im Zug dann sagte, war ihr auch sehr wichtig.
„Wenn wir wollen, können wir uns später einmal die Wohnung im ersten Stock meines Elternhauses moderner einrichten und sie öfter besuchen." Ich war einverstanden.

Gegen zehn Uhr am Abend fuhr der Zug im Frankfurter Hauptbahnhof ein und der Gärtner von Martins Großeltern holte uns mit dem alten Opel ab. Ich fuhr mit in die schöne Taunus-Villa, um noch eine Nacht mit Martin zu verbringen. Oma und Opa wollten uns noch leckere Häppchen servieren, wir lehnten aber ab, weil wir doch wieder im Speisewagen gegessen hatten. Dann haben wir bis Mitternacht gequasselt und so weiter.

Tränen des Glücks

Ich dachte kurz an das Ausbleiben meiner Regel, die auch in den nächsten Wochen, als ich schon bei Martin in der Apotheke arbeitete, nicht mehr kam. Mein Appetit wurde immer schlechter, ich war etwas blasser als sonst und mein unscheinbarer Busen nahm endlich Formen an. Ich ging an einem Freitag, Ende November, zur Frauenärztin und die stellte dann die Schwangerschaft fest. „Wir sehen uns kurz vor Weihnachten noch mal", lassen Sie sich für den 22. Dezember einen Termin geben, sagte sie und ich fuhr erst mal mit der Tram auf die Zeil, Frankfurts Einkaufsmeile, ging in ein Kaufhaus und kaufte gehäkelte, weiße Baby-Schühchen mit rosa und hellblauen Blümchen bestickt und ließ es als Geschenk verpacken.
.
Mir war schon ein wenig unheimlich bei dem Gedanken, bald Mutter zu werden.
Was wird Martin zu dieser Neuigkeit sagen? Dann eilte ich in unsere Apotheke. Ich war ganz schön durcheinander. Frau Äll war noch da, es war kurz vor 6 Uhr. Martin konnte ich nicht sprechen, er bediente gerade eine Kundin und die verwickelte ihn auch noch in ein privates Gespräch.
Danach schloss er die Tür, Frau Äll zog ihren Mantel an und verabschiedete sich. Hinten im kleinen Büro küsste ich Martin, setzte mich auf einen Stuhl und gab ihm das Geschenk. „Ist heute schon Weihnachten?", war seine Frage. „Nein, nur eine kleine Überraschung so zwischendurch", sagte ich. Martin packte es aus und dann setzte er sich neben mich auf den anderen Stuhl, nahm meine Hände vor sein Gesicht und fing an zu weinen. Er war ganz gerührt. „du warst gar nicht beim

Zahnarzt, sondern bei deiner Frauenärztin? Hat sie das bestätigt?" „Ja, Martin, ich bin schwanger. Wir haben es ja auch ganz schön getrieben in den vergangenen Wochen, und alles ohne Verhüterli." „Wir sind nun mal für das Natürliche", sagte Martin und lachte.

„Und wann wird das Baby kommen?" „Die Ärztin rechnet so ab Ende Juli/Anfang August nächstes Jahr." „Freust du dich, Margarethe?" „Ja, ich habe Kinder sehr gerne, es ist mir allerdings etwas zu früh, aber ich habe niemals einen Puppenwagen besessen und nun bald einen Kinderwagen schieben zu dürfen, das finde ich ganz toll." „Wir müssen heiraten, aber ich denke, wir wollen das sowieso", sagte Martin.

„Ich hatte mir das so schön vorgestellt, vielleicht Ende Mai oder Juni 1951, also nach meinem 21. Geburtstag zu heiraten, mit einem luftigen Brautkleid, aber das geht jetzt nicht, denn da ist mein Bauch bestimmt schon ziemlich dick." Martin überlegte und schlug Weihnachten vor. Das wollte ich auf gar keinen Fall, dann doch lieber gleich im Januar. Unsere Hochzeit sollte ein Ereignis für sich sein. „Und wie bringe ich das meinen Eltern bei?", fragte ich Martin.

„Wir gehen jetzt gemeinsam hin und sagen es ihnen, das ist doch kein Beinbruch. Meine Mutter wurde mit 19 Jahren schwanger, sie war gerade 20, als ich zur Welt kam." Dann holte mir Martin einen Orangensaft aus dem Kühlschrank und wir fuhren nach ausgiebigem Schmusen zu meinen Eltern.

Mama hatte, wie sie sagte, schon eine Ahnung. Mütter merken eben alles, oder fast alles.

„Es ist mir aufgefallen, Margarethe, dass dein Busen gewachsen ist und du in letzter Zeit sehr blass bist." Meinem Vater hatte es wohl den Atem verschlagen, er sagte erst mal gar nichts. Aber meine beiden Brüder freuten sich riesig, bald Onkel zu werden. „Freut ihr euch ein bisschen?", war meine bange Fra-

ge. „Natürlich freuen wir uns", sagte Papa. „Man muss sich mit den Gegebenheiten arrangieren."
Mama zeigte uns gleich verschiedenfarbene Wolle, woraus sie im neuen Jahr Babysachen stricken würde. „Ich möchte aber noch deinen nächsten Arztbesuch abwarten", sagte sie, „und danach damit beginnen." „Ihr werdet doch vorher heiraten?", war Papas vorsichtige Frage. Martin erklärte dann, dass wir uns für Anfang Januar entschieden hätten. Wir überlegten gemeinsam, wer so alles einzuladen sei. „Wir möchten uns im Frankfurter Römer vormittags trauen lassen und nachmittags in unsere Kirche gehen", sagte ich. „Hoffentlich wird das für dich, Margarethe, nicht zu anstrengend", mahnte Mama. „Wir werden aufs Poltern am Vorabend verzichten, damit wir ausgeschlafen sind", erklärte ich. Meine Eltern waren zufrieden. Martin war der Meinung, dass wir dann alle nach der kirchlichen Trauung in das Haus seiner Großeltern fahren könnten, um dort zu feiern. Sie hätten wohl am meisten Platz.
Er wolle das aber vorher abklären. Und dann verabschiedete sich Martin sehr schnell von uns und fuhr in den Taunus.
Er rief am Abend noch seine Eltern an und erzählte die Neuigkeit. Sie waren genau so erfreut wie seine Großeltern. Oma Käthe und Opa Hermann stellten natürlich ihr Haus für das kommende Fest zur Verfügung und Opa sagte ihm beiläufig, dass er für alle Kosten der bevorstehenden Hochzeit aufkommen würde, damit könne man nicht meine Eltern belasten.

Ich rief am nächsten Tag Maria in der Klinik an und lud sie zur Hochzeit ein. „Wann heiratet ihr – im Januar schon?" „Ja, Maria, und wenn Gott will, bekomme ich bis spätestens Anfang August ein Kind." „Nein", schrie sie ins Telefon. „Doch", schrie ich zurück. „Ich war gestern bei meiner Gyn und die hat es bestätigt." „Wolltest du das so früh?" „Natürlich nicht, aber es

ist halt passiert." Maria lachte und fragte: „Darf ich Patentante werden, oder habt ihr schon jemanden?" „Danke, Maria, das fände ich ganz toll. Wir haben noch niemand."
„Also, bis bald", sagte Maria, „ich muss jetzt Schluss machen und vielen Dank für die schöne Neuigkeit." „Ja, tschüss, meine Gute."

Mittags hatte ich wieder keinen Appetit und Martin machte sich große Sorgen. Ich hatte schon ziemlich abgenommen und auch Frau Äll war besorgt. Während meines Telefonats mit Maria hat Martin Frau Äll schnell über die neue Lage aufgeklärt. Nur auf Obst hatte ich Lust und Martin ging gleich um die Ecke in den Gemüseladen, um für mich einzukaufen.
Er brachte Bananen, Äpfel, Birnen und auch Apfelsinen mit und ich begann zu essen. Anschließend musste ich mich im Nebenraum auf eine Liege legen und Siesta halten, das verlangten beide von mir. „Ich bin doch nicht krank, sondern nur schwanger."
„Aber Sie sehen so elend und blass aus", sagte Frau Äll. „Es ist schon besser, wenn Sie sich jetzt ein bisschen schonen." Und ich genoss es in vollen Zügen, einmal richtig verwöhnt zu werden. Unter der warmen Decke, die Martin brachte, bin ich prompt eingeschlafen und das für zwei Stunden. Dann kochte Frau Äll dünnen Kaffee für uns und Martin hatte auch noch Streuselkuchen gekauft. Wir setzten uns zusammen, sobald die Kundschaft draußen war.

Plötzlich stand Maria in der Apotheke. Sie hatte ihren Frühdienst beendet und wollte mich unbedingt sehen. Wir fielen uns gleich in die Arme und sie fragte Martin, ob er mir vielleicht für den restlichen Tag freigeben würde, sie wolle mit mir einen Stadtbummel machen. Martin sagte ja, und wir zwei zogen los. Von Kaufhaus zu Kaufhaus, um Babysachen anzuschauen, Badewannen und Kinderwagen. Ich hatte das Gefühl, Maria ist total aus dem Häuschen. Gekauft haben wir aber nur ein paar Weihnachtsgeschenke für die jeweiligen Familien.

Dann nahm ich Maria mit nach Hause. Martin kam dann auch noch und brachte Fleischwurst und Senf aus der Kleinmarkthalle für alle mit.

Ein Fest für meine Brüder! Von den zwei großen Ringen blieb nur etwas Pelle übrig. Ich selbst hatte nur wenig davon gegessen und das blieb dann auch nicht lange in mir. Die übliche Kotzerei hatte begonnen. Martin sah danach genauso blass aus wie ich, er hat wohl fürchterlich gelitten, als ich ins Bad rannte und mich übergab. Danach wollte er mich ins Bett schicken. „Mein lieber Martin", sagte meine Mutter, „da musst du dich dran gewöhnen, das kann bis zum 5. Monat so weitergehen, ich weiß wovon ich rede, schließlich war ich zweimal schwanger." Er beruhigte sich.

Maria verabschiedete sich gegen 9 Uhr und Thomas und Tobias begleiteten sie nach Hause. Sie lehnte erst ab, aber Papa war der Meinung, eine Frau lässt man nicht in der dunkelheit alleine herumlaufen, das sei zu gefährlich. Recht hatte er.
Martin blieb über Nacht bei uns, er schlief auf der Couch in meinem Zimmer. Allerdings nur die ersten 20 Minuten, dann schlüpfte er zu mir ins Bett und wir kuschelten.

Am nächsten Tag ging es mir wieder prächtig, das Frühstück blieb im Magen und die Arbeit in der Apotheke machte viel Spaß. Frau Äll bestand weiterhin darauf, dass ich mich wenigstens eine halbe Stunde am Nachmittag hinlegte. Und das tat ich auch.

Anfang Dezember, es fiel schon der erste Schnee, waren meine Eltern und ich bei Martins Großeltern zum Kaffee eingeladen. Sie wollten sich doch wenigstens vor Weihnachten mal sehen und kennen lernen. Es wurde sehr lustig, denn Opa Hermann hatte sich wieder über seinen „bösen" Nachbarn geärgert. Der „alte Fritz", wie er ihn nannte, hatte seinen Schnee vom Bürgersteig gefegt und geschippt. Dabei landete ein Teil auf Opas Grundstück. „Dieser Kerl muss mich immer provozieren", sagte Opa. Martin versuchte, ohne Erfolg, ihn zu beruhigen, und Opa erzählte meinen Eltern noch allerlei andere Geschichten vom „alten Fritz". Er hatte ihm sogar in früheren Jahren seine Käthe ausspannen wollen, nachdem ihm seine erste Frau weggelaufen war, sowie auch die Zweite. Und nun lebt Fritz Emm alleine und ärgert die Nachbarn.

Der Schnee fiel heftiger und Martin fuhr mit uns dreien los, denn es wurde schon dunkel. Aber schon an der nächsten Ecke war Schluss. Das Auto rutschte auf die andere Straßenseite, wir schrien alle auf, passiert war nichts. Dann halfen uns einige Männer beim Wenden des Wagens und wir schoben ihn zurück in die Garage. Oma und Opa waren erfreut über unser schnelles Wiedersehen und boten an, doch über Nacht zu bleiben. Aber meine Eltern wollten unbedingt nach Hause. Mein Vater war ein sehr korrekter Finanzbeamter, der im Amt wenig fehlte und nie zu spät kam. Sie entschlossen sich, ein Taxi zu bestellen. „Sie müssen sich aber gedulden", sagte die Dame am Telefon, „heute wollen alle mit dem Taxi fahren."
Wir geduldeten uns bei leckeren Schnittchen, Bier und Kakao für mich und hörten im Radio den Wetterbericht. Weitere

Schneefälle waren für die Nacht gemeldet. Martin packte seine Reisetasche, er wollte unbedingt mit uns nach Frankfurt fahren und bei uns übernachten. Der Taxifahrer, der nach 9 Uhr klingelte, sagte uns gleich, es würde eine sehr lange Fahrt werden. Er hatte Recht. Wofür wir sonst eine halbe Stunde brauchten, dauerte jetzt zwei Stunden. Es würde aber dadurch nicht teurer werden, sagte er zu meinem Vater, der vorne auf dem Beifahrersitz saß und tief durchatmete. Auf den Straßen war allerdings nicht viel los, kaum einer traute sich bei diesem Wetter raus.
Als Papa vor unserer Wohnung bezahlen wollte, sagte Martin: „Nein, Otto, ich zahle! Opa hat mir Geld für die Fahrt mitgegeben." Mein Vater sah richtig zufrieden aus. Wieder was gespart. Nein, geizig war er nicht, mein Papa, aber halt sparsam.

Die Zwillinge hatten sich schon Gedanken gemacht und überlegt, von wo aus sie anrufen könnten. Sie waren sichtlich froh, als wir da waren. Nacheinander sind wir alle ins Bad und dann schnell ins Bett, wir waren total kaputt.
Am nächsten Morgen waren die Straßenbahnen überfüllt, viele Leute sind an diesem Wintermorgen sogar zur Arbeit gelaufen. Auch Martin und ich. Frau Äll kam mit Verspätung in die Apotheke, sie hatte einen weiteren Weg als wir. Dann packte sie aus ihrer Tasche eine Dose mit selbstgebackenen Plätzchen aus für den Nachmittagstee. Aber jeder durfte gleich wenigstens eins davon kosten.

Da es wesentlich kälter geworden war, verkauften wir an diesem Montag große Mengen Husten- und Schnupfenmittel. Auch am Abend gingen wir wieder zu Fuß nach Hause, wir wollten den plötzlichen Winter so richtig auf uns wirken lassen.

Ich übersah vor lauter Staunen über die weiße Pracht eine Trottoirkante, rutschte aus und fiel hin. Vor Schreck blieb ich erst mal liegen. Martin kniete sich zu mir runter und sagte: „Ist es sehr schlimm, Margarethe?" Ich fing laut an zu lachen, umarmte ihn und zog ihn zu mir. Jetzt lagen wir beide im Schnee und lachten. „Es ist mir nichts passiert, mein Lieber." „Aber unser Baby hat jetzt bestimmt einen Schreck bekommen", sagte er. „Ja, wenn es dir ähnelt, bestimmt. Du bist überängstlich, Martin." Wir küssten uns so lange, bis sich drei größere Kinder über uns lustig machten. Dann gingen wir langsam weiter.
Mutti hatte Essen für alle gekocht und die Männer spielten den ganzen Abend Skat. Nur Thomas nicht, der schaufelte zwischen seinen Schularbeiten immer wieder Schnee weg.
„Morgen kommen Monteure von der Post, um zu sehen, wie das mit unserem Telefon klappt", sagte Mama. „Wir haben Glück, dass es so schnell geht, weil unsere Nachbarn schon ein Telefon haben und die Leitungen von dort weiter zu uns verlegt werden können." Ich war sehr froh über diese Nachricht.

Am 22. Dezember hatte ich meinen Arzttermin und Martin ging diesmal mit. Die Ärztin war zufrieden mit mir und gratulierte uns. „Jetzt ist es ganz sicher, dass ihre künftige Frau schwanger ist. Passen Sie gut auf sie auf", sagte sie zu Martin. Er schmunzelte. „Nun können unsere Mütter mit dem Häkeln und Stricken beginnen", sagte Martin, als wir die Praxis verließen.

Tage später rief ich vom neuen Telefon Maria an. Wir redeten lange. An diesem Tag fuhr sie noch am Abend nach Köln zu ihrer Familie. Maria hatte Urlaub bis Mitte Januar. Dann küsste sie mich durchs Telefon. Was Maria nicht wusste, meine Brüder hatten sich inzwischen mit ihrem jungen Mathelehrer angefreundet und er war schon zweimal bei uns gewesen, weil er auch so gerne Skat spielt.

Dieser sympathische Mann hatte seinen Vater ebenfalls im Krieg verloren und seine Mutter war bei einem Bombenangriff auf Darmstadt ums Leben gekommen. Er musste sich alleine durchwurschteln, war für jede Einladung und Abwechslung dankbar.
Johannes Äff, 32 Jahre, wohnte im Westend bei einer älteren Dame als Untermieter. Die Bezeichnung „Geldgeier" wäre allerdings passender. Mama hatte ihn für den Heiligabend und Weihnachten zu uns eingeladen, so war sie eben, unsere Mama. Gutherzig! Immer noch ein Krümelchen für andere übrig.
Tobias und Thomas waren mit Johannes inzwischen „per Du", aber nur privat und nicht in der Schule. Und sie hatten schon den nächsten Plan geschmiedet. Als Freund des Hauses musste man ihn unbedingt zur Hochzeit der Schwester einladen. Alles klar, dachte ich. Die noch bessere Idee hatte dann, wie so oft, Mama.

„Margarethe, ich muss noch etwas mit dir bereden." Ich setzte mich zu ihr in die Küche. Mama bügelte. „Ich nehme an, dass du nach der Hochzeit bei Martin im Taunus wohnst, und somit wird dein Zimmer frei. Wir wollten dieses Zimmer einem deiner Brüder überlassen, aber ich denke, wir könnten es auch an Herrn Äff vermieten. Er hätte einen kürzeren Weg zur Schule, brauchte keine Straßenbahn mehr und keine Monatskarte kaufen und billiger als im Westend wäre es sowieso bei uns. Was meinst du, Margarethchen?"
„Ach, Mama, jetzt fällt mir ja ein Stein vom Herzen, ich wusste gar nicht, wie ich es euch sagen soll. Ich möchte gerne gleich nach Weihnachten zu Martin ziehen, das kannst du doch ver-

stehen?" Mama lachte. „Natürlich braucht ihr euch jetzt ständig, das verstehe ich sehr gut. Und Papa wird sich über den kleinen Zuverdienst durch Herrn Äff bestimmt freuen."
„Hast du mit Tobias und Thomas schon darüber gesprochen, Mama?" „Nein, ich wollte das erst mit dir alles abklären, Papa weiß auch noch nichts." Ich nahm meine Mutter in die Arme und drückte sie ganz fest an mich und sagte: „du bist einfach Klasse!"

Papa, der uns lachen hörte, gesellte sich zu uns in die Küche. Wir erzählten von unseren Plänen. „Übermorgen ist Skat-Abend, da kommt ja Johannes. Ich werde ihn fragen, ob er das möchte." Er holte auch die Söhne in die Küche und die waren natürlich ganz begeistert von unserem Vorschlag. „Dann bekommen wir beide auch keinen Streit wegen der unterschiedlichen Größe der Zimmer, ich hätte sowieso wieder den Kürzeren gezogen", sagte Thomas. „du bist ja auch 1 cm kürzer als ich", entgegnete Tobias. „Wart's ab, ich wachse noch", kam es zurück.

Martin war, nachdem er mich nach Hause gebracht hatte, sofort zu den Großeltern gefahren. Opa Hermann war erkältet und er wollte ihm gleich die erforderliche Medizin bringen, damit er an Weihnachten wieder fit ist.

Das Telefon klingelte. Ich hob gleich den Hörer ab, dachte mir schon, dass es Martin war. „Bist du gut nach Hause gekommen, Martin?" „Ja, mein Liebling," sagte er und erzählte von der Kündigung des Gärtners Willibald und seiner Frau Anna, die Oma im Haushalt behilflich ist. Sie würden noch so lange bleiben, bis wir Ersatz gefunden hätten, aber spätestens Ende Februar wollten sie weg. Sie waren beide schon über 65 Jahre alt, hatten genug in ihrem Leben gearbeitet und sollten sich nun zur Ruhe setzen, wie ihr Sohn sagte.

„Aber du wirst doch in eurer ländlichen Gegend bestimmt wieder einen Gärtner und eine Zugehefrau finden, Martin", sagte ich. „Ich hoffe das sehr, Margarethchen".
Dann erzählte ich ihm, um ihn ein wenig abzulenken, dass ich nach Weihnachten gleich meine Koffer packen würde, um zu ihm zu kommen. Das erhellte seine Stimmung. „Oh, prima, sind deine Eltern damit einverstanden?" „Ja, klar!"
Am 24. Dezember 1950 vormittags kamen Martins Eltern aus Hamburg. Martin holte sie am Hauptbahnhof ab und dann waren sie zum Mittagessen und Kennenlernen bei uns, danach zusammen mit Martin bei den Großeltern. Am 1. Feiertag waren wir alle im Taunus eingeladen, zum großen Familienfest. Es war ein wunderbarer Tag, nur ich fiel aus der Reihe, das heißt, alles, was ich so gegessen und genascht hatte, fiel wieder aus mir raus. Und diesmal musste mir Martin den Kopf halten, so schlimm war es. Ich hatte schon ordentlich abgenommen. „Ach, das arme Kindchen", sagte Oma Käthe ständig, sie konnte sich nicht beruhigen. Dabei hat sie doch auch ein Kind zur Welt gebracht und eine Schwangerschaft erlebt.

„Also bei mir war das anders", sagte sie. „Ich habe kaum etwas von der Schwangerschaft gespürt, mir war nie schlecht und ich wurde nicht sehr dick, fühlte mich immer gut und brachte Irene in vier Stunden zur Welt." „Toll", sagte meine Mama, „das hätte ich auch gerne so erlebt."
Mir wäre es lieber gewesen, sie hätten über etwas anderes gesprochen, ich hatte nämlich so einen bitteren Geschmack im Mund und Angst, mich wieder übergeben zu müssen. Aber Papa wechselte dann das Thema, weil ich ihn so hilfesuchend

ansah. Er verstand sehr gut meinen Blick. Dann erzählte er, dass Johannes Äff am Heiligabend bei uns war und auch am 2.Weihnachtstag wieder eingeladen ist. Und die Jungs erzählten von ihren Plänen mit ihrem Mathelehrer und meiner ehemaligen Kollegin, Schwester Maria. Das gefiel besonders Opa Hermann.

„Die zwei müsst ihr unbedingt zur Hochzeit einladen", war sein prompter Kommentar. „Ist schon geschehen", sagte Tobias. Und nun wurde nur noch über die bevorstehende Hochzeit gesprochen, wie alles ablaufen soll und was es zu essen gibt. Martins Vater hatte sich Urlaub genommen und sie wollten von Weihnachten bis nach der Hochzeit bleiben, also mehr als zwei Wochen.

Am 2. Weihnachtstag, als Johannes bei uns war und ich schon meine Koffer packte, erzählten ihm meine Brüder zum ersten Mal von Maria. „Sie ist auch zur Hochzeit unserer Schwester eingeladen und du solltest sie dir mal genauer ansehen, sie wird dir bestimmt gefallen", sagte Tobias.

„Wollt Ihr mich vielleicht verkuppeln?", kam es prompt zurück. „Wenn es sein muss, ja", antwortete Thomas. „Wir haben das Gefühl, dass du etwas schüchtern bist, was Frauen angeht." Dann erkundigte sich Johannes nach dem Alter von Maria und ihrer Familie.

„Ihr zwei habt wohl schon sehr viel Erfahrung mit dem anderen Geschlecht und kennt euch bestens aus", sagte Johannes schmunzelnd.

Ich kam hinzu und sagte zu Johannes: „Ja, die beiden gehen ständig in der Kaiserstraße auf und ab und schauen sich die Bordsteinschwalben an." Es gab viel Gelächter. Und Papa wollte schon wieder den beiden eine Moralpredigt halten, wie so oft, von wegen erst mal Abi und dann sehen wir weiter.

„Was heißt denn wir, Papa?", war meine Frage. „du hast doch

eine nette und adrette Frau, du musst doch nicht in die Kaiserstraße gehen, oder gefällt dir Mama nicht mehr?"
Unser Vater wurde erst rot und dann ziemlich blass. Mama, die mitgehört hatte, nahm es von der leichten Seite. Und ihm viel zu diesem Thema dann nichts mehr ein.

Zum Kaffee kam Martin, der zu Hause schon große Vorbereitungen für meinen heutigen Einzug getroffen hatte. Mama hatte vor drei Wochen einen wunderbaren Dresdner Christstollen gebacken, der nun angeschnitten wurde. Außerdem kamen verschiedene Sorten Plätzchen auf den Tisch.

Ich glaube, mein Auszug ist Mama schwerer gefallen, als sie es sich eingestehen wollte. Auf jeden Fall war Johannes ein guter Ersatz für mich und darüber war ich froh. Er zog zwei Tage später ein, Mama wollte erst alles schön herrichten. Und mein Papa sagte beim Abschied: „Wie ich euch Frauen kenne, werdet ihr sowieso täglich miteinander telefonieren und Silvester sehen wir uns ja auch schon wieder im Taunus. Also, mach's gut, meine Große."
Er gab mir einen lauten Schmatz, Mama lief plötzlich in die Küche und weinte. Ich lief hinterher.
„Mein liebes Muttchen, ich gehe doch nicht nach Sibirien, ich werde im Taunus wohnen und ganz oft mit dir telefonieren. Und wenn du mich sehen willst, kommst du einfach in die Apotheke." „Es ist nicht leicht für mich", sagte sie immer wieder und die Tränen flossen unaufhaltsam. „Auch mir ist ganz blümerant, liebste Mama, wo wir doch ein so inniges Verhältnis haben, und das soll auch so bleiben."
Ich glaube, diese Worte haben sie ein wenig getröstet, in ihrem Abschiedsschmerz. Dann nahm Martin sie in die Arme und drückte sie ganz fest und versprach, so oft wie möglich

mit mir zu kommen, und mit unseren Arbeitsplätzen in Frankfurt sei das ja auch kein Problem.

Martin hatte zusammen mit seiner Mutter die Zimmer in der ersten Etage der alten Villa wunderschön hergerichtet. Überall standen Vasen mit geschmückten Tannenzweigen. Mama Irene hatte schöne Strohsterne gebastelt und die Zweige aus dem Garten damit verziert. Und mein Schatz hatte sein kleines Zimmer leergeräumt, weil das mal das Kinderzimmer werden sollte. Das ganz große Zimmer mit dem wunderschönen Balkon nahmen wir als Wohnzimmer, das nächstgrößere neben dem Bad als Schlafzimmer. Das kleine Turmzimmer blieb erst mal ungenutzt.

Irene ging mit mir am nächsten Tag auf den Dachboden. Verpackt und sehr verstaubt, stand dort ihre Puppenküche, ein Puppenwagen und mehrere Puppen in einer Kiste. „Wir könnten das alles sauber machen und herrichten und runterstellen", meinte Irene. Ich war von dem Vorschlag begeistert. In einer Ecke fanden wir dann noch eine Puppenwiege. „Ach, sind die Sachen wunderschön, hoffentlich wird es ein Mädchen", sagte ich zu meiner Schwiegermutter. „Ja, das wäre prima", schwärmte Irene und fragte dann: „Was wünscht sich eigentlich unser Sohn? Will er einen Jungen?" „Er sagte, es sei ihm egal. Er freut sich über alles, was im Sommer aus meinem Bauch kommt."

Wir lachten und räumten die Sachen ins Kinderzimmer und fingen gleich mit der Reinigung an. Bettwäsche und Puppensachen wurden gewaschen und in der Waschküche im Keller aufgehängt. „Wenn ihr euch so mit den Mädchen-Spielsachen beschäftigt", sagte Martin, wird es bestimmt ein Junge." „Auch egal, es muss alles sauber gemacht werden und dann ist das

Kinderzimmer nicht mehr so leer." Irene stimmte mir zu.
Opa, Oma und Martins Vater kamen ins Zimmer und Opa fragte gleich: „Wollt ihr keine neuen Sachen für Euer Kind kaufen?" „Nein, Opa Hermann", sagte ich, „das wollen wir nicht. Diese alten Möbel und Puppen sind so wertvoll und schön, die möchte ich unbedingt behalten." Oma Käthe und er strahlten vor Glück. Martin lächelte zustimmend.
Und dann fiel Otto ein, dass es in Hamburg noch ein Schaukelpferd gibt, auf welchem der Sohnemann anfangs nicht sitzen wollte, weil er Angst hatte. „Ach, warst du so ein kleiner Hosenschisser, Martin?" „Ich weiß das doch nicht mehr", sagte er und Irene nickte und sagte: „Ja, er war manchmal ein richtiger Angsthase, unser Martin. Auf Bäume wollte er auch nicht klettern, aber wir hatten eine kleine Leiter und die hat er richtig geliebt und ist ständig darauf herumgeturnt. Und geschadet hat es ihm auch nicht." „Das Schaukelpferd bringen wir bei nächster Gelegenheit dann mit", sagte mein Schwiegervater.
Am nächsten Tag rief Mama in der Apotheke an und teilte mir mit, dass es meinem Großvater im Odenwald sehr schlecht ginge und er vermutlich nicht bei der Hochzeit dabei sei.
Allerdings hatte Opa nur einen grippalen Infekt und musste nur für einige Tage das Bett hüten. Er war weit entfernt von einer Lungenentzündung, wie Oma erst meinte.

Kurz entschlossen sind wir zu meinen Großeltern gefahren und Martin brachte jede Menge Medizin mit und erklärte Opa, was er wann und wie viel er davon einnehmen sollte. Dann tranken wir zusammen Kaffee und aßen viel von Omas leckerem Streuselkuchen. Niemand konnte den so gut backen wie sie. Mama gab sich ja auch immer große Mühe damit, aber bei Oma war er einfach noch besser, und das habe ich ihr auch immer wieder gesagt.

„Ich habe den Kuchen hauptsächlich für dich, Margarethe, gebacken, weil ich weiß, wie gerne du ihn isst." Aber diesmal hatte ich Pech. Zu hastig hatte ich drei Stücke runtergewürgt, da kamen sie postwendend wieder hoch.
Oma sah ihre Tochter Trudchen fragend an, als ich zur Toilette rannte, und Mama sagte dann: „Ja, unsere Margarethe ist schwanger." Während meiner Kotzerei hörte ich wie alle schwiegen. Bis Martin sagte: „Wir heiraten ja sehr bald." Damit war dieses Thema „Gott sei Dank" vom Tisch.

Nach dem Kaffee fuhren wir gleich wieder nach Frankfurt, denn der Wetterbericht sagte nichts Gutes voraus. Es war ein nasskalter Tag und in der Nähe von Darmstadt fing es schon an zu regnen und schneien. Wir waren sehr froh, als wir zu Hause ankamen, weil die Straßen rutschig wurden. In den Taunus konnten wir nicht mehr und riefen die Großeltern von Martin an, damit sie sich keine Sorgen machten. Da Johannes inzwischen bei meinen Eltern eingezogen war, mussten wir alle etwas zusammenrücken.
Papa erzählte, dass sich Maria aus Köln gemeldet habe und dass sie einen Tag vor der Hochzeit anreisen würde.

Am nächsten Morgen war der Schnee getaut. Wir fuhren mit unserem Opel zur Apotheke. Frau Äll hatte frei. Am Abend konnten wir dann wieder in den Taunus fahren, auch hier war der Schnee schon weg. In der Nacht setzte Sturm ein und ich kuschelte mich an Martin, weil ich vor Sturm ziemliche Angst habe. Ständig schepperte es woanders. Martin machte sich darüber lustig, weil er von Hamburg und der Küste anderes gewohnt war. Für ihn war es nur ein bisschen Wind. Aber er drückte mich fest an sich und dann konnte ich endlich einschlafen.

Am 31. Dezember war die Apotheke nur bis 12.00 Uhr geöffnet und Martin fuhr alleine dorthin. Ich half Oma Käthe und Irene in der Küche. Vorbereitungen für die Silvesternacht. Wir machten allerlei Salate und leckere Platten und meine liebe Mutter hatte sich angeboten, ihren berühmten Kartoffelsalat mitzubringen. Welch ein Glück!
Sie schneidet die Kartoffelscheiben ganz dünn, damit einem die Brocken nicht im Halse stecken bleiben. Willibald, der Gärtner, hatte mit meinem zukünftigen Schwiegervater den Eingang und das Wohnzimmer wunderschön mit Girlanden geschmückt. Er und Anna waren auch eingeladen, sozusagen als Abschiedsfest, weil sie uns ja demnächst verlassen würden.

Martin holte meine Eltern und den Kartoffelsalat mit dem Auto ab. Meine Brüder und Johannes mussten Bahn und Bus nehmen, sie kamen erst nach 4 Uhr an. Aber wir hatten noch Gebäck und Kuchen aufgehoben und Anna kochte ihnen frischen Kaffee. Und der war hier bei Oma und Opa richtig gut. Keine dünne Plärre.

Im Kinderzimmer wurden Gästebetten für meine Eltern aufgestellt, den drei jungen Männern machten wir in Opas Arbeitszimmer ein Matratzenlager für die Nacht. Schon bei diesen Vorbereitungen haben wir viel gelacht, besonders die jungen Männer.

Anna und Willibald hatten im Souterrain eine kleine Zwei-Zimmer-Wohnung mit eigenem Eingang vom Garten aus. Willibald fragte plötzlich Opa Hermann, ob er die Wohnung vor ihrem Auszug neu streichen müsse. Opa hatte wohl schon zusammen mit Otto ein paar Klare getrunken und antwortete ganz trocken: „Mein lieber Willibald, du kannst da unten streichen lassen, was du willst, aber nicht die Wände der Wohnung." Alle kicherten. „Außerdem gibt es jetzt wunderbare Tapeten zu kaufen und der neue Gärtner soll selbst entscheiden, wie er die Wände haben will."

„Haben Sie schon jemanden gefunden", fragte Anna. „Nein, ich habe mich auch noch nicht bemüht, das soll jetzt mein Enkel Martin übernehmen, er erbt ja sowieso mal das Haus und Grundstück."
Martin sah seine Großeltern und Eltern erstaunt an. „Davon weiß ich ja noch gar nichts, Opa." Er drückte seine Großeltern an sich und sagte: „Eigentlich gehört das doch eurer Tochter, also Mama." „Sie will es nicht", sagte Opa. „Und dein Vater will auf gar keinen Fall in den Taunus ziehen, er hat sein Häuschen in Hamburg und auch dort seinen Arbeitsplatz. Und der Garten hier ist ihm zu groß. Ihr zwei seid dabei, eine Familie zu gründen und braucht Platz."
Oma Käthe bat alle an den großen Tisch und Anna, Irene und meine Mutter kamen mit der Gulasch-Suppe und französischem Weißbrot. Oh war das lecker!
Ich schlug mächtig zu, selbst auf die Gefahr, dass mir alles wieder hochkommt. Es blieb aber drin. Zum Trinken gab es Bier, für Oma Käthe Kamillentee und für mich Limonade.
Danach kamen die Salate und Platten mit Schinken, Würstchen, geräuchertem Fisch und gekochten Eiern auf den Tisch.

Für meine Brüder und bestimmt auch für Johannes war das ein richtiges Fress-Erlebnis. Zum Nachtisch trug Anna eine riesige Käseplatte herein, Irene hatte noch Pudding für die jeweiligen Süßmäuler gekocht. Tobias, mein etwas vorlauter, aber trotzdem liebenswerter Bruder, sagte immer wieder zu Opa Hermann: „Ich glaube, ich ziehe im neuen Jahr auch bei euch ein, damit meine liebe Schwester nicht so viel Heimweh bekommt."

Es war eine tolle Stimmung, wir hörten schöne Musik, tanzten und lachten und prosteten uns um Mitternacht mit richtigem Champagner zu. Opa Hermann hatte so seine Beziehungen, wie er sagte.

Wir feierten bis weit in den frühen Morgen und gingen wie erschlagen in die vorbereiteten Betten. Zuvor verteilte Martin noch Wasser und Aspirin, damit der Kopf am nächsten Morgen nicht allzu schwer sein würde. Frühstück stand in der Küche ab 10.00 Uhr bereit, aber die meisten kamen erst zum Mittagessen. Es gab, wie üblich in dieser Gegend, Sauerkraut mit Rippchen und Kartoffelbrei.

Danach tranken einige noch Kaffee und Martin fuhr meine Eltern und die Männer zusammen heim. Wie die Heringe saßen sie in dem alten Opel. Ich legte mich wieder ins Bett und schlief fast den ganzen Nachmittag. Oma Käthe holte mich um 5.00 Uhr zu einer Tasse Tee. „Hat es dir gefallen, Kindchen", fragte sie mich, „und ist dir alles gut bekommen?"

„Ja, Oma Käthe, es war wunderschön gestern und ich danke dir ganz herzlich dafür, denn das ist nicht selbstverständlich, was Ihr für Martin und mich tut." „Wir brauchen euch, Kind. Schließlich sind wir beide schon 85 Jahre und mir geht es in letzter Zeit nicht so gut." „Was fehlt dir Oma? Bist du in ärztlicher Behandlung?" „Ach, Margarethe, mir fehlt einfach meine frühere Gesundheit, mein Lebensmut und meine Freude. In so hohem Alter schwindet das alles und ich hoffe doch sehr, dass ich Euer Kindchen noch erleben darf." „Ich bete für dich, Oma, dass du noch ein paar Jahre bei uns bist, es ist so schön mit euch." Sie drückte mich an sich. Und dann kam auch schon Martin aus Frankfurt zurück.

Ich erzählte ihm von unserem Gespräch und bat ihn, mit seiner Mutter darüber zu sprechen, solange sie noch hier war. Das tat er am nächsten Tag und Irene machte sofort einen Termin bei Omas Hausarzt. Sie begleitete sie zu Dr. Oh und er untersuchte Oma gründlich, konnte aber nur eine Magenverstimmung diagnostizieren. Beim Weggehen sagte er leise zu Irene, ihr Herz sei sehr schwach und wir sollten darauf achten, dass sie ihre Herztabletten schluckt.

Er und auch Irene wussten aus Erfahrung, dass Oma keine Tabletten oder sonstige Medizin mochte. Wir passten nun alle akribisch auf Omas Tabletteneinnahme auf. Ein kleiner Fortschritt war schon in den darauffolgenden Tagen ersichtlich, oder war es die Vorfreude auf unsere Hochzeit?

Wir heiraten

Maria war vom Frankfurter Hauptbahnhof aus direkt zu meinen Eltern gefahren. Sie hatte ja keine Ahnung, dass ich inzwischen in den Taunus gezogen war. Mama wählte unsere Nummer und gab ihr den Hörer. „Hallo, liebes Margarethchen, ich bin hier bei deinen Eltern und freue mich riesig, dich zu sehen. Geht es dir gut?" „Ja, Maria, es geht mir gut, bis auf die blöde Kotzerei. Ich hoffe, es hört bald auf." Und dann erzählte sie mir von ihrer Mutter und Schwester und wie sie sich auf unsere Hochzeit freue. „Also, dann tschüss, bis Morgen im Römer."
Johannes schlief für einige Tage bei meinen Brüdern im Zimmer und meine Großeltern aus dem Odenwald hatten mein ehemaliges Zimmer in Beschlag genommen.
Kurz vor Weihnachten hatte ich zusammen mit Mama und Irene das Brautkleid gekauft. Es war lang und ganz schlicht gehalten, nur am Ausschnitt waren kleine rosa Röschen mit zartgrünen Blättchen aus Organza und mein Brautstrauß war aus ebensolchen Rosen.

Martin hatte am nächsten Tag eine große Überraschung für mich. Er hatte den Silbernagels in Amerika mitgeteilt, dass wir Anfang Januar heiraten und es schön wäre, wenn auch jemand von ihnen zu unserer Hochzeit kommen könnte. Aber sie hatten wohl immer noch große Angst in die alte Heimat zu reisen und schickten für mich eine wunderschöne kurze Pelzjacke, die ich an diesem Tag gut gebrauchen konnte, weil es ziemlich kalt war.
Im Standesamt zitterten mir die Knie vor Aufregung. Was der Standesbeamte alles sagte, weiß ich gar nicht mehr. Und als ich

unterschreiben sollte, wurde mir ganz komisch und ich setzte mich gleich wieder hin. Martin sagte ihm, dass ich schwanger sei und er reichte mir sofort ein Glas Wasser. Das half mir dann wieder auf die Beine und ich unterschrieb.
Jetzt mussten wir uns auch noch vor aller Augen küssen. Mir war das peinlich. Dann begann die Gratulation und das Umarmen und das Wegwischen der Tränen. Aber ich wollte nur noch aus dem Römer raus und nach Hause. Mein Magen knurrte und auch unser Baby hatte Hunger. Am Morgen hatte ich kaum etwas gefrühstückt. Doch meine Mama hatte ein Stück Schokolade für mich bereit, schließlich habe ich 20 Jahre mit ihr verbracht und sie kannte ihre Tochter bestens.

Im Taunus angekommen, standen Anna und Willibald mit Champagner da, in meinem Glas war allerdings Limonade. Ich nippte nur kurz an Martins Glas, dann musste ich schnell etwas essen. Martin schmierte mir ein Brot, dick mit Butter, aber das gefiel meinem blöden Magen wieder mal nicht und das Kind wollte wohl auch etwas anderes, also habe ich es ausgespuckt..

Jetzt beschlossen alle, dass ich mich erst mal ins Bett legen sollte und Maria, in einem Traum von Kleid setzte sich zu mir. Endlich waren wir beide alleine und fielen uns in die Arme, heulten ein bisschen und lachten gleich wieder. „Woher hast du dieses schicke Kleid, meine Gute, das war doch bestimmt sündhaft teuer?" „Nein, war es nicht. Meine Schwester ist doch Schneiderin. Sie näht zu Hause, so dass sie immer nach unserer Mutter schauen kann, und sie hat mir auch den schönen Stoff besorgt. Als ich vor Weihnachten nach Hause kam, fing sie gleich an zu nähen." „Toll!"
Und wie findest du Johannes?", war meine nächste Frage. Sie

hatte ihn ja am Tag zuvor kurz bei meinen Eltern kennen gelernt und fand ihn sehr sympathisch.

„Könntest du mal rausgehen zu meiner Mutter, Maria, und mir zwei Stücke von Omas Hennys Streuselkuchen holen?" „Na, klar." „Achte aber bitte darauf, dass es Stücke sind mit Riesenstreusel, darauf habe ich Appetit." Und schon war Maria unterwegs. Sie kam mit dem Kuchen und ich futterte, wie ausgehungert, die beiden Stücke, eins für mich und eins fürs Baby und es ging uns wieder gut. Dann kam Martin zu uns und auch er bewunderte das schöne rote Kleid von Maria.

„Martin, du musst jetzt rausgehen, sagte Mama, die zur Tür hereinkam. „Margarethe zieht jetzt das Brautkleid an." Er lächelte und verschwand. Für das Standesamt hatte ich ein schlichtes dunkelblaues Kostüm gewählt mit weiß-hellblau gemusterter Seidenbluse. Maria half mir jetzt beim Überziehen und Mama richtete noch ein wenig mein Haar und gab mir den Brautstrauß.

Dann ging ich langsam die große Treppe hinunter zu den anderen und Martin hatte gleich Tränen in den Augen, als er mich so sah. „Wunderschön siehst du aus, mein Liebling", sagte er immer wieder.

Opa Hermann hatte mehrere Taxen bestellt und wir fuhren zu unserer Kirche. Der Pfarrer erwartete uns schon, die Glocken fingen an zu läuten und ich kriegte schon wieder das Zittern in den Beinen. Aber ich habe durchgehalten und „Ja" gesagt. Wir tauschten die Ringe und eine Frau aus unserer Gemeinde hat das „Ave Maria" gesungen und da kullerten wie üblich bei den meisten die Tränen. Jetzt waren wir ein richtiges Ehepaar!

Vor der Kirche wurden wir dann endlos fotografiert und beglückwünscht. Oma Käthe ergriff plötzlich das Wort und sagte

für alle hörbar: „Es ist kalt, ihr Lieben, wir fahren nun los, die Braut soll sich doch nicht erkälten." Klar, alle anderen durften sich erkälten, nur ich nicht, ich war schließlich schwanger.
Meine Brüder fuhren Martin und mich im geschmückten Opel nach Hause. Anna und Willibald waren schon mit einer Taxe vorgefahren und zündeten die Kerzen auf dem wundervoll gedeckten Tisch an und kochten Kaffee und Tee. Die Hochzeitstorte hatte ein Konditor gemacht, ansonsten legte man bei uns großen Wert auf selbstgebackenen Kuchen. Es war reichlich da und meine Brüder schienen überaus glücklich. Ich selbst aß nur ein Stück von der Hochzeitstorte, die Martin und ich anschneiden mussten. Die Stimmung war prächtig!
Ein Restaurant in unserer Nähe, mit vorzüglicher Küche, hatte von Oma und Opa den Auftrag erhalten, für das Abendessen zu sorgen und stellte gleich noch einen Ober zur Verfügung, der uns alle am Abend bewirtete. Die Auswahl war riesig und ich nahm, genau wie Martin, Wild. So etwas Edles hatte ich noch nie gegessen.
Später packten wir die Geschenke aus, fast alles sehr praktische Sachen für den neuen Haushalt.
Der „alte Fritz", Opas Feind aus der Nachbarschaft, hatte ein so riesiges Paket geschickt, dass wir es zum Schluss auspackten. Über den Inhalt waren wir sehr erstaunt. Eine wunderschöne, alte Apotheke, mit kleinen Schubladen, Apotheker-Gläsern und einer Waage mit winzigen Gewichtsteinen kam zum Vorschein. Martin war entzückt und Opa Hermann konnte es nicht fassen, dass sich Fritz Emm von dieser Rarität trennte. „Die ist ja ein Vermögen wert", sagte er und schüttelte immer wieder den Kopf.
„Das hätte ich diesem Querulant nicht zugetraut." „Wie du siehst, lieber Hermann", sagte Oma Käthe, „ist unser Nachbar gar nicht so schlecht." Und da lag auch noch eine schöne Hoch-

zeitskarte dabei auf der stand: „Für Euer Kinderzimmer, damit das Baby, wenn es erst mal größer ist, was Nettes zum Spielen hat. Und euch beiden wünsche ich alles Liebe und Gute für Eure gemeinsame Zukunft. Euer Nachbar Fritz Emm."

„Woher weiß Herr Emm, dass ich schwanger bin," fragte ich Oma, und sie erzählte, dass er sie im Garten mal angesprochen habe, weil ich oft so elend aussah, hat er es vermutet. „Man muss aus einem freudigen Ereignis kein Geheimnis machen," war Omas kurzer Kommentar. „Richtig," stimmte Irene hinzu und alle lachten. Und dann tat Opa wohl das Beste, was er tun konnte.
Er ging rüber zu Fritz Emm und holte ihn zu uns. Wir haben uns freudig bei ihm bedankt, und er bekam nachträglich noch Essen serviert und blieb den ganzen Abend bei uns und feierte mit. Er saß vis-à-vis von Opa, so dass sie sich immer wieder zuprosteten und ordentlich Alkohol in ihre Kehlen kippten. Nach einigen Stunden waren die beiden nicht beschwippst, nein, sie waren stinkbesoffen.
„Ich hoffe sehr", sagte Oma Käthe zu den beiden, „dass ihr euch auch in Zukunft so gut versteht wie heute." „Klaaardochch", lallten sie.

Johannes war der Tischherr von Maria. Die beiden unterhielten sich prächtig und tanzten auch oft miteinander zur großen Freude meiner Brüder und auch mir.

Nach Mitternacht ging ich mit meinem Ehemann schlafen, wir hatten genug. Die anderen hörten wir noch einige Minuten grölen, dann schliefen wir ein. Am nächsten Morgen hatte Martin einen schweren Kopf, Opa lag für den ganzen Tag zur Ausnüchterung im Bett mit einer kleinen bis mittleren Alkoholvergiftung. Zum Glück hatte diesmal nicht ich, sondern er in der Nacht die Kotzeritis. Er bekam von seiner Tochter nur Kamillentee serviert und musste ihn auch noch trinken, obwohl er dieses „Gesöff" überhaupt nicht mochte. Abends besuchte ihn sein Nachbar Fritz. Die beiden duzten sich jetzt und man hatte das Gefühl, dass sie sich niemals etwas Böses gesagt haben. Ich glaube, Oma war sehr froh darüber, dass sie sich endlich verstanden.

Sie erzählte Fritz Emm, dass Anna und Willibald gekündigt hätten und nur noch bis Ende Februar bei uns seien. Wir müssten jetzt einen anderen Gärtner haben und auch jemand für die Küche und den Haushalt. „Wenn ihr bis dahin niemanden gefunden habt, mache ich euch den Schnee weg und schneide die Bäume im Garten, ich hab' doch Zeit." Allerdings war Herr Emm auch schon in Pension, er war früher bei der Frankfurter Kripo und Oma hatte Bedenken, dass er sich dann eventuell übernimmt. Auf jeden Fall bedankte sie sich bei ihm für die angebotene Hilfe.
„Für den Haushalt wüsste ich auch jemand für euch, sagte Fritz Emm. Die junge Frau ist ein bisschen zurückgeblieben, aber sonst sehr nett und fleißig. Sie kümmert sich liebevoll um ihre alten und kranken Eltern und sucht eine Stelle im Haushalt für 3-4 Stunden am Vormittag. Allerdings nicht am Wochenende, nur wenn Festlichkeiten sind, kann sie mal einspringen. Ich kenne ihren Vater, er war ebenfalls bei der Kripo und ich besuche ihn ab und zu. Sie wohnen „Im krummen Weg", das ist ja nicht weit von hier und Erni, so heißt die junge Frau, hat auch ein Fahrrad."
Martin bat Herrn Emm, mit Erni mal zu sprechen und vielleicht für die nächsten Tage einen Besuchstermin zu arrangieren. „Klar, mache ich."

Maria kam aus dem Wohnzimmer, ziemlich angeschlagen schien sie, und bat um ein Glas Wasser und eine Aspirin. Martin holte es ihr. „du solltest vielleicht vorher etwas essen, Maria, damit du die Tablette besser verträgst", sagte er. Sie schüttelte aber den Kopf. So nach und nach trudelten auch meine Brüder und Johannes von ihrem Matratzenlager in die Küche und ließen sich von Martin das gleiche Frühstück wie Maria servieren.

Von meinen und Martins Eltern war noch nichts zu hören und sehen, die älteren Herrschaften hatte es wohl ganz schön angestrengt, sie waren noch im Tiefschlaf. Nur die ganz alten, also drei unserer Großeltern, Opa Hermann lag ja flach, Anna und Willibald sowie Fritz Emm, waren schon recht munter. Sie frühstückten in der Küche. Es war noch genug vom Fest übrig und Willibald hatte jede Menge frische Brötchen vom Bäcker geholt, denn samstags gab es bei uns immer Brötchen.

Johannes kam aus dem Bad und setzte sich zu Maria. Er sah sie liebevoll an und sie unterhielten sich sehr leise. Ich war furchtbar neugierig, konnte aber im Beisein der anderen Maria nicht ausfragen. Schrecklich!

Auch zum Mittagessen gab es Reste vom Vortag und nach dem Essen hatte ich Gelegenheit, mit Maria durch den Garten zu gehen. Ich brauchte frische Luft, und sie erzählte mir, dass es zwischen ihr und Johannes ganz schön gefunkt hätte. Sie würde sich am Sonntag mit ihm treffen, wollten zusammen ins Kino gehen. Männer waren zu dieser Zeit sehr rar, viele aus Russland nicht mehr zurückgekehrt und man war schon froh, einen netten Partner zu finden. Und Johannes war ein sehr netter Kerl und meine Maria ein tolles Weib. „Ich wäre sehr froh, Maria, wenn das mit euch beiden klappen würde", sagte ich. Aber Maria war vorsichtig, was Männer anging, sie hatte bisher nur schlechte Erfahrungen gemacht und wollte auf keinen Fall irgend etwas überstürzen, so wie ich.

Am späten Nachmittag löste sich die Hochzeitsgesellschaft auf und alle, die nicht hier im Hause wohnten, fuhren heim. Nur Fritz Emm blieb noch zum Abendbrot, er hatte ja nur einen kurzen Weg zu seinem Häuschen.

Opa Hermann ging es wieder besser, Alkohol wollte er heute keinen, er nahm Wasser anstelle von Kamillentee, doch der restliche Hirschbraten schmeckte ihm schon wieder. Auch die Käseplatte musste noch geleert werden. Opa schmiss so schnell nichts aus der Bahn. Er unterhielt sich angeregt mit dem „alten Fritz", obwohl dieser wesentlich jünger war als er selbst. „Woher, lieber Fritz, hast du nur die wunderschöne Apotheke, die du den Kindern zur Hochzeit geschenkt hast?"
„Die ist noch von meiner ersten Frau. Sie brachte das edle Stück mit in die Ehe. Bevor sie auszog, habe ich die Apotheke auf dem Dachboden gut versteckt, weil ich natürlich auch Kinder haben wollte, aber wie Ihr wisst, hatte sie nur Fehlgeburten und dachte, das liegt an mir. Aber das war nicht so.
Meine zweite Frau hatte einen Sohn von mir schon vor der Ehe, was niemand wissen durfte. Es war ihr peinlich. Sie hat meinen Bub auf dem Gewissen. Ein strammer Junge, aber sie wollte kein Kind und hat auch nicht richtig auf ihn aufgepasst. Eines Tages ist er vom Wickeltisch gefallen und war tot. Genickbruch!"
Opa und Oma wurden ganz blass und sahen Herrn Emm entsetzt an. „Und warum hast du nie mit uns darüber geredet? Es ist doch immer besser, wenn man sich seinen Kummer von der Seele redet, Fritz." „Ich habe es nicht geschafft, darüber zu sprechen, ich war so fertig, das könnt Ihr euch gar nicht

vorstellen. Außerdem habe ich auch noch für Hanne gelogen, damit die Strafe für sie nicht zu hoch ausfiel. Aber verheiratet war ich mit ihr niemals. Nach der Beerdigung war Schluss, ich konnte und wollte nicht mehr mit ihr zusammen leben.
Wegen fahrlässiger Tötung bekam sie ein Jahr auf Bewährung, und sie wollte gleich wieder zu mir ins Haus, aber ich habe sie hinausgeschmissen. Schluss, aus und vorbei!
Meine erste Frau hat nach unserer Trennung bald wieder geheiratet, in der Hoffnung, vom nächsten Mann ein Kind zu bekommen, aber es war wieder eine Fehlgeburt. Sie hätte bei mir bleiben sollen, ich hatte sie doch gern und wir hätten ein Kind adoptiert, das habe ich ihr immer vorgeschlagen, aber sie wollte unbedingt ein eigenes haben. Aber so ist das mit den Frauen."

Wir waren alle sehr bestürzt und dann nahm Opa Hermann Fritzens Hand in die seine und sagte:
„Ich möchte mich bei dir entschuldigen, dass ich dich so total falsch eingeschätzt habe, mein Lieber. Es tut mir sehr Leid."
„Ach, Hermann, ich war ja auch nicht immer freundlich zu den Leuten, das weiß ich. Es war der Kummer, den ich immer mit mir herumgetragen habe. Ich freue mich aber sehr auf Euer Urenkelchen und hoffe, dass ich es mal in die Arme nehmen darf." Mir kullerten die Tränen. Ich sprang auf, ging zu ihm und drückte ihm einen dicken Kuss auf die Wange und sagte: „Klar, das ist doch selbstverständlich, Sie sind dann der Onkel Fritz für unser Kind und kommen ab und zu rüber zu uns oder gehen mit dem Baby und uns spazieren, wenn Sie das wollen."
Er freute sich riesig über diese Aussichten und bedankte sich. Dann bot er auch uns das „Du" an.
Von nun an spielte Opa Hermann mindestens zweimal die Woche mit Fritz Emm Schach, er ging auch zu ihm rüber ins Haus

und einmal wöchentlich spielten die beiden mit Martin Skat. Oma und ich waren hierüber sehr froh. Erstens gab es keinen Streit mehr mit dem Nachbar und zweitens hatten wir für einige Stunden die Männer vom Hals, wie sie zu sagen pflegte.

Im Februar hatten wir ziemlich viel Schnee, den Martin im Wechsel mit Onkel Fritz vom Gehweg schippte. Erni hatten wir im Haushalt inzwischen eingestellt. Anna und Willibald haben uns Ende Februar verlassen und mein Bäuchlein wurde allmählich zum Bauch. Mit Mama telefonierte ich fast täglich und einmal die Woche ging ich mit Martin zu meinen Eltern zum Abendessen. Auch meine Schwiegereltern Irene und Otto erkundigten sich ständig nach meinem Befinden.

Martin beschloss mit meiner Mutter, dass ich ab Anfang März nur noch halbe Tage in der Apotheke arbeiten sollte. Am Nachmittag würde mich Martin zu meiner Mutter fahren, und ich sollte mich dort ein wenig ausruhen. Die Idee gefiel mir.

„Am Abend hole ich dich dann bei deinen Eltern wieder ab und wir fahren nach Hause", sagte mein Mann. „Oder ihr bleibt noch ein bisschen", sagte Mama zu Martin und lachte.

Wir hatten inzwischen einen Pharmazie-Studenten gefunden, der mich ab März am Nachmittag in der Apotheke ersetzen sollte. Andreas Tee war ein etwas schüchterner Mann, ein wenig menschenscheu, aber sonst sehr gut zu gebrauchen und immer höflich zu der Kundschaft.

Auch zu Hause klappte alles sehr gut mit Erni, unserer neuen Hausangestellten. Nur einen Gärtner hatten wir noch nicht gefunden, obwohl Martin schon mehrere Annoncen aufgegeben hatte. Zum Glück war es auch jetzt im März nicht möglich, im Garten zu arbeiten, da der Boden immer noch gefroren war. Frau Äll machte uns den Vorschlag, einen großen Zettel an die Eingangstür der Apotheke zu hängen, anstelle weiterer kostenspieliger Annoncen. Und da hatten wir dann Ende März Glück und ein Mann von ungefähr 40 Jahren bewarb sich bei Martin um die Gärtnerstelle im Taunus. Wir nahmen ihn abends mit zu Oma und Opa und Martin zeigte ihm das große Grundstück und die Souterrainwohnung, die er auch bewohnen sollte.

Herr Walter Vau war sehr angetan, da er zur Zeit überhaupt keine Wohnung besaß, bei seiner Schwester in Niederrad wohnte, und diese eigentlich wenig Platz hatte. Er war weder verheiratet, noch hatte er Kinder. Nur fürchterliche Klotzaugen hatte er. Und eine Knollennase, die wiederum sein rundes Gesicht freundlich stimmte.
„Sie können sofort bei uns anfangen, wenn Sie möchten", sagte Opa und bot ihm auch einen ordentlichen Lohn. Allerdings sollte die Wohnung vorher noch renoviert werden und Herr Vau war bereit, dies alles selbst zu tun. Er fing gleich am nächsten Tag bei uns an.

Herr Vau hatte auch einen Führerschein und so konnte er, wenn mal Opa und Oma nach Frankfurt mussten, sie chauffieren. Allerdings mussten wir dann auf das Auto verzichten und Martin plante schon, für uns einen VW-Käfer zu kaufen. Das hatte auch sein Vater in Hamburg vor, der gerade dabei war, seinen Führerschein zu machen.

Im April richtete Walter Vau den Garten sehr schön her. Alles fing an zu blühen und Erni holte uns immer frische Blumen und stellte sie in die Zimmer. Nur Oma Käthe machte uns Sorgen, sie wurde extrem empfindlich, der kleinste Luftzug und sie lag flach. Der Hausarzt war sozusagen unser ständiger Gast.

An meinem 21. Geburtstag, Anfang Mai, stürzte sie die Außentreppe hinunter und kam mit Blaulicht in die Frankfurter Uniklinik. Diagnose: Oberschenkelhalsbruch.

Omas Knochen waren sehr schwach geworden und man behielt sie bis Ende Juni in der Klinik. Sie musste noch im Krankenhaus laufen üben und dann wurde für zu Hause ein Gehwagen verordnet, was ihr überhaupt nicht gefiel. Und bei der Treppensteigerei hatte nun immer einer von uns bei ihr zu sein, alleine war das nicht mehr möglich, davor hatte sie panische Angst.

Meine Figur war inzwischen keine Figur mehr, sondern ich war nur noch dick und rund, kam mir vor wie aufgeblasen. Ich ging jetzt nicht mehr arbeiten und verbrachte viel Zeit im Garten oder ging mit Martin am Wochenende spazieren. Unser Baby war sehr ruhig in meinem Bauch, bewegte sich nur zaghaft.

Das Kinderzimmer hat Walter Anfang Juli neu tapeziert. Wir hatten eine Tapete ausgesucht, auf der rosa und hellblaue Blümchen waren, so dass es für ein Mädchen oder Bübchen passte. Meine Eltern spendeten uns den Kinderwagen in dunkelblau und Martins Eltern kauften einen wunderschönen Stubenwagen.

Onkel Fritz von nebenan meinte immer, dass ich vielleicht Zwillinge bekommen würde, weil ich so dick war, und das läge ja auch wohl in unserer Familie. Ich wünschte mir das nicht und ging meiner Ärztin ganz schön auf die Nerven, weil ich immer wieder fragte, ob sie nicht doch zwei Herzen schlagen hört. „Nein, liebe Frau Peh, da ist zu 95% nur ein Kind in ihrem Bauch." Vielleicht haben sich die anderen 5% gut versteckt, dachte ich. „Frau Doktor, bei meiner Mutter hat man bei der 2. Schwangerschaft auch nicht gemerkt, dass es da noch ein Baby gibt, sie bekam Zwillinge und meine Eltern waren sehr überrascht." Die Ärztin lachte und gab mir die Hand zum Abschied. „Wir sehen uns in zwei Wochen wieder." Das war also kein Thema mehr für sie.

Ich war täglich mit Ein- und Umräumen im Kinderzimmer beschäftigt. Mal stellte ich den Puppenwagen ans Fenster, mal in die Ecke, das Schaukelpferd nach rechts oder hinten links. Es sollte doch alles schön aussehen, wenn der neue Erdenbürger auf meinen oder Martins Armen das Zimmer betrat.

Ende Juli reisten Irene und Otto aus Hamburg an. Sie wollten natürlich rechtzeitig zum freudigen Ereignis da sein. Dass mir dieses Ereignis keine Freude bereitet, wusste ich zu diesem Zeitpunkt noch nicht. Irene hatte herrliche Sachen gestrickt, gehäkelt und genäht. Sie hatte wohl auch mehr Zeit als meine Mama, die ja noch drei junge Männer und Papa in ihrem Haushalt zu versorgen hatte. Trotzdem strickte auch sie immer noch fleißig. Besonders schön fand ich Mamas Ausfahrdecke in weiß mit dicken Noppen für den Kinderwagen.
Ende Juli war ich noch einmal zur Untersuchung und meine Gyn sagte mir, dass ich nun täglich mit der Geburt zu rechnen hätte.

Es wurde August und die Familie wurde immer unruhiger. Und ich konnte nachts kaum noch schlafen, weil mich mein dicker Bauch daran hinderte.

Linda ist da!

Am 03.08. setzten spät abends die Wehen ein und am 04.08.1951, nach über 20 Stunden, kam unser Mädchen zur Welt.

Ich hatte ja keine Ahnung, dass ein Mensch in der Lage ist, solche Schmerzen zu ertragen. Aber ich hatte zum Glück meine Maria immer in der Nähe, auch in der Nacht, und sie war danach genauso k.o. wie ich. Männer durften in dieser Zeit und ganz besonders in unserer Klinik noch nicht bei der Geburt eines Kindes dabei sein und es war mir auch ganz recht, dass Martin das nicht mit ansehen musste. Unser Baby wog 3.400 Gramm, war 52 cm lang und hatte keine Haare, nur blonden Flaum.

Über einen Namen hatten Martin und ich schon vorher nachgedacht, und weil es seiner Oma Katharina immer schlechter ging, wollten wir ihr eine Freude machen und ließen sie wählen. Sie freute sich sehr hierüber und schlug „Linda" vor. Das gefiel auch uns. Martin kam am Nachmittag ganz aufgeregt mit 21 Baccarat-Rosen zu uns, drückte mich fest an sich und vergoss ein paar Tränchen vor Glück. dunkelrote Rosen mag ich nicht so sehr, aber das habe ich ihm nicht gesagt, sie waren bestimmt sehr teuer. Und Martin gefielen sie bestimmt, sonst hätte er sie nicht gekauft. Linda interessierte sich noch nicht für Blumen, die Nähe meines Busens war ihr lieber. Sie lutschte immer wieder an meinem Nachthemd herum. Aber Stillen war erst am nächsten Tag dran. Die kleine Maus musste also noch die ganze Nacht hungern.

Martin war überglücklich mit uns beiden, streichelte mir die Haare und die Wangen und liebkoste seine Tochter. Am späten Abend schickte ihn Maria nach Hause. „Ich möchte nicht, dass es Ärger gibt, man sieht es nicht so gerne auf der Entbindungsstation, wenn die Besucher so lange bleiben, verstehst du, Martin?" Er verstand und verschwand.

Am nächsten Tag sollte Linda trinken, stellte sich aber ziemlich ungeschickt an, und ich heulte gleich los, weil ich dachte, sie verhungert jetzt. Die Schwester versuchte, mich zu beruhigen. „Sie müssen ein bisschen Geduld haben, Frau Peh, das Baby muss erst lernen, mit der Brust umzugehen, außerdem schläft ihr Kind sehr viel, schreit wenig und braucht deshalb auch nicht so große Mengen Milch." Aha!
Am Nachmittag kamen meine Eltern mit Blumen und Pralinen und auch die Schwiegereltern brachten wunderschöne Blumen mit. Sie waren alle ganz entzückt von Linda, die sie hinter einer Glasscheibe im Kinderzimmer bewundern durften und blieben vernünftiger Weise nur ein Stündchen bei mir, um mir noch die nötige Ruhe zu gönnen, wie Irene richtig meinte.

Dann kam Martin noch für eine Stunde zu uns und erzählte mir, dass Oma Käthe und Opa Hermann heute in Frankfurt einen Großeinkauf für unser Baby getätigt hätten. Alles sei hübsch verpackt und dürfe nur von der jungen Mutter geöffnet werden, wenn sie in den nächsten Tagen nach Hause käme. „Ich werde nicht drängeln, Martin, denn hier werde ich sehr gut versorgt. Schließlich habe ich in dieser Klinik meine Ausbildung gemacht, war auch kurze Zeit auf der Entbindungsstation und die Schwestern und Ärzte kennen mich. Das ist von Vorteil." Martin lächelte und nickte verständnisvoll. Der Herr

Apotheker brauchte sich bei Ankunft auf der Station nur bei Schwester Gisela zu melden, schon brachte sie unser Baby ins Zimmer, damit der stolze Vater seine Tochter immer wieder bewundern konnte. Er war sichtlich erfreut, dass ihm so etwas Niedliches gelungen war. Haha, mit meiner (w)vehementen Hilfe!

Nach einer Woche durfte ich das Krankenhaus mit Linda verlassen. Martin holte uns ab und Schwester Gisela begleitete uns noch bis zum Auto. Ich hatte die Kleine in einem großen Kopfkissen auf meinem Schoß und damals fuhr man noch ohne Gurt. Wie gefährlich!
Martin fuhr sehr vorsichtig und es dauerte entsprechend länger, bis wir zu Hause ankamen. Übrigens hatte er mich mit dem Auto ganz schön überrascht. Ein neuer VW-Käfer mit kleinem geteilten Rückfenster nannten wir nun unser Eigentum. Opa Hermann hat natürlich, wie schon so oft, tief in seine Brieftasche gegriffen und Martin beim Kauf unterstützt. Nicht jeder hat so einen wohlhabenden Großvater, dachte ich.
Mein Schatz musste sich noch ein bisschen an die Schaltung und die neue Sitzposition gewöhnen, wie er sagte, zu sehr war er mit dem schönen alten Opel von Opa vertraut.
Und Opa wolle im nächsten Frühjahr eine Doppelgarage bauen lassen, erzählte er mir. Bei der alten Garage war das Dach inzwischen undicht geworden.
„Ein Glück, dass seine Brieftasche nicht undicht ist", sagte ich zu Martin, und wir lachten.

Irene öffnete uns die Tür, meine Eltern waren auch da. Es war ein Samstag und wir wurden mit viel Jubel empfangen. Oma Käthe sah sich besonders genau ihre Urenkelin an und war der Meinung, man müsse sie aber gut füttern, sie sei ein biss-

chen blass und schwach. Ich glaube, Neugeborene, die noch keine sieben Pfund wiegen, sind nun mal keine Zwölfpfünder. Soll es ja auch geben. Mir hat es auch so schon gereicht.
Wir aßen zusammen zu Mittag und ich legte mich zum Stillen mit Linda ins Bett. Danach schliefen wir beide ein und wurden von meiner Mutter zum Kaffee wieder geweckt. Nun drehte sich alles um den kleinen Spatz. Immer wieder stand ein anderer vor dem Stubenwagen und bestaunte das Wunder der Menschwerdung. Linda schrie, sie wollte wohl endlich mal ihre wohlverdiente Ruhe haben und wir haben sie dann in Omas Schlafzimmer geschoben, damit sie schlafen konnte.

Onkel Fritz, von nebenan, war auch zum Kaffee eingeladen und brachte uns wunderschöne Geschenke mit. Strampler, Pullover und ein Kleidchen. Der Mann hat Geschmack, dachte ich und drückte ihm einen dicken Kuss auf die Wange, was ihm sichtlich gut tat. Oma Käthe und Opa Hermann hatten in Frankfurt einen Korb-Puppenwagen für Kleinstkinder mit Babypuppe gekauft und ebenfalls mehrere Strampler und Moltontücher sowie Unterwäsche und eine Ausfahr-Garnitur. Und dann noch die vielen Handarbeiten von den Müttern.
Der Schrank im Kinderzimmer wurde voll. Auch aus der Nachbarschaft kamen Geschenke und meine Großeltern aus dem Odenwald hatten ein Paket geschickt mit Winterbekleidung für Linda.

Nur die Stillerei wollte nach wie vor nicht so recht klappen und ich entschloss mich, abzupumpen, die Milch in eine Flasche zu füllen, um so mein Kind besser im Griff zu haben und auch zu sehen, wie viel sie trinkt. Linda wurde sichtlich zufriedener und meine anfängliche Nervosität legte sich ebenfalls, obwohl ich den ganzen Tag beschäftigt war.

Am Sonntag fuhr der frisch gebackene Vater seine Tochter im Kinderwagen spazieren und grüßte überfreundlich alle Nachbarn, ich tapste nebenher. Er war sehr, sehr stolz auf sein Kind und ich fragte mich, wer denn eigentlich auf mich stolz war oder ist, denn schließlich musste ich doch die Wehen so lange aushalten. Aber das interessierte jetzt niemand mehr.
Es zählte nur noch das kleine Mädchen in der rosa Ausfahr-Garnitur. Und das schlief friedlich in seinem neuen Kinderwagen und genoss die Sommerluft.

In den folgenden Monaten entwickelte sich Linda zu einem properen Baby. Sie lachte viel mit uns und machte immer einen zufriedenen Eindruck. Wir waren eine kleine glückliche Familie.
Nur Oma Käthe machte uns große Sorgen. Sie wurde immer weniger, bekam schwer Luft und das Laufen wurde ihr zur Plage. Ich hatte das Gefühl, sie war nur noch am Leben, weil sie unsere kleine Tochter noch ein wenig miterleben wollte. Da ich zu Hause blieb und nicht mehr in unserer Apotheke arbeitete, nahm ich mir auch viel Zeit für Oma und sie hielt unseren Schatz, so oft es ging, in den Armen.

Anfang November musste ich allerdings in Hamburg anrufen und Irene um ihre Hilfe bitten. Der Arzt wollte Oma nach einem Kreislauf-Kollaps ins Krankenhaus überweisen, aber Oma Käthe lehnte ab. „Auf ihre Verantwortung, Frau Quh", sagte er und verabschiedete sich. Auch mein Zureden half nicht. Als der Arzt weg war, sagte sie zu mir: „Ich möchte doch hier im Hause sterben." Ich war ganz erschrocken über diesen Satz. Irene kam noch am selben Abend, zusammen mit Otto, angereist. Auch sie hatten sich inzwischen einen VW-Käfer gekauft, ebenfalls mit Opa Hermanns großzügiger Hilfe. Ich habe

dann erzählt, was Oma am Vormittag, nach dem Arztbesuch, zu mir gesagt hat und Irene meinte, dass es wohl auch bald zu Ende gehen würde. „So schlecht hat sie noch nie ausgesehen", sagte Otto. „Wir müssen uns darauf einrichten."
Martin und seine Mutter sprachen dann mit Opa Hermann und der nickte immer wieder und rieb sich die feuchten Augen. „Wir lassen sie hier, es ist ihr Wunsch und dem werden wir gerecht." Es war gut so!
Am nächsten Tag war Oma Käthe tot. Sie war, wie Dr. Oh feststellte, in den frühen Morgenstunden friedlich entschlafen. Ihr Herz hatte einfach aufgehört zu schlagen. Wir mussten alle sehr tapfer sein und uns die Heulerei, so gut es ging, verkneifen, um Opa Hermann nicht noch unglücklicher zu machen, als er es sowieso schon war.

Nach einer Woche war die große Beerdigung, danach fuhr Otto wieder nach Hamburg. Er musste zur Arbeit. Mein Schwiegervater arbeitete in einer Kaffee-Großrösterei als Haupt-Buchhalter. Irene blieb noch zwei Wochen bei uns, um ihren Vater zu trösten. Aber Opa Hermann nahm immer mehr ab, er hatte keinen Appetit mehr. „Mein liebes Käthchen hat mich alleine zurückgelassen", waren seine ständigen Worte.
Ich rannte dann immer aus dem Zimmer und heulte drauf los. Wie schrecklich, dachte ich, sie waren ein Leben lang zusammen, fast 60 Jahre, und wurden nun so schnell voneinander getrennt.

Zum Glück hatte Opa seinen früheren Feind „den alten Fritz", der ja inzwischen sein bester Freund war. Onkel Fritz, von nebenan, kümmerte sich liebevoll um ihn und er schaffte es dann auch, dass Opa wieder anfing zu essen. Und beim Schach tranken sie ihren geliebten Rotwein.

Das Jahr 1951 ging zu Ende, Weihnachten war traurig ohne Oma Käthe. Nur unser kleiner Sonnenschein sorgte für ein bisschen fröhliche Stimmung. Irene und Otto blieben bis ins neue Jahr bei uns und an Silvester waren auch Onkel Fritz, meine Eltern und Brüder da.

Maria rief mich in der Silvesternacht aus Köln an. Seit Weihnachten war sie dort mit Johannes. Sie erzählte mir, dass sie sich um Mitternacht verlobt hätten. Ich gratulierte und wollte gleich wissen, wann die Hochzeit ist. „Wir lassen uns Zeit, meine Gute, es eilt uns nicht", sagte Maria und im Hintergrund hörte ich Johannes sagen: „Sehr bald, Margarethchen." Wir lachten herzlich, hatten ja auch schon einiges getrunken. Meine Brüder waren sehr stolz auf ihr Werk, denn sie hatten die beiden schließlich „verkuppelt."

Die Hochzeit von Maria und Jo fand Anfang Juni 1952 in Köln statt, und da unsere Tochter noch nicht mal ein Jahr war, ließen wir sie zu Hause bei meinen Eltern. Schließlich wollten Martin, meine Brüder und ich auch wieder mal so richtig feiern.

Maria und Johannes heirateten wie wir an einem Freitag. Erst Standesamt und dann im Kölner Dom. Allerdings saßen wir alle etwas verloren in dem Dom herum, da es nicht viele Gäste gab. Marias Schwester Elisabeth mit Freund, ihre Mutter und ihre Patentante, beide hatten ihre Männer im Krieg verloren, sowie wir vier aus Frankfurt und einige Nachbarn. Aber es war trotzdem eine schöne Hochzeit und meine liebe Maria sah aus wie ein Engel. Johannes war sehr stolz auf sie. Nur Marias Mutter fing während des Gottesdienstes heftig an zu weinen und das setzte sich so auch den ganzen Tag fort. Wir mussten sie immer wieder beruhigen.

Am Sonntag nach dem Frühstück fuhren wir nach Hause. Wir hatten große Sehnsucht nach unserem Kind. Sie plapperte täglich mehr und kurz nach ihrem 1. Geburtstag, Ende August, hatte sie es geschafft, nicht immer Mammamam zu sagen, sondern ganz deutlich „Mama". Ach, war ich glücklich!
Aber das „Mama" galt auch für alle anderen. Wenn unsere Tochter etwas Bestimmtes wollte, schrie sie einfach „Mama" und siehe da, es kam prompt jemand und half ihr weiter. Manchmal hatte ich das Gefühl, Opa Hermann und Onkel Fritz rennen um die Wette, nur um Linda einen Gefallen zu tun.
Der gute Onkel kramte zu Lindas Geburtstag von seinem Speicher eine alte Hängematte hervor, wir wuschen das Ding und unser Gärtner hängte sie für die Maus zwischen zwei Bäumen auf. Die beiden alten Herren machten es sich nun zur Aufgabe, Linda mittags dort in den Schlaf zu schaukeln. Sie strahlte die beiden immer an, was ja auch verständlich ist. Denn wer bekommt schon einen solchen Service. Wenn ich mal die Hängematte für mich nutzte, schaukelte mich kein Mann. Ich hatte immer einen Schrubber parat stehen und stieß mich am Baum damit ab. Auch gut!

In der Nähe meiner Eltern hatten Jo und Maria eine Wohnung gefunden und ich besuchte sie mit Linda Ende Februar 1953, als das Wetter schon etwas besser wurde. Maria war schwanger, lag sozusagen in den letzten Zügen. „Noch fünf bis sechs Wochen, meine Gute, und auch du hast es geschafft und bist Mama", sagte ich bei der Begrüßung. Maria strahlte vor Glück. Wir aßen bei ihr zu Mittag und tauschten Neuigkeiten aus.

Als Johannes von der Schule kam, verabschiedeten wir uns schnell. Linda war müde und wir gingen dann zu meiner Mutter, die uns schon erwartete. Bei ihr legte ich Linda in die Ehebetten und sie schlief auch gleich ein. Mama und ich hatten alle Zeit der Welt füreinander zum Quatschen.

Am 30. März setzten bei Maria die Wehen ein. Johannes rief uns im Taunus an und berichtete: „Es geht los!" Nachts habe ich kaum geschlafen, musste immer wieder an Maria denken und die schrecklichen Wehen. Ich rief am nächsten Morgen an und Maria nahm den Hörer ab. Nichts war losgegangen, nur Vorwehen. Die werdende Mutter war putzmunter.
Erst am 2. April in aller Frühe fuhr Johannes mit seiner Frau in einem Taxi in die Klinik und nach zwölf Stunden war ein Achtpfünder geboren. Am nächsten Tag sind Martin und ich ins Krankenhaus, um den neuen Erdenbürger zu besichtigen. Der Junge hatte ganz schwarze Haare, genau wie Maria, und rote Apfelbäckchen. „Bezaubernd, Euer Sohn", sagte ich und Martin meinte dann lächelnd: „Über einen Jungen würde ich mich beim nächsten Mal ganz besonders freuen." „Aber erst, wenn Linda in den Kindergarten geht", sagte ich. Wir lachten laut und schmiedeten schon wieder, wie so oft, Zukunfts- und Urlaubspläne mit Linda und dem kleinen Michael.

Walter hatte unseren Garten wunderschön hergerichtet und ich lud Maria, als sie mit Michael schon vier Wochen zu Hause war, zu uns ein. Linda war hellauf begeistert von dem Baby. Jetzt, Anfang Mai, war es schon so warm, dass wir im Garten sitzen konnten und den duft der Blumen und Baumblüten in uns einsogen. Wir genossen das Gezwitscher der Vögel, den heißen Kaffee und den Käsekuchen, den uns Erni gebacken hatte. Unsere Tochter konnte inzwischen fast alleine essen, sie gab sich redliche Mühe.
Dann setzte sich Opa zu uns, trank eine Tasse Kaffee mit und bestaunte den kleinen Mann.

Heimlich steckte er Maria einen Umschlag mit Geld zu und sie küsste ihn auf die Wange. Opa genoss die Zärtlichkeit der jungen Mutter.

Eine Stunde später kam Johannes mit seinem DKW, den er kürzlich einem Kollegen abgekauft hatte, um seine kleine Familie abzuholen. Ich gab den beiden noch Bekleidung von Linda mit, was schon verwachsen war. Außerdem hatten wir noch einen wunderschönen hellblauen Anorak für den kommenden Winter dem neuen Erdenbürger gekauft. „Hier wird man ja fürstlich beschenkt," sagte Maria, und sie verabschiedeten sich mit vielen Küssen.

In Hamburg

Mitte Mai fuhren wir mit Opa und Onkel Fritz nach Hamburg. Ich hatte jede Menge Brötchen und Bananen, Kaffee und Wasser eingepackt und für die Kleine noch Pudding. Unterwegs machten wir zweimal Picknick. Die beiden älteren Herren hatten ständig Hunger und Durst.
Gegen zwei Uhr trafen wir bei Irene und Otto ein. Meine Schwiegermutter hatte für uns Nudel und Gulasch gekocht sowie leckeren Salat gemacht. Nach dem Essen sagte Opa: „Endlich bin ich satt!" „Habt ihr unterwegs nichts gegessen", fragte Irene. „Oh, doch. Ich hatte zwölf Brötchen geschmiert und noch Bananen mitgenommen, aber die Männer waren nicht satt zu kriegen." „Auf Reisen ist man immer hungriger", sagte Onkel Fritz und Martin und Opa nickten zustimmend.
Dabei hatte ich selbst nur zwei Brötchen gegessen, mir knurrte wirklich der Magen. Nach dem Essen legten wir uns alle aufs Ohr. Die Fahrt war doch recht ermüdend, denn in der letzten Stunde hatte Linda immer wieder gequängelt. Aber jetzt lag sie zwischen Papa und Mama und schlief selig ein.
Opa Otto hatte für die nächsten Tage schon ein Programm zusammengestellt. Es sollte ja nicht so anstrengend werden. Und so fuhren wir am nächsten Tag erst mal zum größten Hafen Deutschlands. Eine Rundfahrt auf der Elbe verschoben wir auf einen wärmeren Tag. Hier im Norden Deutschlands war es noch nicht so warm wie im Rhein-Main-Gebiet.
Am Sonntag sind Martin und ich zum Fischmarkt, die Kleine hatten wir im Sportwagen mitgenommen. Alle anderen kannten den Fischmarkt schon und wollten lieber zu Hause bleiben.

„Hier kaufe ich mir immer frische Krabben, und esse sie auch gleich." „Aber ich esse keine!" Martin fütterte seine Tochter ebenfalls mit diesem Getier. „Hoffentlich kotzt sie das Zeug wieder raus", sagte ich und da passierte es auch schon. Das Kind hört eben auf seine Mutter. „Die Sauerei machst du weg, Martin." Mein Mann gehorchte und säuberte die Decke und die Jacke von Linda. Trotzdem stank sie nach Fisch. An einer Bude kauften wir eine Flasche Wasser und Martin fing nochmals an, die Flecken zu entfernen.

Wir gingen weiter von Stand zu Stand und ich bestaunte die vielen Sorten Fisch. Martin kaufte, zusammen mit seiner Tochter, für den nächsten Tag Kabeljau ein. Ich stand immer noch vor den Schollen, an einer anderen Bude und neben mir stand eine Frau mit Tochter. Und plötzlich sagte das Mädchen: „Mama, Mama, da vorne ist der, hm, der Martin, glaube ich, der früher so oft bei uns war." Ich dachte, mich durchbohrt ein Dolch.

Dann entgegnete die Mutter des Kindes: „Oh ja, Martin, lass uns mal zu ihm gehen." Die Marktfrau wollte mir unbedingt Scholle verkaufen, weil ich immer noch so blöd darumstand, aber ich lehnte ab. Was sollte ich nur machen, wer war diese Frau?

Sie ging mit dem Mädchen auf Martin zu, umarmte und küsste ihn. Martin wurde erst rot und dann leichenblass, als er sah, dass ich das alles aus einer gewissen Entfernung mit ansah. Dann winkte er mich zu sich. Ganz langsam, wie in Trance, ging ich zu ihnen und er stellte mich als seine „liebe Frau Margarethe" vor. „Und das ist Hilda mit ihrer Tochter, eine Schulkameradin von mir." „Freut mich sehr, Sie kennen zu lernen", sagte die Frau und ich nickte nur, weil mir ein Kloß im Hals saß, der mir das Sprechen verweigerte.

„Wie geht es Karl?", fragte mein Mann und Hilda erklärte, dass es ihm inzwischen gut ginge und sie noch zwei Kinder bekommen hätten. Erst ein Junge und dann noch ein Mädchen.
Ich hatte keine Lust, mich noch weiter oder ausgiebiger mit dieser Person zu unterhalten, und sagte: „Mir ist immer noch schlecht von dem Fischgestank, können wir jetzt vielleicht nach Hause fahren?" Martin hat mir meine Wut wohl angesehen und wollte sich schon verabschieden, als diese Hilda uns auch noch zu sich einlud. Sie gab ihm einen Zettel mit Adresse und Telefonnummer und bat ihn, sich möglichst bald zu melden. „Wir haben uns doch bestimmt viel zu erzählen, Martin? Und wie du siehst, wohne ich jetzt in einer anderen Gegend." Mein Mann wurde wieder ganz blass. „Also tschüss und grüße Karl von mir."
Wir gingen zum Auto. Ich redete kein Wort und auch Martin sagte nichts. Aber ich spürte ganz deutlich, er hatte ein verdammt schlechtes Gewissen. Als wir bei den Schwiegereltern ankamen, täuschte ich Kopfschmerzen und Übelkeit vor und ging nach oben ins Schlafzimmer.

Nach zehn Minuten kam Martin mit einem Glas Wasser und einer Tablette auf einem kleinen Tablett. So schnell konnte er nicht gucken, wie ich ihm das Tablett aus den Händen riss, das Glas zu Boden ging und zerbrach. Ich schrie: „Wer war diese Frau? Und lüge mich bitte nicht an." Martin stammelte was von früherer Freundschaft und Gefangenschaft des Ehemannes.
Er sah total hilflos aus und ich bat ihn, zu verschwinden. „Das ist nicht die Wahrheit, das sehe ich dir an. Irgend etwas verschweigst du mir, aber ich kriege es raus, darauf kannst du Gift nehmen. In deiner Apotheke gibt es ja genug davon." Das war gemein!

Aber mein Instinkt verriet mir, die beiden hatten mal was zusammen, und Martin hat nie darüber gesprochen. Warum? Was gab es für Geheimnisse in seinem Leben vor unserer Ehe. Er hat mir nur von Mary-Anne aus Chicago erzählt. Nach Kriegsende, Anfang 1946, kam Martin wieder nach Deutschland. Und wie er mir erzählt hat, fand er im Sommer 1946 Arbeit in der Apotheke bei der bösartigen Inhaberin. In Frankfurt haben wir uns 1950 kennen gelernt. Er wird also in diesen vier Jahren kaum als Mönch gelebt haben. Aber warum hat er mir diese Beziehung vorenthalten? Unser Haussegen hing so schief, dass es wohl jeder merken musste. Zum Mittagessen ging ich nicht runter, dafür knabberte ich Kekse unserer Tochter und trank Wasser. Schlafen konnte ich auch nicht, weil mich zu viele Gedanken quälten.

Am späten Nachmittag klopfte Irene an die Tür, und ich ließ sie rein. Irene war immer sehr lieb zu mir und nahm mich auch gleich in die Arme. In ihrer direkten Art fragte sie: „Habt ihr Krach? Und kann ich euch irgendwie helfen?"
Ich erzählte Irene von der Begegnung mit dieser Hilda und Irene nickte immer wieder. „In eure Angelegenheiten will und darf ich mich nicht einmischen, aber eines kann ich dir versichern, er ist von ihr los und du bist seine ganz große Liebe, das wissen wir. Aber es ist Martins Angelegenheit, dir die Wahrheit zu sagen. Ich habe bereits mit ihm vorhin im Garten darüber gesprochen, weil ich nicht wollte, dass die übrigen Männer das mitkriegen. Sie glauben, dass du Migräne hast. Soll ich dir deinen Mann hoch schicken?"
„Ich würde mir am liebsten eine Zug-Fahrkarte kaufen und mit Linda nach Hause fahren." „Das tue bitte nicht. Es ist wirklich kein Drama, und diese Hilda hat ja inzwischen wieder ihren Mann. Margarethe, ihr müsst euch schnellstens aussprechen."

„Ich bin hungrig und möchte erst mal was essen." Irene nahm mich mit nach unten und gab mir Kaffee und Kuchen. Die Männer waren mit Linda zu einem längeren Spaziergang unterwegs. Martin saß wie bekloppt in der Küche und traute sich kaum, mich anzusehen.
Aber dann kam er zu mir, ergriff meine Hand und sagte leise: „Du bist das Beste, was ich habe, das musst du mir glauben, auch wenn ich mich heute sehr ungeschickt verhalten habe."

Ich heulte drauflos und stotterte heraus: „Was heißt hier ungeschickt? Du hast mir nie die Wahrheit gesagt. Wie lange hattest du ein Verhältnis mit dieser Hilda?"
„Genau drei Jahre, denn 1949 kam ihr Mann aus der russischen Gefangenschaft nach Hause. Ich möchte dir alles in Ruhe erzählen, wie es dazu gekommen ist, aber nicht jetzt und hier. Ist das möglich?" Ich nickte.
„Ich würde gerne mit dir einen Spaziergang an der frischen Luft machen, was hältst du davon?" Irene forderte mich mit den Augen auf, mit ihm zu gehen, und das tat ich denn auch.
Martin fuhr mit mir an die Alster. Wir gingen kurze Zeit spazieren und setzten uns dann auf eine Bank und er fing an zu erzählen:
„Im Frühjahr 1946 kam eine junge Frau in die Apotheke, in der ich arbeitete, und kaufte Aspirin bei meiner Chefin. Mir kam die Frau bekannt vor, ich wusste allerdings nicht, woher ich sie kannte. Sie lächelte mich an und fragte direkt:" „Sind Sie Herr Martin Peh?"
Ich war sichtlich erstaunt und überrascht, sagte schnell ja und woher kennen Sie mich? Die junge Frau lachte und sagte dann: „Wir beide waren zusammen in der Grundschule, ich bin Hilda Ärr und wohnte damals in der Nähe Ihres Elternhauses bei meinen Großeltern." „Ich konnte mich dann schwach erin-

nern." „Eigentlich könnten wir uns duzen", sagte Hilda, und ich stimmte zu. „An diesem Tag war meine sonst so ekelhafte Chefin sehr großzügig, sie hatte unsere Konversation verfolgt, und ich durfte früher gehen. Ich lud Hilda zu einem Tee ein, und wir plauderten über alles Mögliche. So erfuhr ich auch, dass sie verheiratet und ihr Mann vermisst ist." Ich habe Karl Enn geheiratet, den müsstest du auch kennen, er war eine Klasse weiter als wir", sagte Hilda. „Ich weiß nicht mal, ob Karl überhaupt noch lebt. Aber ich habe eine liebe Tochter von ihm und darüber bin ich sehr, sehr glücklich." „Wie alt ist das Mädchen und wie heißt sie?" „Regina ist jetzt 10 Jahre, sie ist 1943 geboren. Danach wurde Karl eingezogen. Er kennt sie nur als Baby. Ich wohnte übrigens, bis mein Mann nach Hause kam, in dem alten Häuschen meiner Großeltern. Die sind schon lange gestorben und meine Eltern auch. Mein Vater im Krieg, meine Mutter hat sich tot gesoffen vor Kummer. Ist das nicht schrecklich?"

„Ja, Hilda, das ist furchtbar", habe ich gesagt und sie bat mich, sie doch mal zu besuchen, da sie doch nicht weit von uns wohnen würde.

„Kennst du jemand, Martin, der eine Putzhilfe gebrauchen kann, ich müsste mir unbedingt noch was dazu verdienen."
„Oh, ja, meine Chefin hat vor drei Tagen gesagt, dass sie das nicht mehr selbst machen kann, sie sei so alt dafür und ihr Rücken würde immer mehr schmerzen; ich werde sie fragen. Sie ist allerdings ein Feldwebel, Hilda." „Das macht mir gar nichts", sagte sie und wir verabschiedeten uns dann und ich versprach, Hilda schnellstens Bescheid zu geben.

„Schon am nächsten Tag klingelte ich bei ihr und bat sie, so bald wie möglich in die Apotheke zu kommen, weil meine Chefin sie einstellen wolle. Hilda fiel mir um den Hals und so fing alles an, liebe Margarethe."

„Martin, ich will noch mehr wissen." „Na ja, wir kamen uns halt immer näher und einmal die Woche, wenn die Luft rein war, habe ich bei ihr geschlafen. Sie bat mich darum, und ich hatte es auch verdammt nötig, sonst wäre mir das Zeug aus den Ohren gequollen."

Jetzt musste ich fast lachen, und Martin nahm mich zärtlich in die Arme und küsste mich so heftig, dass ich nach Luft rang. „Und wo war das Mädchen?" „Entweder kam ich sehr spät, als das Kind schon schlief oder ich kam am Wochenende zum Kaffee und spielte mit der Kleinen ‚Mensch' ärgere dich nicht' oder sonst was und vergaß, nach Hause zu gehen. Wenn Regina im Bett war, sie schlief sehr schnell ein, kamen wir zur Sache. Allerdings ging ich dann später wieder nach Hause.

Das Kind sollte mich nicht am nächsten Tag in der Wohnung sehen und es womöglich herum erzählen." „Hattet ihr keine Angst, dass der Mann plötzlich vor der Tür steht?" „Doch, das hatten wir schon. Aber es gab in dem Haus einen Ausgang zum Garten, den ich sowieso immer benutzte. durch das Hintertürchen im Garten kam ich über einen kleinen Trampelpfad zur Straße."

„Und 1949 bekam Hilda Bescheid, dass ihr Mann in den nächsten Tagen kommen würde. Sie freute sich riesig, und mir war klar, dass ich nur ein notwendiger Ersatz war. Dann nahmen wir eine ganze Nacht voneinander Abschied."

„Hättest du sie geheiratet, wenn der Mann nicht gekommen wäre?" „Eigentlich stand das für uns beide nie zur Debatte." „Aber wie du siehst, meine liebe Margarethe, wollte es der liebe Gott anders, hat Hilda ihren Mann wieder geschickt und mich in den Taunus beziehungsweise nach Frankfurt beordert und dort im Krankenhaus habe ich dich kennen gelernt."

„Hilda hat uns eingeladen, was wirst du machen, Martin?" „Ich richte mich da ganz nach dir, möchte auf keinen Fall, dass du noch einmal einen solchen Schock bekommst."
„Wir könnten ja nächsten Sonntag zu ihnen fahren, oder?"
Ich glaube, Martin war doch sehr erstaunt, dass ich das plötzlich wollte, und drückte mich gleich wieder ganz fest. „Es ist deine Entscheidung, meine Liebe, wir müssen nur rechtzeitig dort anrufen."

In der Nacht wollte mein Mann mit mir schlafen, aber ich war innerlich noch nicht bereit und habe ihm das auch deutlich zu verstehen gegeben. Er sah es ein. Und er musste es auch die ganze Woche einsehen, ich wollte erst noch mal diese Person genauer kennen lernen und mir ein Bild machen. Martin war inzwischen klar geworden, dass er mit mir hierüber schon früher mal hätte reden müssen, denn dass er nicht im Zölibat lebte, war auch mir klar. Schließlich ist er kein katholischer Priester.

Wir traten den Heimweg an. Ich wollte noch wissen, was Hilda für einen Beruf erlernt hat und Martin sagte mir, sie sei Schneiderin und Karl habe Tischler gelernt. „Was sie jetzt beruflich machen, kann ich dir nicht sagen." „Schneiderin", sagte ich, „deshalb ist sie so schick angezogen." „Ja, sie näht wohl alles selbst und während ihrer Putzerei in der Apotheke hat sie sich langsam selbständig gemacht mit einer Änderungsschneiderei. Damals konnten die Leute sich nichts Neues kaufen, haben aber alte Sachen ändern lassen und so hat sie sich und das Kind über die Runden gebracht, wie man so sagt."

Nun war ich über Hilda einigermaßen informiert und meine anfängliche Wut über die umfassende Begrüßung der beiden auf dem Fischmarkt heute früh legte sich langsam. Wir fuhren heim, meine angeblichen Kopfschmerzen waren weg, und beim Abendessen habe ich richtig reingehauen.

Am Montag gab es zum Mittag den Fisch, den Martin tags zuvor auf dem Fischmarkt erstanden hatte und abends gingen wir alle zur Reeperbahn. Na ja, die Männer hatten ihren Spaß!
Dienstag war Frauentag!
Irene, Linda im Sportwagen und ich waren den ganzen Tag in der Stadt und kleideten uns alle drei für den kommenden Sommer ein. Opa hat es spendiert. „Ein Glück", sagte ich zu Irene, „dass du so einen großzügigen und gutherzigen Vater hast, der sein Portemonnaie immer für uns offen hält." Irene lachte und sagte: „So war das aber nicht immer, denn früher, als wir noch in Frankfurt-Höchst in einer Mietwohnung wohnten, haben meine Eltern sehr gespart. Papa wollte unbedingt ein eigenes Haus haben und ein kleines Labor im Keller, für seine Experimente. Und als wir dann in den Taunus in die Villa zogen, hatte meine Mutter immer Angst, dass das Haus beim Experimentieren mal in die Luft fliegt. Aber es steht noch."

Dann habe ich Irene gefragt, ob sie denn überhaupt wisse, dass Opa in der Stadt noch ein Mietshaus besitzt, in dem unten die Apotheke von Martin ist. „Das wirst du mal erben" sagte ich und Irene antwortete: „Nicht alleine, denn mein Vater möchte, dass wir uns die Mieteinnahmen mit euch teilen, weil ihr viel Geld für die Erhaltung der Villa und das Grundstück braucht. Und Otto und ich haben unser Auskommen. Wir brauchen nicht so viel." „Aber es ist doch schön, Irene, wenn ihr euch mal ein bisschen mehr leisten könnt und euer Haus muss ja auch mal von Grund auf renoviert werden." „Ja, Otto möchte sich gerne eine Garage bauen mit einem zusätzlichen Raum dahinter, für seine Gartengeräte. Der alte Holzschuppen bricht bald zusammen. Aber mein guter Papa hat gestern so eine Bemerkung gemacht, so dass ich annehmen muss, dass dies schon kein Thema mehr ist und die Garage bald steht. Mein Vater kann sein vieles Geld nicht mehr verleben und deshalb ist er so spendierfreudig. Trotzdem wünsche ich ihm noch ein paar Jährchen, gerade jetzt, wo er sich doch noch mit seinem Nachbar so schön angefreundet hat." „Natürlich, Irene, das ist auch unsere Meinung, und ich glaube, es geht ihm wieder ganz gut."

Wir hatten in der Stadt noch Kaffee getrunken und uns ein Stück Torte geleistet, während sich die Kleine mit ein paar Löffelbiskuit zufrieden gab. Dann fuhren wir schlagkaputt nach Hause und legten uns ein Stündchen hin. Nach dem Abendessen gab es eine kleine Modenschau. Erst kam Linda dran, weil sie danach sofort ins Bett musste. Und dann im Wechsel wir zwei Frauen. Martin legte eine Schallplatte auf, mit rhythmischer Musik. Die Männer waren richtig begeistert von unserer Vorführung. Und der Clou kam zum Schluss. Irene erschien mit einem weißen Hut, an der Seite ein paar bunte Blumen. Wir alle klatschten Beifall, und es gab viel Gelächter und gelästert haben sie natürlich auch.

In den nächsten Tagen haben wir unser ganzes Programm absolviert, so wie es Otto für uns geplant hatte. Martin, Linda und ich konnten am Wochenende nach Hamburg-Harburg zu Hilda und ihrer Familie fahren. Die anderen blieben zu Hause, das Wetter war nicht einladend. Es regnete heftig. Aber beim Kaffeeklatsch stört der Regen nicht.

Diesmal ist Hilda meinem Mann bei der Begrüßung nicht um den Hals gefallen. Sie hatte eine lange Tafel hübsch gedeckt und zwei Kuchen gebacken. Und beim Erzählen stellte sich dann heraus, dass die 5-Zimmer-Wohnung eine Firmenwohnung war und Karl eine Anstellung hier im Hause als Hausmeister hatte. Die Firma wollte unbedingt einen Handwerker, möglichst einen Tischler, und da Karl ja Tischler war, bekam er die Stelle mitsamt der großen Wohnung.
Hilda hatte sich den kleinsten Raum als Nähzimmer eingerichtet, und, wie sie sagte, gingen ihre Geschäfte gut. Auch Karl war mit seiner Arbeit zufrieden. „Wir hatten großes Glück damals, denn unser zweites Kind war schon unterwegs", sagte Hilda.
Die beiden Kleinen, ein Junge und ein Mädchen, sausten sehr lebhaft in der Wohnung herum, während Regina uns ständig mit Kuchen versorgte. Wir plauderten über alles Mögliche, nach dem Kaffee tranken wir ein Gläschen Wein und betrachteten Fotos.
„Wenn wir wieder in Hamburg urlauben", sagte Martin, „und Opa Hermann und Onkel Fritz nicht dabei sind, so dass wir mehr Platz haben, müsst ihr unbedingt einmal zu uns kommen."

Das werde ich zu verhindern wissen, dachte ich, denn eifersüchtig auf Hilda war ich immer noch. Sie hat eine tadellose Figur und ist äußerst schick angezogen, so dass sie alle Männerblicke auf sich zieht. Auch die meines Mannes. Und schließlich haben die beiden sehr nette, intensive Erinnerungen an frühere Zeiten.

Gegen Abend fuhren wir heim. Irene hatte schon das Abendbrot gerichtet, aber wir zwei verzichteten darauf. Es hatte inzwischen aufgehört zu regnen und wir alle machten noch einen kleinen Spaziergang durch die Siedlung. Der Montag war ein reiner Gartentag, Martin half seinem Vater und auch Onkel Fritz half mit. Irene schrubbte die Terrasse und ich packte die Koffer für die Heimreise am nächsten Tag. Linda wollte mir immer helfen und räumte fleißig das wieder aus dem Koffer, was ich gerade reingetan hatte. Ich stellte den Koffer dann vom Bett auf den Tisch und ihr Protest folgte lautstark. Nachmittags konnten wir bei strahlend blauem Himmel auf der Terrasse Kaffee trinken und Abschied feiern. Ich freute mich sehr auf mein Zuhause.

Dienstags hatten wir bestes Wetter, nicht mehr ganz so sonnig, aber trocken. Wir sind gleich nach dem Frühstück abgereist. Irene gab uns so viel Proviant mit, dass es auch noch für den Abend zu Hause reichte. Und unsere Tochter hatte kaum Hunger, sie wollte nicht mehr aus ihrem Zimmer raus. Den Puppenwagen nahmen wir dann mit nach unten, weil sie ihn nicht loslassen wollte. „Wenn wir wieder verreisen", sagte ich zu Martin, „nehmen wir diesen Wagen mit, den hat die Kleine wohl sehr vermisst." Sie küsste auch immer wieder ihre „Püppi", wie sie die Baby-Puppe nannte. Und aus dem Liebesperlen-Fläschchen, von der letzten Kirmes aus dem Nachbardorf, bekam die Puppe ständig Milch. Linda war eine liebevolle kleine Mama.
Am nächsten Tag, als Martin längst in seiner Apotheke war, telefonierte ich gleich mit meiner Mutter und wollte ihr von unseren Erlebnissen in Hamburg berichten. Aber meine Mutter war so anders als sonst. „Mama ist was?", fragte ich, und da hörte ich sie auch schon weinen. Ihr Vater war plötzlich verstorben. Ich fuhr sofort zu ihr, um sie zu trösten. Mama stand tränenüberströmt im Türrahmen und wir heulten zusammen.

Linda wusste überhaupt nicht, wo sie hingucken sollte. Schließlich weinte sie auch. Aber das hat uns wiederum sofort auf den Boden der Tatsachen geholt, und wir wischten uns die Tränen ab, damit sich auch Linda beruhigen konnte.
„Was hat Opa Walter denn gehabt, er war doch nie krank?", fragte ich. „Einen sehr schlimmen Schlaganfall gestern Nachmittag, er kam noch ins Krankenhaus und ist dann heute Nacht verstorben."
Ich rief gleich Maria an und bat sie, uns die Kleine am Beerdigungstag abzunehmen, und Maria sagte zu.
Am darauffolgenden Freitag war die große Beisetzung. Opa Walter war siebenundsiebzig Jahre geworden. Einige Jahre war er in seinem Wohnort Bürgermeister und es ging ihm gut. Daher waren alle, die ihn kannten, über seinen plötzlichen Tod sehr erschrocken und bestürzt.
Mama blieb noch eine Woche bei ihrer Mutter, danach kümmerte sich eine Freundin liebevoll um Oma Henny.

Der Sommer verging wie im Flug und schon bald feierten wir Lindas zweiten Geburtstag. Sie war ein stolzes Kind, konnte auf die Frage, wie alt sie sei, schon zwei Finger zeigen. Martin sah sie immer ähnlicher. Sie freute sich über ihre Geschenke und rannte wie ausgelassen im Garten herum, während wir uns den Kuchen schmecken ließen und die Kalorien wie so oft vergaßen.
Meine Eltern fuhren am nächsten Tag in den Schwarzwald, um dort einige Tage Urlaub zu machen. Sie nahmen Oma Henny mit. Und Oma war begeistert von diesem Urlaub. Sie hat noch nicht viel von der Welt gesehen, nur in Österreich waren sie zweimal. Oma war mit meinen Eltern vom Schwarzwald nach Frankfurt gefahren und ließ es sich auch hier noch drei Wochen gut gehen.

Meine arme Mutter, dachte ich. Denn Oma Henny hat gerne das Heft in der Hand. Aber wie mir später meine Mama erzählte, war Oma ganz lieb und glücklich, dass sie in Frankfurt so verwöhnt wurde.
Die letzten Monate im alten Jahr waren stürmisch und verregnet, und wir sehnten uns nach ein bisschen Schnee.

Führerschein und Schwangerschaft

Anfang Februar 1954 sind wir drei mit Maria, Johannes und dem Kleinen in die Berge gefahren. In den Alpen gab es genug Schnee, die Männer konnten auf die Ski-Pisten, Maria und ich blieben lieber mit unseren Kindern im Tal und gingen dort viel spazieren. Die Kleinen hatten wir jeweils auf einen Schlitten mit Rückenlehne und Fußsack gepackt und wir Mamas spielten Pferdchen. Wir hatten viel Spaß!
Unsere Männer kamen erst nach Einbruch der Dunkelheit zurück und dann gingen wir gemeinsam essen. Die bayerischen Spezialitäten schmeckten uns besonders gut, und Linda verlangte immer wieder nach „Schaiserkarren", bis die Portion vor ihr stand. Alle Gäste an den Nachbartischen lachten, nur mir war es etwas peinlich.
Linda sprach sonst sehr verständlich, aber das Wort „Kaiserschmarren" war ihr fremd.

Zehn Tage haben wir es im Schnee ausgehalten. Es wurde milder und matschig, Johannes und Michael hatten sich einen ordentlichen Schnupfen geholt, und wir beschlossen, abzureisen. Die Heimreise gestaltete sich als äußerst schwierig, da nur unsere Männer einen Führerschein hatten. Maria konnte also nicht ihren kranken Mann am Steuer ablösen. Der Kleine schrie unentwegt, wie sie uns beim ersten Halt erzählten, und sie musste ständig dem Fahrer das Taschentuch unter die Nase halten, wie einen Tropfenfänger an der Kaffeekanne.
Wir hielten fast nach jeder Stunde an und machten eine kleine Pause für Johannes, der inzwischen Fieber hatte. Am frühen Abend waren wir dann in Frankfurt, und Johannes musste

gleich ins Bett. Micha ging es wieder besser, er aß freudig sein letztes Breichen und schlief noch in Marias Arm ein. Wir fuhren weiter in den Taunus.

Beim Auspacken der Koffer sagte ich dann zu Martin: „Siehst du, ich habe dir schon oft gesagt, wie wichtig es ist, wenn auch eine Frau den Führerschein macht. Das war extrem anstrengend für Johannes, er tat mir so Leid." Martin schwieg. „Hast du mich nicht verstanden, Martin?"
„Doch, du hast ja Recht, Margarethe." „Also darf ich endlich den Führerschein machen?" Martin nickte. Eigentlich wollte er es nicht, aber er hat wohl eingesehen, dass es doch Situationen im Leben gibt, wo auch Frauen gefragt sind.
Juchhu, dachte ich, jetzt habe ich endlich erreicht, was ich schon lange wollte.
„Ich werde den Führerschein zusammen mit Maria machen."
„Und wo lasst ihr eure Kinder?" „Das eine ist auch dein Kind, Martin." „Entschuldige bitte, ich bin sehr müde", sagte er und ich erklärte ihm, dass meine Mutter sich bestimmt bereit erkläre, die beiden Kleinen während unserer Abwesenheit zu hüten.

Im März haben Maria und ich mit dem Autofahren begonnen und es machte uns Frauen richtig Spaß hinter einem Steuer zu sitzen und ein bisschen Gas zu geben. Bei der Theorie halfen wir uns gegenseitig, und so waren schnelle Fortschritte ersichtbar.

Inzwischen stand es fest, ich war wieder schwanger. Aber Martin habe ich nichts davon gesagt, sonst hätte ich sofort mit dem Auto fahren aufhören müssen. Zum Glück wurde mir diesmal auch nicht übel.

Ende Mai 1954, ich war inzwischen vierundzwanzig Jahre jung, machten Maria und ich unsere Fahrprüfung und hatten am späten Nachmittag den ersehnten Führerschein in der Hand.
Erst sind wir zu meinen Eltern und unseren Kindern gegangen und haben uns feiern lassen. Mama hat uns gleich was zu essen hingestellt, denn bei der ganzen Aufregung um diese Prüfung, hatten wir tagsüber nur einen Kakao getrunken, aber noch nichts außer dem Frühstück gegessen. Wie zwei hungrige Wölfe stürzten wir uns auf die leckeren Brote mit Fleischsalat, Wurst und Käse. Danach nahm ich meine Mutter mit ins Schlafzimmer und sagte ihr, dass ich wieder schwanger sei und dass sie bitte nicht darüber reden soll, weil es Martin noch nicht wisse.

.Mama drückte mich ganz fest an sich und sagte dann: „Margarethe, du bist noch so jung, hoffentlich wird das nicht zu anstrengend für dich. Immerhin hast du auch noch den alten Opa zu versorgen." „Ja, er hat schon manchmal starke Schmerzen in seinen alten Knochen, da zieht er sich dann zurück. Opa Hermann ist keine Belastung für mich. Und wenn es mal schlimmer kommt, werden wir noch eine Hilfe hinzunehmen. Das ist schon besprochen."

Martin hatte ich in der Apotheke angerufen und gejubelt, dass wir beide, logischerweise, bestanden hätten. Jetzt kam er angeeilt und brachte drei riesige Blumensträuße mit.
Einen kriegte Mama fürs Kinder hüten, und je einen für die neuen Autofahrerinnen. „Da kannst du uns sofort in den Taunus chauffieren, Margarethchen", sagte er. Aber ich lehnte ab. Für heute hatten Maria und ich wirklich genug geleistet und wollten nur noch unsere Ruhe.

Auf dem Nachhauseweg erklärte uns Linda, dass sie auch bald den Führerschein machen wolle. „Ich kann auch schon Dreirad fahren, Papi." „Aber, mein Schatz, du musst noch wachsen, jetzt reichen deine kurzen Beinchen noch nicht bis zu den Pedalen und übers Lenkrad kannst du auch noch nicht gucken." Linda schmollte.

„Ich bin schon viel groß, und wenn ich Geburtstag habe, habe ich.... werde ich.... drei Jahre." „Wenn du achtzehn Jahre bist, kannst du deinen Führerschein machen", sagte Martin, als würde das kleine Kind das begreifen. Ich habe oft das Gefühl, wenn Männer ein Steuerrad in Händen halten, schaltet ihr Hirn automatisch ab. Auch das meines Mannes.
Als wir in der Wohnung waren, fragte ich Linda: „Sag mal, meine Süße, hättest du gerne ein Brüderchen oder ein Schwesterchen, dann hättest du jeden Tag jemanden zum Spielen?"

„Nein! Ich will nur einen Frührerschwein, wie du, Mama." „Ja, Linda, morgen bekommst du von mir einen Führerschein für dein Dreirad. Aber wir machen im Garten erst mal eine Prüfung, einverstanden?" „Oh ja, Mama, eine Pürfung."

Martin sah mich mit halboffenem Mund und riesengroßen Augen an. „Margarethe, wie kommst du auf ein Geschwisterchen?", fragte er.
„Nun, ich bin bald im fünften Monat. Anfang Oktober sind wir zu viert."
„Warum erfahre ich das erst jetzt, Margarethe?", sagte er in streng lehrerhaftem Ton zu mir. Ich wedelte mit meinem errungenen Führerschein vor seiner Nase herum und sagte lachend: „Weil ich das hier schon angefangen hatte, als ich es selbst noch nicht wusste. Und die Fahrstunden wollte ich un-

bedingt zu Ende machen." Langes Schweigen. „Es wäre nicht verkehrt, Martin, wenn du mich mal in deine Arme nehmen würdest." Verschämt drückte und küsste er mich und da kam Opa herein und fragte: „Hast du bestanden, mein Kind?" „Ja, Opa, schau her, hier ist mein Führerschein." „Das schönste daran ist dein Foto", sagte Opa Hermann, und wir lachten.

„Sonntag werden wir durch den Taunus fahren, Margarethe chauffiert uns, und dann lade ich euch zum Essen ein." „Ja toll, Opa, das machen wir", sagte ich. Und dann erzählte ich Opa, dass wir im Oktober wieder ein Baby bekommen würden. „Ich denke, es ist an der Zeit, dass mal ein männlicher Nachkomme hier aufkreuzt", bemerkte Opa Hermann, und mein Mann stimmte kopfnickend zu.
Am nächsten Tag erinnerte mich Linda sofort an die Frührerschwein-Pürfung. „Ja Kleines, wenn wir gefrühstückt haben, gehe ich mit dir in den Garten." Ich gab Erni Bescheid, dass sie heute den Frühstückstisch alleine richten müsse, da ich noch schnell einen Führerschein für unseren Schatz zu malen hatte. Linda konnte kaum etwas essen, so aufgeregt war sie. Genau wie ich am gestrigen Tag. Sie ist ehrgeizig, dachte ich.
Ich ließ sie dann mit ihrem Dreirad ein paar Kreise drehen, einmal schnell und einmal langsam fahren und dann einparken. „Sie machen das ganz prima, Fräulein Linda, Sie haben die Prüfung bestanden", sagte ich zu unserer Tochter und überreichte dann den gemalten Führerschein, auf den ich noch ein schönes Foto von Linda geklebt hatte.
Stolz rannte sie sofort ins Haus und präsentierte ihn Opa Hermann und Erni. Später mussten auch unser Gärtner Walter mit den Klotzaugen und Onkel Fritz einen Blick auf das wichtige Dokument werfen und sie loben. Und am Abend führte sie ihrem Vater ihre Fahrkünste vor, so, als sitze sie zum ersten Mal

auf dem Dreirad. „Siehst du Papi, jetzt hab' ich auch so einen Frührerschwein wie Mama."

Als wir am Sonntag von unserer Taunus-Tour zurück waren, rief ich bei Maria an, um von meiner Schwangerschaft zu berichten.
„Übrigens", sagte Maria, „habe ich den kleinen Bauch schon vor zwei Wochen bemerkt, wollte aber nicht fragen. Und was möchtest du haben?" „Mir ist es ganz egal, Maria. Aber ich glaube, Martin wünscht sich sehr einen Jungen, genau wie Opa Hermann. Im Winter-Urlaub hat sich mein Mann auch mehr mit Eurem Michael befasst als mit seiner Tochter. Das ist mir aufgefallen. Also ich gönne Martin einen Sohn, aber wir nehmen, was da kommt." Man kann es ja nicht wieder zurückschieben.

Anfang August feierten wir in kleinem Kreise Lindas dritten Geburtstag und Mitte September kamen meine Schwiegereltern aus Hamburg angereist. Sie brachten Linda eine wunderschöne Puppe mit, über die sie sich riesig freute. Nach Meinung der Ärztin sollte das Baby wohl schon Ende September oder Anfang Oktober zur Welt kommen und wir stellten uns darauf ein. Mein gepacktes Köfferchen stand bereits unten im Hausflur. Irene und Erni waren sehr besorgt um mich und ich durfte im Haushalt nichts mehr machen. Also spielte ich viel mit Linda. Das tat dem Kind sehr gut.

Am ersten Oktober war es dann soweit. Alles ging sehr schnell und ich brachte am Nachmittag ein zweites Mädchen zur Welt. Wir nannten sie Julia.
Martin hatte die kleine Maus noch nicht in seine Arme genommen, ich hatte immer wieder das Gefühl, dass er sehr ent-

täuscht ist, dass es kein Junge geworden war. Und am nächsten Tag, als er wieder bei uns war, sagte ich: „Martin, du bist sehr traurig, dass es kein Junge ist, das spüre ich." „Ach, Margarethchen, das Kind kann doch nichts dafür. Ich bin schuld! Sie ist ganz süß und Linda hat ihr schon eine Puppe reserviert. Natürlich hätte ich mich über einen Sohn besonders gefreut, aber der kann ja noch kommen, du hattest ja diesmal eine leichte Geburt." „Aber ich will keine drei Kinder", war meine prompte Antwort. Dann nahm Martin die kleine Julia in seine Arme und küsste sie mehrmals. Von da an war das Thema „drei Kinder" für mich abgeschlossen, aber es sollte anders kommen.
Nach vier Tagen konnte ich die Klinik verlassen und wir wurden zu Hause mit viel Trara empfangen. Julia erschien mir wesentlich ruhiger als Linda. Sie schlief viel. Welch ein Glück!
Zuerst musste ich wieder Geschenke auspacken, dann die Kleine stillen und Linda streichelte mir ständig den Arm. Meine Große wird jetzt wohl ein bisschen eifersüchtig werden, dachte ich. Ich drückte sie immer ganz besonders fest an mich.

In den darauf folgenden Wochen wurde ich von Martin, Irene und Otto sowie meinen Eltern sehr verwöhnt. Ich hatte große Hilfe und das war auch nötig, denn so ein Baby verlangt schließlich ständig nach der Mutter oder Oma. Und unsere Linda durfte auf keinen Fall vernachlässigt werden. Sie wollte ständig Geschichten vorgelesen haben und das konnte Onkel Fritz am besten. Also nahm sie ihn so oft es ging in Beschlag.

In diesem Jahr, als Deutschland Fußballweltmeister in Bern wurde und wir unsere Julia bekamen, starb meine Oma im Odenwald. Sie war erst sechsundsiebzig Jahre, und wir waren alle sehr traurig. Nach einem Sturz hatte sich Oma Henny einen Oberschenkelhalsbruch zugezogen und musste operiert werden. Danach bekam sie eine schlimme Lungenentzündung und starb nach einigen Tagen. Und das kurz vor Weihnachten.

Am Heiligen Abend haben wir mehr geheult als gelacht, es war noch viel trauriger als bei Oma Katharina, die damals auch vor Weihnachten verstorben war. In einer solchen Zeit wird man immer wieder daran erinnert, dass der Tod zu unserem Leben gehört. Und ich hatte im Krankenhaus, während meiner Lehrzeit, einmal ein Kind sterben sehen. Eine ganze Woche war ich fix und fertig und haderte immer wieder mit Gott. Warum so ein unschuldiges Kind?
Das leise Weinen von Julia riss mich immer wieder aus meinen düsteren Gedanken. Sie hatte Hunger und ich jede Menge Milch. Also stillte ich sie, und Linda setzte sich zu uns. Sie hatte wieder neue Malbücher bekommen und Märchenbücher, also viel Material für Onkel Fritz.
„Mama liest dir heute eine Geschichte aus dem neuen Buch vor", versprach ich Linda, und sie drückte mich ganz fest.

Nach Weihnachten kamen auch Maria mit Jo und Michael wieder mal zu Besuch und wir machten es uns gemütlich. Silvester waren auch meine Brüder unsere Gäste. Sie hatten jeder eine Freundin mitgebracht und dadurch war die Stimmung besser als an Weihnachten.
Julia war inzwischen ein Vierteljahr alt, sie hatte zartes, brünettes Haar wie ich und meine braunen Kulleraugen, während Linda aussah wie Papa. Blonde Löckchen und himmelblaue Augen. Zwei ganz unterschiedliche Mädchen, ich war sehr zufrieden. Wir fanden uns in den Kindern wieder. Martin

fuhr die Kleine genau so stolz spazieren wie damals Linda. Also, dachte ich, hat er sich damit abgefunden, dass er zwei Töchter hat. Gut so!

Andreas Tee, der Pharmazie-Student, hatte inzwischen sein Studium beendet und war in unserer Apotheke fest eingestellt worden. Eine sehr zuverlässige und gute Kraft, wie mir Martin erzählte. Ich fiel ja für immer aus. „Aber Frau Äll ist doch auch zuverlässig und gut", sagte ich zu Martin.
„Sie hat gekündigt, was mir sehr Leid tut", sagte er und erzählte, dass sie einen Mann aus Süddeutschland kennen gelernt hat und aus Frankfurt wegzieht. Ihr erster Mann war in Russland gefallen. „Ja, das ist schade, Martin. Aber ich gönne Frau Äll ihr neues Glück, bitte grüße sie ganz herzlich von mir."
Martin hatte ja noch meinen Bruder Thomas, der ab und zu mithalf. Unser kleines Unternehmen lief gut, und wir waren sehr zufrieden. Meine Mutter war noch nicht über den schnellen Verlust ihrer Eltern hinweg gekommen. Sie suchte sich immer eine Beschäftigung und ich nahm gerne ihre Hilfe an.

Den Sommer 1955 verbrachten wir daheim. Wir waren sehr viel in unserem Garten und verzichteten auf eine Urlaubsreise. Ich hatte keine Lust mit dem Baby, was ja erst ein dreiviertel Jahr war, mit Maria und Familie nach Italien zu fahren. War aber dann doch etwas traurig, als sie eine so schöne Ansichtskarte von Jesolo schickten.
Als sie zurückkamen, erzählten sie ganz begeistert von Italia und baten uns, doch im nächsten Sommer mit zu kommen. Das Wasser der Adria war warm, ideal für Kinder und das kleine Familienhotel vorzüglich. Es gab nur 15 Zimmer in verschiedenen Größen, alle mit Blick zum Meer und im Garten war ein Pool für Erwachsene und Kinder sowie ein Baby-Pool, in dem

sich Michael so richtig wohl fühlte. Und Johannes schwärmte immer wieder vom italienischen Eis und den leckeren Pasta-Gerichten. Mir lief das Wasser im Mund zusammen.

Martin sah mich an und sagte: „Ich glaube, wir fahren nächstes Jahr drei Wochen mit euch, wenn es recht ist." Alle jubelten, sogar unser Baby ließ einen Freudenschrei hören. „Julchen ist auch einverstanden", sagte ich und küsste sie herzhaft.
Dann ging ich alleine mit Maria im Garten spazieren und erzählte ihr, dass ich in letzter Zeit festgestellt hatte, dass unser lieber Opa Hermann inkontinent würde. Sein Bett war frühmorgens oft nass und seine Hosen auch. Es war ihm sehr peinlich und Martin brachte aus der Apotheke die entsprechenden Einlagen mit, aber der alte Herr kam damit überhaupt nicht zurecht. „Was soll ich machen, Maria? Ich habe jetzt täglich die Waschmaschine laufen, das ist nervig."

Maria schlug vor, eine ausgebildete Krankenschwester oder vielleicht einen Altenpfleger einzustellen, wenigstens für einige Stunden, um mir so die Arbeit zu erleichtern. „Am besten du annoncierst einmal in der Tageszeitung, vielleicht hast du Glück."

Ich gab in den nächsten Tagen gleich in verschiedenen Zeitungen Annoncen auf, und siehe da, es meldeten sich mehrere Leute, die wir alle baten, sich vorzustellen. Es kamen aber von sieben angeblich ausgebildeten Kräften nur zwei zu einem Vorstellungstermin.
Der Weg in unser Dorf im Taunus und die schlechte Verbindung hierher hat sie wohl davon abgehalten zu kommen. Die Krankenschwester aus Bad Homburg gefiel Opa überhaupt nicht und auch uns war sie äußerst unsympathisch. Sie hatte

so einen schnoddrigen Ton an sich. Aber der junge Mann aus unserem Nachbardorf, der als Altenpfleger ausgebildet war und mehrere Leute in der Gegend versorgte, gefiel uns allen sehr gut. Martin engagierte Herrn Uh.

Irene wurde von ihrem Sohn informiert, und sie bot ebenfalls ihre Hilfe an, die ich dankend annahm, denn mit meiner Schwiegermutter Irene konnte ich gut zusammenarbeiten, genau wie mit meiner Mama. Sie konnten so richtig zupacken. Und in diesem großen Haus mit zwei kleinen Geistern und einem leider undichten Opa gab es jede Menge zu tun. Und Erni war ja nur vormittags bei uns.

Linda hatte gerade ihren vierten Geburtstag hinter sich, da bemühte sich unser Julchen das Laufen zu erlernen. Erst mal an beiden Händen und dann von Stuhl zu Stuhl. An ihrem ersten Geburtstag konnte Julia bereits alleine laufen und sie hatte acht Zähnchen. Von da an war Onkel Fritz mit zwei Mädchen unterwegs und das gefiel ihm sehr gut. Aus einem früher mürrisch dreinschauenden Menschen, wie ihn die Dorfbewohner nur kannten, war ein liebenswerter Onkel geworden, der seine ganze Liebe unserer Familie und besonders unseren Kindern schenkte. Martin und ich waren dankbar und glücklich. Wir konnten uns auch auf ihn verlassen. Wenn es Opa Hermann besonders schlecht ging, schlief Onkel Fritz auf seinen ausdrücklichen Wunsch bei ihm und versorgte ihn nachts, wenn es nötig war.

Italia

In den Sommerferien 1956 fuhren wir endlich mit Maria, Johannes und Michael nach Jesolo an die Adria. Wir blieben herrliche drei Wochen. Linda gefiel es so gut, dass sie gleich ein großes Haus dort kaufen wollte, und nervte fast täglich ihren Vater. „Papa, du kannst doch die Appotäge verkaufen, die brauch ich nicht. Aber wir brauchen unpedinkt ein schönes, großes Haus in Itaaliien an der Adrila."
Anfangs war sie etwas ängstlich im Wasser, aber mit der Zeit wurde sie zu einer richtigen Wasserratte, genau wie Michael.

Als wir nach drei Wochen heimfuhren, übernachteten wir, genau wie bei der Hinfahrt, wieder in Österreich in der gleichen Pension.
Zu Hause angekommen, stellte ich mich auf die Waage und bekam einen Schreck. Zwei Kilo mehr! So viel Eis und Pasta hatte ich doch gar nicht gegessen, oder doch? Martin hatte nicht zugenommen, was mich fürchterlich ärgerte. Er war und blieb schlank, obwohl er in diesem Urlaub Unmengen an Schokoladen-Eis in sich reinstopfte. „Wir Frauen müssen die Kinder kriegen und danach müssen wir auch noch hungern", sagte ich zu ihm und er lachte.

Onkel Fritz begrüßte uns mit ernster Miene und erzählte dann: „Opa Hermann war während Eures Urlaubs im Krankenhaus. Er hatte Wasser in der Lunge und das hat aufs Herz gedrückt. Der Arme hatte große Atemnot. Irene war die ganze Zeit hier, ist aber vorgestern heimgefahren zu ihrem Otto." Wir gingen gleich zu Opa ins Schlafzimmer, um ihn zu begrüßen. Er war sehr blass und hatte auch abgenommen, das sah ich sofort. „Fast hätte ich euch nicht mehr gesehen", sagte er und lächelte. „Aber der liebe Gott wollte mich noch nicht haben." Und als die Kinder zu ihm ins Bett krochen und ihn küssten, liefen ihm dicke Tränen die Wangen runter. Opa drückte sie fest an sich und dann ging ich mit ihnen ins Bad. Sie waren reif fürs Bett. Martin blieb lange bei seinem Großvater und unterhielt sich mit ihm. Auch in dieser Nacht schlief Onkel Fritz bei Opa. Das war unser Wunsch.

Er schaffte noch Julias 2. Geburtstag am 1. Oktober, danach ging es ihm immer schlechter. In die Klinik wollte auch er nicht mehr. „Ich will – wie meine Frau – in meinem Haus sterben, bei euch sein." Herr Uh, der Alterpfleger, war jetzt täglich viele Stunden bei uns, und auch der Hausarzt kam morgens und abends. Am 10. Oktober 1956 schlief Opa Hermann friedlich ein. Wir alle waren sehr traurig, trösteten uns aber damit, dass er so alt werden durfte und wenige Krankheiten hatte.
Die Beerdigung schafften wir noch vor Martins Geburtstag. Aber der fiel diesmal so gut wie aus. Zum Feiern war uns nicht zumute.
„Wie wird Onkel Fritz damit zurechtkommen?", fragte ich Martin. „Wir müssen uns jetzt sehr um ihn kümmern und ihn beschäftigen", war seine Antwort. Und das taten wir dann auch. Trotzdem litt er schrecklich.

Als wir im nächsten Jahr nach den Sommerferien, Anfang September 57, wieder nach Italien fuhren, nahmen wir meine Eltern, Onkel Fritz und Martins Eltern mit. Wir fuhren mit drei Autos. Maria und Johannes fuhren nicht mit uns, sie machten schon im Juli Urlaub bei ihrer Mutter und Schwester in Köln. Maria war hochschwanger und erwartete ihr zweites Kind ab dem 20. September. Immer wieder bat sie mich, die Daumen zu drücken, dass es ein Mädchen werden würde. Sie war ganz verrückt nach unseren beiden, während mein Mann gerne mit ihrem Michael spielte.

Am 21. September fuhren wir nach Hause, blieben allerdings noch zwei Nächte in Österreich. Für die älteren Autofahrer wäre das sonst zu anstrengend gewesen. Jeden Tag habe ich mit Maria telefoniert. Aber es tat sich noch nichts.
Am 29.09.1957 kam abends per Kaiserschnitt ein kräftiger Junge zur Welt. Obwohl Michael ganz „normal" kam, musste diesmal ein Kaiserschnitt gemacht werden, wie Johannes am Telefon sagte, weil das Kind in Schieflage war.
Ich bin natürlich gleich am nächsten Tag ins Krankenhaus, um nach den beiden zu sehen. Maria war noch ein bisschen blass, aber dem Kleinen ging es gut. Johannes war mächtig stolz. „Seid ihr traurig, dass es wieder ein Junge ist?" „Oh ja, ich schon", sagte Maria. Jo streichelte seine Frau und meinte: „Kind ist Kind! Jetzt haben wir doch noch unseren Stefan."

Zum Glück hatte ich eine gelbe Ausfahr-Garnitur gekauft, worüber sich die beiden sehr freuten. Und dann sagte mir Maria, dass Johannes ein Lehramt in Köln sucht. „Maria möchte so gerne in der Nähe ihrer Mutter und Schwester sein, das verstehst du doch, Margarethe?" Ich nickte schweren Herzens und erzählte Martin die Neuigkeit abends im Bett. Auch er musste das erst mal verdauen und seine Verdauung funktionierte in letzter Zeit schlecht.
Er wird also noch länger auf dem Klo sitzen, dachte ich mir. Und Abführmittel aus unserer Apotheke verkaufte er nur Kunden, er selbst nahm so'n Zeug, wie er es nannte, nicht ein.-

Mit Schrecken dachte ich ständig daran, dass meine liebe Maria mit ihrer Familie nach Köln ziehen wird. Ihre kränkelnde Mutter hatte wohl darum gebeten und schließlich wollte sie auch die Enkelkinder erleben.
Nun ja, Köln ist nicht Amerika. Wir werden uns schon ab und zu sehen, dachte ich.

Der Unfall

Erst im Sommer 1960 fuhren wir wieder gemeinsam mit Johannes, Maria und den Kindern nach Jesolo. Die ersten zwei Wochen waren wunderbar, aber dann passierte das Unglück. Mein Göttergatte rannte auf dem Bürgersteig hinter Julia her, die oftmals schneller war als ihr Vater. Plötzlich stürzte Martin über die eigenen Füße, fremde Füße waren nicht in seiner Nähe, und stieß einen fürchterlichen Schrei aus.
Da lag er nun, der Herr Apotheker, mit schmerzverzerrtem Gesicht. Johannes rannte sofort ins nächstgelegene Geschäft, um nach einem Rettungswagen rufen zu lassen. Und der war nach sieben Minuten da, wie Linda feststellte. Sie küsste mit Tränen in den Augen ihren geliebten Vater, als ihn die Sanitäter in das Fahrzeug schoben. Die anderen drei Kleinen standen wie angewurzelt da und Stefan auf Marias Arm zu weinen an.
Ich konnte im Krankenwagen mitfahren. Maria und Jo sammelten sämtliche Kinder ein und kamen mit einer Taxe hinterher. In der Klinik wurde er gründlichst untersucht und geröntgt. Der Arme hatte sich das Bein gebrochen und den rechten Ellbogen geprellt. Er bekam einen dicken Gips unten sowie einen Verband oben und musste eine Nacht im Krankenhaus bleiben. Ganz blass lag er in seinem Bett und erinnerte mich stark an unser Kennenlernen in der Frankfurter Klinik, als ihm der Blinddarm entfernt wurde. Wir küssten ihn und sprachen ihm Mut zu, als wir gingen.
Am nächsten Tag holte ich ihn, zusammen mit Jo, ab. In unserem kleinen Familien-Hotel wurde Martin richtig verwöhnt und auch wir gaben uns große Mühe, ihm die restlichen Ur-

laubstage, im wahrsten Sinne des Wortes, zu versüßen. Hauptsächlich mit Schokoladen-Eis!
Über die Heimreise wurde schon Tage vorher diskutiert. Jetzt hatte ich zu beweisen, dass ich einen Führerschein besitze, denn mein guter Mann konnte ja nicht mit dem Gipsbein Auto fahren. Johannes und Maria konnten sich abwechseln, was bei uns nun unmöglich war.
Wir beschlossen, unterwegs zweimal zu übernachten. Erstens wurde das für mich nicht so stressig und zweitens hatte Martin längere Ruhephasen für sein Bein. Und auch für den kleinen Stefan wurde es nicht so anstrengend. Allerdings war das Fahren in Österreich durch andauernden Regen ganz schön hart. Aber ich habe es geschafft. Und zu Hause warteten Irene und Otto auf uns, so dass ich mich richtig ausruhen konnte. Maria und ihre Familie blieben auch noch zwei Tage bei uns und Johannes brachte Martin in Frankfurt mit allen Röntgenaufnahmen zum Arzt. Den Gips sollte er sechs Wochen behalten, eine gute Woche davon war um.

Für die Apotheke wurde Herr Luigi Minatore, ein junger Italiener aus der Toskana, der in Frankfurt studiert hatte, eingestellt. Und Martin war äußerst zufrieden mit ihm. Ich war besonders froh hierüber, sonst hätte mein Mann immer wieder Überstunden machen müssen und die Familie wäre zu kurz gekommen. Martin liebte seinen Beruf, aber seine Familie und der Feierabend waren ihm heilig und das Bein musste noch ein bisschen geschont werden.

Linda überfiel ihren Vater gern am Abend mit den gemachten Hausaufgaben. Sie war eine sehr gute Schülerin, äußerst fleißig und aufmerksam. Alles musste ihr Paps begutachten. Und Martin lobte seine Große auch gerne. Julchen liebte den

Kindergarten. Sie bastelte gerne, aber ihre Lieblingsbeschäftigung war die Malerei. Sie konnte stundenlang in einer Ecke sitzen und malen. Oder sie versorgte liebevoll ihre Puppen.
Am liebsten malte sie unseren Garten mit vielen Bäumen, Blumen und Vögel. Julia war nicht so lebhaft wie ihre große Schwester, aber die beiden ergänzten sich prima. Und im Herbst begann auch für sie die Schule.
Im Winter 1961 waren wir einige Tage im Schwarzwald. Als wir nach Hause fuhren, machten wir Halt bei meinen Eltern in Frankfurt. Die Kinder wollten doch erzählen, wie es ihnen im Schnee gefallen hat. Papa saß vor dem Fernseher und guckte Fußball.
„Komm, Martin, setz' dich. Das ist ein interessantes Spiel." Martin setzte sich zu meinem Vater ins Wohnzimmer. Die Kinder und ich saßen bei Mama in der Küche und aßen Kuchen und tranken Tee. Ab und zu rannten unsere zwei zu Opa und ihrem Vater und schauten mit auf den Bildschirm. So etwas hatten wir zu Hause noch nicht. Plötzlich fragte mich Linda:

„Mama, was sind denn ‚Gelsen'? „Das sind ziegenähnliche Bergtiere", ich hatte nämlich Gemsen verstanden. „Ach, Mama, ich meine ganz einfach ‚Gelsen'. Die haben, glaube ich, was mit den Neandertalern zu tun," sagte sie. „Wie kommst du denn auf so etwas?"
„Der Papa hat eben gesagt, die ‚Gelsen' haben ein Tor geschossen," sagte dann Julchen.
Mama und ich hielten uns den Bauch vor Lachen.
„Also, meine Lieben, die Fußballer sind aus Gelsenkirchen und heißen nicht ‚Gelsen', sondern Gelsenkirchener. Eigentlich heißt der Verein „Schalke 04"
„Und warum sagt mein Vater ‚Gelsen'?", fragte dann wieder Linda. „Das ist nur eine Abkürzung, mein Schatz, und mit den

Neandertalern haben sie genau so viel zu tun wie wir. Denn wir stammen letztendlich alle von den Neandertalern ab."
„Iischsch niiicht" tönte Linda.
„Habt ihr in der Schule über diese Vorfahren gesprochen?" „Ja, Mama, aber die gibt es heute nicht mehr." Das war auch mir klar.
„Und ich gehe nicht so gekrümmt und habe auch keine Haare auf dem ganzen Körper."
„Es ist gut, Linda! Niemand behauptet, dass du oder wir alle heute so aussehen, wie die Menschen vor Urzeiten, das hat euch Eure Lehrerin wohl auch richtig erklärt. Ich glaube, du bist sehr müde von der Reise und legst dich ein bisschen in Omas Bett."
Julia war von meinem Vorschlag begeistert und sagte gleich: „Ich gehe mit dir, Linda, dann musst du keine Angst mehr vor den Nandertalern haben, gell?"
Sie kuschelten sich aneinander und schliefen sehr schnell ein. Und wir konnten in aller Ruhe noch ein wenig von unserem Urlaub erzählen, als das Fußballspiel zu Ende war.

Auch Thomas hatte inzwischen sein Pharma-Studium beendet und wurde gleich von Martin eingestellt. Er hatte jetzt eine feste Freundin, die in Frankfurt bei einer Bank beschäftigt war. Mein Bruder Tobias ging nach seinem Maschinenbau-Studium nach Schweden. Er meldete sich allerdings sehr selten bei den Eltern oder mir, was mich ein wenig traurig stimmte.

Eines Tages, im Frühling 1962, stand er vor unserer Tür. Ich freute mich riesig und fiel ihm gleich um den Hals. „Ach, mein lieber Tobias, ist das schön dich zu sehen. Wie geht es dir?" Wir gingen ins Haus und setzten uns ins Wohnzimmer. Ich holte Saft, und er erzählte von seiner Arbeit in Schweden, von der

herrlichen Natur in diesem Land und von einer netten Frau, die ihm allerdings vor einiger Zeit den Laufpass gegeben hatte, weil ihre Eltern keinen deutschen Schwiegersohn wollten. Daraufhin hat er seine Tätigkeit gekündigt und ist gegangen.
Tobias bekam als Diplom-Ingenieur sehr schnell in Frankfurt einen Arbeitsplatz und wohnte nun wieder bei den Eltern. Er trauerte allerdings noch der hübschen Schwedin nach.

Im Sommer machten wir Urlaub am Kloppeiner See in Österreich. Tobias, unsere Eltern und Onkel Fritz fuhren mit. Es war herrlich! Mein Bruder wurde wieder der „Alte". Lustig wie immer! Wir waren oft tanzen und die Eltern und Onkel Fritz passten auf unsere Mädchen auf.
Als wir wieder zu Hause waren, hatte unser junger Apotheker Urlaub. Er fuhr in die Toskana zu seinen Eltern und Schwestern. In Stuttgart hatte Luigi noch einen Bruder namens Francesco. Dieser arbeitete in einem Reisebüro und begleitete seit zwei Jahren Urlauber im Bus in seine Heimat.
Auch ich träumte inzwischen von der Toskana, denn Luigi zeigte uns wunderschöne Fotos von dort, als er wiederkam. Seine Familie würde sich sehr freuen, uns einmal kennen zu lernen. Er habe zu Hause erzählt, dass wir schon mehrfach an der Adria waren.

Abends im Bett besprach ich das mit Martin. „Wir könnten doch in den Herbstferien mit seinem Bruder im Bus von Stuttgart aus mal in diese herrliche Gegend fahren, Martin." Er überlegte lange, dann sagte er: „Wir waren jetzt zwei Wochen weg, ich kann doch nicht die Apotheke so ohne Führung lassen, was denken meine Angestellten?"
„Aber Martin, es ist doch in den zwei Wochen, die wir in Österreich waren, auch gut gelaufen. Warum soll es in den

Herbstferien nicht klappen? Wir könnten uns auf eine Woche beschränken und nehmen nur Linda mit. Julchen kann bei meinen Eltern bleiben."
Wir überlegten auch, meinen Bruder Tobias mitzunehmen. Denn ich dachte, jede Abwechslung würde ihm jetzt guttun. Martin hat wohl in den Tagen darauf mit Luigi gesprochen und dieser hat seinen Bruder angerufen und uns vorangemeldet. Schließlich musste ich das Ganze erst mal mit meinen Eltern und Tobias besprechen.

AMERIKA

Ein Anruf aus Hamburg ließ uns erst mal alle weiteren Urlaubspläne vergessen. Schließlich gab es noch andere Dinge in unserem Leben als Urlaub.
Irene war sehr aufgeregt, weinte ins Telefon und sagte, dass Otto im Krankenhaus mit einem Herzinfarkt liege. Es sei bei der Gartenarbeit passiert. Martin flog mit der nächsten Maschine zu seiner Mutter und blieb drei Tage bei ihr, um immer wieder nach seinem Vater sehen zu können. Mein Schwiegervater war Anfang siebzig und wie mir Martin erzählte, erholte er sich gut und wurde zwei Wochen später entlassen.

Wir erkundigten uns oft abends, wenn Martin zu Hause war, nach Opas Befinden. Und an diesem Abend schrie Martin laut: „Was, das gibt es nicht, ist es möglich? Das solltet ihr unbedingt machen, Papa, da kommst du auf andere Gedanken und der „Indian-Summer" ist wirklich sehenswert."
Kurz danach legte Martin auf und ich fragte neugierig: „Was? Wollen deine Eltern womöglich nach Amerika?"

Martin erzählte uns allen, dass die Silbernagels angerufen hätten, um sich nach seinem Befinden zu erkunden. Meine Eltern hatten natürlich ständigen Briefkontakt zu ihnen und sie wussten, was meinem Schwiegervater passiert war. Und wenn es ihm besser ginge, sollten sie mindestens vier Wochen zu ihnen nach Amerika kommen.
Sie planten eine große Rundreise mit ihnen im Auto und würden entsprechend viele Pausen einlegen, so dass es für Opa Otto nicht zu anstrengend würde.

Auch wir waren begeistert von der Idee. Allerdings bat ich Martin, doch vorher mit unserem Hausarzt zu sprechen.
Gleich montags ging Martin zu Dr. Oh, der schon Hausarzt seiner Großeltern war, und bat ihn um seine Meinung. „Wir haben jetzt August, und wenn ihre Eltern Ende September fliegen, sind das noch sechs Wochen. Bis dahin dürfte sich der Zustand ihres Vater stabilisiert haben."
Martin bedankte sich und teilte mir die Nachricht noch schnell mit, bevor er nach Frankfurt in die Apotheke fuhr.
Ich rief gleich Irene an und erzählte ihr alles. Sie war sehr froh darüber und sagte, sie würden täglich ausgedehnte Spaziergänge und leichte gymnastische Übungen machen. Und Otto hätte schon wieder ordentlichen Appetit.

Nach so vielen Jahren die Freunde, die leider Deutschland hatten verlassen müssen, wieder zu sehen, wäre schön.
Der Hausarzt von Otto gab dann schon Anfang September grünes Licht für die weite Reise und so buchten sie den Flug für Ende September. Nach der Ankunft riefen sie uns gleich an. Irene berichtete, dass Otto den Flug sehr gut überstanden hätte, und sie schickten tausend Küsse für alle durchs Telefon.

Isabella

Anfang Oktober fuhren wir mit dem Zug nach Stuttgart. Dort holte uns Francesco, der Bruder von Luigi, am Bahnhof ab. Ein freundlicher und sehr lustiger Mann, wie sich gleich herausstellte. „Warum spricht er so komisch", fragte Linda und er lachte. „Er ist Italiener und muss erst noch richtig Deutsch lernen, wie sein Bruder Luigi in unserer Apotheke", sagte Papa.
Am frühen Nachmittag ging es mit dem Bus durch die Schweiz in Richtung Italien. Linda saß bei Onkel Tobias, wir gegenüber.

Dann kam die Begrüßung durch unseren Reiseleiter:
„Eine scheene gude Dag, meine Dame und Herre, hier s-preche ihre Francesco. Ich begleide sie eine Woche lange durche meine Heimate, die Toskana." Alles lachte! Dann stellte er noch den Fahrer vor: „Hanse, de gansse prima, unne snelle Fahrer."
Im Tessin, bei Lugano, machten wir Halt in einem älteren Hotel. Dort gab es Abendessen und wir konnten hier auch übernachten. Abends besichtigten wir vier bei einem ausgedehnten Spaziergang die Stadt.

Am nächsten Tag, nach dem Frühstück, ging es dann weiter bis in die Nähe von Florenz. Hier hatten wir vorerst unser Quartier für zwei Nächte. Denn die Hauptstadt der Toskana verlangte unsere ganze Aufmerksamkeit. Besonders der Dom hatte es Linda und mir angetan. „Der ist viel schöner und größer als der Frankfurter Dom, Mama." Papa versuchte, seiner Tochter zu erklären, dass es ja verschiedene Baumaterialien geben würde und Italien über viel Marmor verfüge. Ob Linda das verstanden hat, war mir nicht ganz klar. Aber einen Dom in perlweiß-rosé-grün hatte auch ich noch nicht gesehen. Wunderschön! Nach zwei Tagen, ging es nach Pisa zum schiefen Turm und daneben stand ebenfalls ein wunderschöner heller Dom. „Auf den Turm gehe ich nicht", sagte Linda. „Der fällt bestimmt irgendwann um." Auch ich hatte meine Bedenken, aber Martin und Tobias sind bis nach oben gestiegen und winkten uns zwei Feiglingen freudig zu. Wir kauften noch eine Ansichtskarte vom schiefen Turm, dann war es Zeit, zum Bus zu gehen.

Francesco erwartete uns schon. „Bitte alles ein-steige, es gehe weiter in die Toskana. Wir fahre jetzt in Richtung Siena. Hat es Ihne gefalle in Firenze und schiefe Turme in Pisa?" Alles klatschte heftig und sagte „ja"! „Isse net umgefalle schiefe Turme, gute italienische Bauwerke, fällt nix um. Also, musse noch was erkläre: Wenn sie Problem habbe odder nix so scheene Zimmer in nächste Hotel odder zu kleine Bad, dann nix schimpfe und sage: ‚Scheiße', das isse nix so gut. Besser sage: ‚Mamma mia' und rufe gleich nach liebe Francesco. Isse mache alles widder prima bella für euch." Dann sang Francesco ein wunderschönes italienisches Volkslied und wir summten mit.

Am späten Nachmittag trafen wir in unserem nächsten Quartier ein. An der Rezeption wurden die Zimmerschlüssel verteilt, aber Martin bekam keinen Schlüssel, sondern nur den Hinweis, sich mit der Familie in einer gemütlichen Polsterecke niederzulassen. Ein Kellner brachte uns Saft, dann tauchte wieder Francesco auf und rief: „Martino und Famiglia komme mit mir." Er hatte unsere Koffer in den Händen und eilte nach draußen. Dort stand ein größeres Fahrzeug, auf dem man auch Weinfässer transportieren konnte, und Francesco hievte un-

sere Koffer auf die Ladefläche des Autos. Dann stellte er uns einen molligen, freundlichen und braungebrannten älteren Mann vor: „Das isse meine Pappa Guiseppe, s-preche keine Deutsch!"
Der nette Mann umarmte uns, als würden wir uns schon ewig kennen, und deutete an, dass ich mit Linda zu ihm nach vorn durfte, während Martin und Francesco sich hinten zu den Koffern ins Freie setzen mussten. Wir fuhren nur ca. drei Kilometer, dann waren wir auf einem großen Anwesen mit einem wunderschönen Backsteinhaus.
„Ihre Famiglia sinne unsere Gäste", sagte Francesco. Dann kamen zwei junge Frauen und eine nicht mehr ganz so frische Frau aus dem Haus und begrüßten uns ebenso herzlich wie der Papa. „Das isse meine Mamma Anna-Maria, meine groß und streng Schwester Anna-Sophia und mein klein und wunderscheen Schwester Isabella", sagte Francesco. Tobias starrte die junge Frau erstaunt, mit halboffenem Mund, an. Hat mein Bruder noch nie eine schöne Frau gesehen?, dachte ich.
Wir gingen zusammen ins Haus und die Mamma zeigte uns die Zimmer. Sie waren einfach und doch wunderschön im toskanischen Stil eingerichtet. Auf dem Tisch standen ein großer bunter Blumenstrauß sowie ein Korb mit vielen Früchten. Linda fragte gleich: „Ist das Obst alles für uns, Mama?"
Bevor ich antworten konnte, deutete Mamma Anna-Maria mit einer riesigen Handbewegung an, dass alles für uns sei, wir aber jetzt erst mal zum Essen kommen sollten. Linda naschte sofort von den blauen Weintrauben.

Dann gingen wir in eine große Wohnküche. Dort war der Tisch schon gedeckt. Tobias saß direkt gegenüber von Isabella. Er machte einen so verschüchterten Eindruck wie ein Oberprimaner kurz vor der mündlichen Abiturprüfung. So brav hatte ich

meinen sonst so lebhaften und lustigen Bruder noch nie erlebt. Es standen leckere Salate auf dem Tisch, jede Menge Lasagne, Ravioli, Tagliatelle mit Käsesoße und dazu gab es Vino sfuso (Wein vom Faß) und für Linda frisch gepressten Orangensaft. Alles schmeckte wunderbar und der arme Francesco musste ständig übersetzen. Denn die gute Mamma wollte natürlich wissen, wie es uns schmeckt. „Grazie, benissimo" bestätigten wir immer wieder, sogar Linda versuchte sich in Italienisch. Dann reichten sie noch verschiedene Sorten Käse, selbstgebackenes Brot und zum Nachtisch brachte Anna-Sophia Tiramisu und Cassata. Das Eis mit den kandierten Früchten kannte ich schon, Tiramisu noch nicht. Davon habe ich dann so viel gegessen, dass mir fast schlecht wurde, obwohl wir von Francesco zuvor aufgeklärt wurden, wie fettreich Tiramisu ist.
Wir machten mit ihm, seinem Vater und Isabella dann einen Spaziergang durch das Anwesen. Die Familie hatte zahlreiche Olivenbäume, also Olivenöl für den Verkauf und Eigenbedarf, sowie einen Weinberg. Tobias versuchte, sich mit Isabella zu unterhalten, denn Francesco hatte beim Spazierengehen erzählt, dass seine jüngere Schwester auch etwas Deutsch sprechen könne, sich nur nicht traue. Sie sprach sehr leise und langsam mit Tobias, der ihr immer wieder Hilfestellung leistete. Dann sagte Francesco, dass Isabella gerne in Deutschland als Au-pair-Mädchen arbeiten würde. Am späten Abend witterte ich Morgenluft.
Hatte Francesco schon gemerkt, dass sich mein Bruder für seine hübsche Schwester interessierte?

Ich sah Martin fragend an und er sagte: „Wir könnten doch ein Au-pair-Mädchen gebrauchen, was meinst du, Margarethe?" „Oh ja, das wäre sehr gut. Bitte, Francesco, sprechen sie mit ihrer Schwester darüber. Wir haben noch ein Kind. Julia ist jetzt

gerade acht geworden und Linda ist elf. Unser Haus ist groß und das Grundstück auch und Isabella hätte es gut bei uns." Francesco nickte. „Isse werde sprecha mit Isabella und meine Mamma und Pappa." Dann gingen wir zurück zum Haus, denn wir alle waren sehr müde und wollten jetzt schlafen gehen.
Tobias schaute Isabella beim Gute-Nachtsagen tief in die dunkelbraunen Augen und sie lächelte zurück.
Ich lag noch eine Weile wach im Bett, während Martin und Linda längst schliefen. Die vergangenen Tage gingen mir durch den Kopf. Die grandiose Stadt Florenz; ich dachte an die Familie di Medici, an Michelangelo, den herrlichen Dom, die teuren Restaurants und das leckere italienische Eis und die wunderbare Landschaft, die wir durchfuhren. Dann muss ich eingeschlafen sein.
Plötzlich nahm mich Martin am Arm und flüsterte mir ins Ohr: „Mein Schatz, es ist gut, du bist bei mir und Linda, es ist überhaupt nichts passiert."

Ich hatte geträumt, der schiefe Turm von Pisa sei eingestürzt; er stand in unserem Garten im Taunus. Und ich war da oben drauf und stürzte in die Tiefe. Mein Geschrei riss Martin neben mir, und auch Linda in der anderen Ecke, aus dem Schlaf. Immer, wenn ich spät abends viel esse, kriege ich solche Alpträume. Also, Margarethe, in Zukunft vernünftig sein, dachte ich, und nicht mehr so fettes Zeug in dich reinhauen, dann träumst du auch nicht.

Am nächsten Morgen, nach dem Frühstück, fuhren wir mit Francesco nach Siena. Tobias hatte angeblich starke Kopfschmerzen und wollte lieber bei der Familie beziehungsweise Isabella bleiben. „Ich kann hier bei der Weinlese etwas helfen, da bin ich an der frischen Luft."

„Ist schon okay, mein lieber Bruder", sagte ich und konnte mir das Lachen nicht verkneifen. Die Toskana sowie die weiteren Besichtigungen waren für ihn nicht mehr interessant. Er besichtigte nur noch Isabella.
Wir waren wieder mit den anderen Touristen zusammen und schauten gemeinsam die schöne Stadt Siena an. Für den nächsten Tag standen die Orte Volterra und San Gimignano auf dem Besichtigungsplan. Danach hatten wir noch einen halben Tag zur freien Verfügung und zum Koffer packen. Am Nachmittag traten wir unsere Heimreise an.

Francesco hatte mit den Eltern und Isabella gesprochen und das Mädchen war bereit, gleich mit uns nach Deutschland zu reisen. Glücklicher Weise waren im Bus noch einige Plätze frei, sodass es hier keinerlei Probleme gab. Nur Linda motzte, denn Isabella saß jetzt neben ihrem geliebten Onkel Tobias, und sie war wohl ein wenig eifersüchtig. Sie saß jetzt alleine hinter uns. Ich bat Martin, sich neben seine Tochter zu setzen, so dass ich zwei Sitze für mich hatte und meine Beine hochlegen konnte.
Francesco fragte im Bus nach unserer Stimmung: „Habbe sie alle gute Urlaube gehabbt in Toskana und isse zufriedde mit scheene Italia?" „Ja, Francesco, toll Francesco, prima, prima", hallte es durch den Bus, alles klatschte und unser Reiseleiter war zufrieden. Nach einer Übernachtung im Tessin waren wir am nächsten Tag spät nachmittags in Stuttgart.
Der gute Francesco brachte uns zum Zug und drückte lange seine geliebte Schwester an sich, bevor er sich von uns verabschiedete. Spät abends waren wir im Taunus, richteten für Isabella das Gästezimmer und verschwanden alle sehr schnell in den Betten, denn wir konnten uns kaum noch aufrecht halten.

Meine Eltern rief ich am nächsten Morgen an und sie brachten uns Julchen. Und Linda berichtete von den leckeren Weintrauben und dem guten Eis, was sie gegessen hatte, und versuchte, Francesco zu imitieren, was ihr aber kaum gelang.
Wir erzählten ausgiebig und fuhren dann mit zwei Autos in den Nachbarort ins Restaurant zum Essen. Auch meiner Mutter fiel sofort auf, dass Tobias in Isabella richtig verknallt war. Sie gab sich große Mühe Deutsch zu sprechen und wurde immer lebhafter. Ihre anfängliche Scheu war längst verflogen und unsere Kinder waren begeistert von ihr. Julia fand es besonders toll, dass sie Isabella am Nachmittag die schönen, langen, schwarzen Haare kämmen durfte.

Tobias fuhr am Abend mit den Eltern wieder zurück nach Frankfurt. Schließlich musste er am nächsten Tag zur Arbeit. Aber wir verabredeten, dass er einmal die Woche zu uns kommt und auch am Wochenende wollte er oft bei uns sein. Ich nahm ihn kurzerhand zur Seite und fragte: „Weißt du, Tobias, wie alt Isabella ist?" „Ja, Francesco hat mir gesagt, sie sei 22 Jahre und noch Jungfrau! Wenn ich mit ihr schlafen wolle, dann müsse ich sie auch heiraten, das sei in Italien so üblich."
Wir lachten und ich dachte gleich, also hat die Familie längst gemerkt, was mit den beiden los ist. Und dann habe ich weiter gefragt: „Tobias, bist du verliebt in dieses hübsche Ding?" Mein Bruder nahm mich in die Arme, küsste mich herzlich und sagte mir leise ins Ohr: „Oh, Margarethe, das war das Beste, was du jemals für mich getan hast."
„Was habe ich denn getan?" „Du hast mich überredet, mit euch in die Toskana zu fahren, und jetzt bin ich so verliebt, wie ich es noch nie war."
Auch ich drückte meinen Bruder fest an mich und sagte dann leise zurück: „Schweden vergessen?" „Ja, ja, klar doch!"

Auch Luigi, aus der Apotheke, kam öfter mal zu uns in den Taunus, um seine Schwester zu besuchen. Es war immer viel los bei uns, ein Haus der offenen Türen! Aber das war auch gut für Isabella, sie hatte kein Heimweh, wir ließen sie mindestens einmal die Woche mit ihren Eltern telefonieren, und sie liebte unsere Kinder über alles. Und ich hatte seit langer Zeit mal Gelegenheit, ein Buch zu lesen, und fuhr sogar einmal die Woche mit Martin morgens in die Apotheke oder traf mich mit meiner Mutter und wir zwei gingen dann über die Zeil und stürmten die Kaufhäuser.

Anfang März 1963 waren die Geschäfte schon mit der neuesten Sommermode bestückt und ich sah in einem Kaufhaus ein sündhaft teures Kleid mit Spaghetti-Trägern. Klar, ein italienisches Modell!
Mama wollte, dass ich es wenigstens mal anprobiere. Ich tat ihr den Gefallen. Aber ich kaufte es nicht, es war mir einfach zu viel Geld. Sie muss es dann Martin erzählt haben.
Anfang Mai feierte ich meinen 33. Geburtstag. Martin schenkte mir wie immer rote Rosen und einen hübsch geflochtenen Korb, den ich mir gewünscht hatte. Im Korb lag schön eingepackt noch ein Geschenk. Als ich es aufmachte, traute ich meinen Augen nicht. Hatte doch Martin damals sofort das italienische Kleid für mich gekauft. „Ach, Martin, musste das sein, so viel Geld?" mehr konnte ich nicht mehr sagen, es versagte mir regelrecht die Stimme. Er nahm mich in die Arme, küsste mich und sagte: „Ja, Margarethe, das war längst fällig."
Von Julchen bekam ich ein selbstgemaltes Bild geschenkt und Linda hatte mir für den kommenden Winter einen beige-braunen Schal gestrickt; er war ein bisschen windschief geraten, aber unterm Mantel sieht man es ja nicht, dachte ich. Er passte farblich gut zu meinem Wintermantel und das Kind hatte sich

wohl sehr angestrengt. Wir drückten und busselten uns heftig. Dann erzählte mir Linda, dass Papa im Oktober zu seinem Geburtstag den gleichen Schal bekommen würde, allerdings in anderen Farben. Sie habe schon mit dem Stricken angefangen. Es machte ihr wohl sichtlich Spaß. „Und wenn du mir ein bisschen hilfst, Mama, wird er bestimmt nicht so schief. „Klar, ich helfe dir."
Julchen fragte dann spontan: „Mama, bist du jetzt aaalt?" Das Wort „alt" hat sie regelrecht gesungen. Linda kicherte laut und klärte ihre kleine Schwester insoweit auf, dass man frühestens mit fünfzig Jahren alt sei, was ich wiederum korrigierte.

In der kommenden Nacht fragte mich Martin, ob wir vielleicht doch noch ein Kind haben wollten. Ich sah ihn erstaunt an, denn eigentlich war dieses Thema längst Schnee von gestern. „Wie kommst du auf eine so absurde Idee, Martin?" „Ich weiß auch nicht, ich dachte nur, dass du vielleicht noch mal Sehnsucht nach einem Baby hast. du hast so oft den Kleinen von den Nachbarn im Arm." „Ich pflege nur eine gute Nachbarschaft und außerdem möchte ich lieber in meinem neuen, eleganten Kleid öfter mit dir ausgehen, Martin, verstehst du das?" Er verstand und schwieg. „Nein, Martin, Linda wird im August 12 und Julia im Oktober 9 Jahre. Mir reichen die beiden Mädchen." Er hatte wohl mit dem Gedanken gespielt, noch einen Sohn zu produzieren, was ich ihm auch gegönnt hätte. Aber noch mal eine lange Schwangerschaft und dann die Geburt, und womöglich einen Schreihals, nein danke! Wahrscheinlich kam Martin deshalb die Idee, weil Maria vor kurzer Zeit ein drittes Kind zur Welt gebracht hatte und es nach zwei Söhnen diesmal ein Mädchen war.
Kurz nach Martins 48. Geburtstag eröffnete uns Tobias, dass er Isabella heiraten wolle. Die Hochzeit sei im nächsten Früh-

ling'64 in der Toskana. Er würde sich katholisch trauen lassen, seiner zukünftigen Frau zuliebe. „Vielleicht bleibe ich sogar ein paar Jahre in Italien, denn ich habe von dort ein sehr gutes Angebot erhalten und werde mir die Firma demnächst anschauen."
„Ach, mein lieber Bruder, dann sehen wir uns nur noch selten, und ich dachte schon, ihr würdet vielleicht mal neben uns wohnen, denn Onkel Fritz will sein Haus verkaufen."
„Isabella hast du Heimweh?, „Nein, nein. Aber meine Eltern haben große Sehnsucht nach mir." Das konnten wir gut verstehen, immerhin lebten drei von ihren vier Kindern bereits in Deutschland.

Der Umzug

„Margarethe, das Haus von Onkel Fritz wäre doch eventuell etwas für deine Eltern", sagte Martin. Soweit hatte ich überhaupt noch nicht gedacht. „Ja, das gilt zu überlegen, dann wären sie in unserer Nähe. Und Onkel Fritz könnte dann dort wohnen bleiben. Der Platz reicht für drei Leute, wenn sie sich arrangieren."
Meine Eltern einigten sich schnell mit Onkel Fritz und im April 1964 wurde sein Haus gründlich renoviert und im Sommer sind meine Eltern dort eingezogen. Mama versorgte wieder zwei Männer, worüber ich sehr froh war, denn Onkel Fritz ging es in letzter Zeit nicht so gut.
Ansonsten lief unser Leben in geordneten Bahnen, aber das sollte sich bald gründlich ändern. Es ging uns bisher immer gut im Wirtschaftswunderland Deutschland. Und wir planten schon wieder den nächsten Sommerurlaub mit Maria und Johannes, da es ja im vergangenen Jahr wegen dem Heiraten meiner Brüder, und der Geburt von Svenja, Marias Tochter, nicht möglich war.

Nachdem wir gerade den Umzug meiner Eltern von Frankfurt in den Taunus verkraftet hatten, rief Irene aus Hamburg an. Otto war wieder im Krankenhaus, diesmal mit einem Schlaganfall. Ich verständigte gleich Martin in der Apotheke und der flog sofort zu seiner Mutter. Er fand sie tränenüberströmt zu Hause und wollte mit ihr den Vater besuchen, aber Otto war eine Stunde zuvor verstorben. Auch Martin war am Telefon kaum zu verstehen, immer wieder schluchzte er, als er mich anrief, um mir die traurige Nachricht mitzuteilen. Eine Woche später war die Beerdigung. Ich bat Irene, erst mal ein paar Wochen zu uns zu kommen, damit sie nicht so alleine ist. „Aber wer versorgt unseren Garten?", fragte sie mich. „Das ist schon geregelt", sagte Martin. Er hatte bereits einen jungen Nachbar engagiert, der sich ein paar Mark dazu verdienen wollte.

Wir fuhren am nächsten Tag mit der Bahn nach Frankfurt, und im Taunus wurden wir herzlich empfangen. Irene blieb zehn Tage bei uns, dann wollte sie unbedingt wieder heim und nach dem Grab ihres Mannes sehen.

Die Sommerferien verbrachten wir teilweise in den Niederlanden und Belgien, zusammen mit Marias Familie. Nachdem es aber dort immer kühler wurde, fuhren wir auf allseitigen Wunsch früher nach Hause. Martin redete kein Wort. Als wir an einer Raststätte eine kleine Pipi-Pause einlegten, fragte ich ihn nach dem Grund. „Ich habe Sorgen mit meinem Personal und außerdem Kopfschmerzen." Wir hatten jede Menge Medikamente im Handgepäck und ich bot es Martin an. Er hatte nur einen schrägen Blick für mich.
„Ach so, du denkst ich will dich umbringen mit der vielen Chemie, du bist ganz schön stur, Martin."

Wir gingen ins Restaurant und mein Mann, der Herr Apotheker, bestellte sich ein Wasser und ließ sich doch tatsächlich von mir eine Kopfschmerztablette geben. Welch ein Fortschritt! Mit einem missbilligenden Gesichtsausdruck schluckte er die Pille. Linda konnte sich kaum das Lachen verkneifen.

„Wieso hast du Ärger mit dem Personal, Martin?" „Ach, Margarethe, keinen Ärger. Aber Luigi wird wohl in absehbarer Zeit wieder nach Italien gehen, er möchte in Siena eine Apotheke kaufen. Der Besitzer ist schon ziemlich alt und sie sind wohl am Verhandeln." „Ich kann mir vorstellen, dass die Eltern froh sind, wenn er zurückkommt. Mir würde das auch nicht gefallen, wenn meine Kinder im Ausland wären."

„Du musst dir also wieder eine neue Kraft suchen, Martin?" „Ja, meine Liebe, diese Annonciererei geht mir ganz schön auf die Nerven." „Ich helfe dir, soweit es meine Zeit erlaubt." Wir aßen alle noch eine leckere fette Wurst und fuhren dann heimwärts.

Luigi blieb noch über den Winter bei uns, so dass Martin genügend Zeit hatte, sich um eine neue Kraft zu bemühen. Er fand eine sympathische Frau mittleren Alters, die sich gut in sein Team integrierte. Luigi ging im April 1965 zurück nach Italien.

Onkel Fritz

Onkel Fritz machte uns große Sorgen. Es ging ihm immer schlechter, wir benötigten bald täglich den netten Krankenpfleger aus dem Nachbardorf.
Als sich bei ihm im März 1965 Wasser in den Beinen ansammelte, mussten wir ihn ins Krankenhaus nach Frankfurt bringen. Nach drei Wochen ging es ihm wieder besser und er durfte heim. Aber das Prozedere wiederholte sich. Im Juni hatte sich Wasser im ganzen Körper angesammelt. Er kam wieder in die Klinik, in der er nach fünf Tagen starb.

Seine Nichte, die einzige Verwandte die er hatte, kam mit ihren drei Söhnen und ihrem Chef zur Beerdigung. Sie war inzwischen geschieden. Hatte es bei ihrem Mann, einem Quartals-Säufer, nicht länger ausgehalten. Und jetzt war sie mit ihrem Chef befreundet, der sie am Grab des Onkels stützen musste.
 Auch Linda und Julia hatten ganz rot verweinte Augen, als sie vor des lieben Onkels Grab standen und ihre Blümchen auf den Sarg warfen.
Unsere Große, inzwischen 14 Jahre, stellte besorgt fest, dass unsere Familie immer mehr schrumpft. Fritz Emm war nicht mit uns verwandt, gehörte aber doch sehr zur Familie.
Seine Verwandten blieben noch eine Nacht bei uns. Nach dem Frühstück fuhren sie in dem schicken dunkelblauen BMW, der Gerdas Freund gehörte, wieder ins Fränkische.
„Du könntest dir auch mal ein schöneres Auto kaufen, Papi", sagte Julchen zu ihrem Vater, der vor der Abreise unseres Besuches diesen Wagen genauestens inspizierte und sich sogar ans Steuer setzte.

Also dauerte es keine drei Wochen, da hatte Martin einen Jahreswagen von Mercedes im Visier, mit vier Türen und einem riesigen Kofferraum, den er mir zeigte und den wir dann auch kauften. Farbe hellblau! Martin schwärmte für blau, ich nicht! Hauptsache, das Auto war groß genug für uns vier mit Gepäck und herrlich bequem. Und ich bekam endlich den „Käfer". Welch ein Glück, ein eigenes Gefährt zu haben.

Im Frühling 1966 fuhr Martins Mutter mit ihrer Freundin vier Wochen lang durch Frankreich. Danach besuchte sie uns und schwärmte von unserem Nachbarland so sehr, dass auch wir für den Sommer einen Urlaub in Frankreich planten.
Linda übte von da an noch mehr Französisch und auch ich schaute ab und zu in ihre Bücher, um meine wenigen Kenntnisse aufzufrischen.
Aus verschiedenen Reisebüros holten wir uns Prospekte. Wir wollten lieber an einen Ort fahren, möglichst ans Wasser, um auch mal schwimmen zu können, und nicht durch ganz Frankreich reisen, das war uns im Sommer mit zwei Kindern zu anstrengend. Außerdem brauchten wir alle etwas Erholung und Martin und ich wollten viel ausspannen. Sehr schnell stellten wir fest, wie sündhaft teuer die guten und schönen Hotels in Frankreich sind und so suchten wir nach einem einfacheren Ferienhaus im Süden Frankreichs, denn mein hanseatischer Ehemann war sehr sparsam und erinnerte uns ständig daran, dass er für die Familie doch ein so teures Gefährt erstanden habe. Ich hatte allerdings keine Lust, auch im Urlaub zu kochen, und Martin versprach mir, dass wir täglich einmal Essen gehen würden.
Das wird er sich noch überlegen, dachte ich. Denn von Irene hatte ich erfahren, dass auch das Essen wesentlich teurer ist als bei uns.

Wir durchforsteten die Prospekte, entschieden dies, verwarfen das und kamen schließlich zu dem Ergebnis, außerhalb eines kleinen Dorfes ein Ferienhaus zu mieten. Dort gab es sogar einen Badesee, im Dorf einen Bäcker und ein Restaurant.

Die Provence

Da wir schon morgens um vier Uhr im Taunus wegfuhren und uns beim Fahren abwechselten, schafften wir die Strecke bis Avignon an einem Tag. Dann suchten wir verzweifelt den kleinen Ort Breteau, aber fanden kein Ortsschild.
In besagtem Restaurant konnten wir im Freien unter riesigen Bäumen noch eine Mahlzeit einnehmen und erfuhren dort, dass wir bereits im gesuchten Ferienort angekommen waren. Man zeigte uns die Richtung, in die wir nach dem Essen fahren mussten, und so fanden wir auch die kleine Feriensiedlung. Das Backstein-Häuschen war sehr einfach eingerichtet. Wir packten zuerst die Bettwäsche aus und die Handtücher, gingen nacheinander duschen und fielen total erschöpft in die Betten.
Am nächsten Morgen holten Linda und Julia Baguette und Croissants in der Bäckerei. Ganz aufgeregt kamen die beiden zurück.
Ich lag noch im Bett, hatte keinerlei Lust aufzustehen. Martin war schon im Bad und rasierte sich. Unsere Nächte sollten wir für die nächsten drei Wochen in einem französischen Bett verbringen, welches nur 1,20 m breit war. Die Mädchen hatten schmale Etagenbetten. Allerdings stand im Wohn- und Esszimmer noch eine Liege. Ein Lichtblick für mich, denn so eine enge Schlaferei mochte ich überhaupt nicht.
Martin war dann bereit, auf die Liege umzusiedeln, so dass ich das französische Bett für mich alleine hatte.
Die jungen Damen hatten bereits Kaffee gekocht und als ich das roch, schlüpfte ich aus dem Bett, kämmte mir das Haar und wusch mir kurz durchs Gesicht. Das musste für heute reichen.

Ich aß ein leckeres Croissant mit Konfitüre und Linda fing an zu erzählen, dass es in der Bäckerei zwei Mädchen fast gleichen Alters wie sie geben würde und sie hätten sich mit Madeleine und Marie-Laure zum Baden im See verabredet.
„Sprechen die Mädchen deutsch?", fragte Martin. „Nein, nur die Große, also Marie-Laure, kann etwas Deutsch, aber ich habe versucht, Französisch zu reden. Und man hat mich verstanden, Papa."
Nach dem Frühstück zogen die beiden ihre Badeanzüge an, packten Handtücher, einen Ball und noch anderen Kram in ihre Taschen ein. Es dauerte nicht lange, da waren die Mädchen aus dem Bäckerladen bei uns, grüßten freundlich und verschwanden mit unseren zwei.

Ich war neugierig auf den See und machte mit Martin am späten Vormittag einen Spaziergang in diese Richtung. Von weitem hörte ich schon Julias Lache. Wir beobachteten die vier Kinder aus einer größeren Entfernung, aber nur ein paar Minuten. Sie hatten ihren Spaß und wir wollten unsere Ruhe.

Als sie am späten Nachmittag noch nicht zu Hause waren, bin ich mit Martin nochmals an den Badesee gelaufen, aber die Kinder waren weg. Wir beide schwammen eine Runde, zogen uns wieder an und gingen in Richtung Restaurant. Die Bäckerei war nicht weit davon entfernt und so trafen wir Linda und Julia unterwegs. Sie hatten keinen Appetit, wollten nur etwas im Restaurant trinken. Familie Ypsilon hatte sie zum Kaffee und Kuchen eingeladen und beide hatten sich wohl etwas überfressen.
„Morgen gehen wir wieder schwimmen", sagte Julia und Linda fügte hinzu: „Ich würde mir lieber Marie-Laures Deutschbuch ansehen und dort im Garten bleiben. Ich bin sehr müde von

der Schwimmerei, Julia" „Ich auch! Ich glaube, ich habe Lengminat." Das ist eine Erkrankung, die es nur in unserer Familie gibt. Der Ausdruck stammt von Opa Hermann. Er hat es immer als Kleinkind gesagt, wenn er sich nicht wohl fühlte, wenn er Lust hatte, sich die Finger lang zu ziehen oder wenn er sich die Füße durchstrecken wollte. Also wenn man zu gar nichts mehr zu gebrauchen ist. Und heute Abend hat Julchen ‚Lengminat'. Martin war noch nicht ganz mit dem Essen fertig, da lehnte sich Julia an ihren Vater und schlief prompt ein. Nach dem Essen hatten wir alle Mühe, sie zu wecken und nach Hause zu bringen.

Linda erzählte uns von der leckeren Kaffeetafel, den Eltern von ML und Made, das waren ihre Abkürzungen für die zwei französischen Mädchen, und dem tollen Onkel, der so gut aussah. „Der Onkel heißt René Ypsilon, er ist der Bruder vom Bäcker und spricht ganz toll Deutsch."
„Was du schon wieder alles weißt", sagte Martin. „Ihr müsst auch unbedingt im See mal baden, Mama, der ist schön warm." „Wir beide waren vor dem Essen dort, um nach euch zu sehen, aber ihr seid schon weg gewesen. Da sind wir auch eine Runde geschwommen." „Und, war es schön?" „Ganz toll, Linda."

Am nächsten Tag war es schon morgens sehr schwül und mittags hatten wir ein heftiges Gewitter. Die Kinder waren nach dem Frühstück in die Bäckerei gegangen und auch an diesem Tag nicht mehr zu sehen. Gegen Abend holten wir sie dort ab. Wir stellten uns vor und bedankten uns bei den Eltern von ML und Made für die liebevolle Betreuung und sie gaben uns noch eine Tüte mit Kuchen mit, so dass wir an diesem Abend nicht ins Restaurant gingen.

Ypsilons baten uns, noch einen Augenblick im Garten sitzen zu bleiben, denn René wollte uns auch kennen lernen. Und da kam er auch schon!
Groß, schlank, braungewelltes Haar und hellbraune Augen. Er sah frisch geduscht aus, war sportlich angezogen und begrüßte uns auf deutsch. Eigentlich gar nicht mein Typ. Ich stand mehr auf blonde und blauäugige Männer. René drückte mir fest die Hand und sah mir auch fest in die Augen, zu fest! Wie ein Blitz durchzuckte es meinen Körper.
Dann begrüßte er Martin und mein Mann wollte natürlich sofort wissen, woher er so gut Deutsch konnte. Er erzählte, dass er für eine französische Auto-Firma die Vertretung in Deutschland hat und mehrmals im Jahr die Händler in unserer Heimat besuchen würde. Schließlich wollten auch die Franzosen im Wirtschaftswunderland Geschäfte machen. Ich hörte das alles wie in Trance. Was war mit mir passiert?

In der Nacht wurde ich immer wieder wach und dachte an René. Ist er verheiratet oder nicht?
Würde ich mich wegen dieses Mannes von Martin scheiden lassen, schoss es durch meinen blöden Kopf. Was würden die Kinder von ihrer Mutter denken und überhaupt, wieso denke ich ständig so einen Scheiß!
Ich konnte nicht einschlafen, wälzte mich stundenlang in dem französischen Bett herum und war am nächsten Morgen schlecht gelaunt.
Martin schlug vor, heute nach Avignon zu fahren und einen Bummel durch diese Stadt zu machen. Ich war einverstanden, in der Hoffnung, dass mich diese blöden Gedanken verließen.
Fehlanzeige! Am Abend wusste ich nicht, was ich von Avignon gesehen hatte, noch nicht einmal, was wir dort gegessen hat-

ten. Ich war total konfus. Und Martin hat es gemerkt. „Heute hast du keinen so guten Tag gehabt?", sagte er abends zu mir. „Ich habe die vergangene Nacht ohne dich schlecht geschlafen." Martin schmunzelte und sagte: „Das können wir ja ändern, meine Liebe." Wir schliefen in der kommenden Nacht zusammen, aber sehr glücklich war ich nicht. Mein Kopf war immer noch nicht frei und mein Körper verkrampft. Allerdings konnte ich danach einschlafen.

Sonntags fuhren wir nach Marseille, besichtigten den Hafen und einen Teil der Stadt, die mir sehr schmutzig erschien. Marie-Laure und Made hatten wir mitgenommen und brachten sie am frühen Abend nach Hause. Dort wurden wir schon mit einem lecker gedeckten Tisch im Garten erwartet. Auch Onkel René war dabei.

Und er fragte, nach einigen Gläsern Rotwein, ganz direkt, ob es möglich sei, dass wir Marie-Laure für zwei bis drei Wochen mit nach Deutschland nehmen könnten.

Es sei doch gut für die Kinder, wenn sie zweisprachig aufwachsen würden. In den nächsten Ferien könne dann unsere Linda wieder nach Breteau kommen und die Mädchen würden nicht den Kontakt verlieren. „Wir alle haben das Gefühl, dass sie sich sehr gut verstehen", sagte er. Linda und Julia schrien vor Freude, während Madeleine ganz traurig guckte. „Und was ist mit der Kleinen". fragte ich zurück. „Sie muss erst etwas Deutsch lernen, dann könnte man auch sie nach Deutschland schicken und Ihre Julia muss ja auch noch mehr Französisch lernen, damit der Austausch klappt."

René vermied es, mich länger anzuschauen, sprach mehr zu Martin. Er spürte wohl meine Unsicherheit ihm gegenüber. „Platz haben wir genug", sagte Martin und sah mich erwartungsvoll an. „Ja, die Idee finde ich prima, aber wer holt nach drei Wochen Marie-Laure bei uns ab?" „Das werde ich übernehmen", sagte René. Er müsse sowieso wieder mal zu seinen Händlern nach Deutschland und auf diesem Wege würde er uns besuchen und seine Nichte mitnehmen.

Du lieber Gott, dachte ich. Jetzt will uns René auch noch besuchen, und ich werde keine Nacht schlafen können vor lauter Aufregung. Aber ablehnen wollte ich auch nicht, die Kinder hatten sich wohl schon besprochen und ein Mädchen passte ja noch ins Auto rein. Also sagten wir zu.

Jacques, der Bäcker, holte weiteren Rotwein aus dem Keller. Ich kippte zwei Gläser hintereinander runter, um die Anwesenheit dieses René besser ertragen zu können. Resultat: Ich war schnell beschwippst und lachte über alles, was gesprochen wurde.
Bis Mitternacht haben wir zusammen gesessen. Ein wunderbarer Sommerabend ging zu Ende.

In den darauffolgenden Tagen gingen wir oft mit den Kindern schwimmen und Martin und ich legten uns danach ins hohe Gras. Ich sog den süßen Lavendelduft in mich rein und verliebte mich in die Provence.

Durch Linda hatte ich in Erfahrung gebracht, dass der Onkel René bei seinem Bruder und der Schwägerin Urlaub macht. Er sei frisch geschieden, die Frau mit einem anderen Mann durchgebrannt. Und die Familie seines Bruders kümmere sich liebevoll um ihn, wie Linda erzählte. „Schade, Mama, dass ich noch so jung bin", sagte Linda. „Der Onkel René gefällt mir."
„Ja, er sieht so gut und lieb aus", sagte ich. „Weißt du, Linda, wie alt er ist?" „Ein Jahr älter als du, er hat Ende März Geburts-

tag." Oh, bloß nicht so viel fragen, dachte ich, damit das Kind nicht merkt, dass auch ich den Mann so toll finde.
Dann bat ich Linda, mir beim Kofferpacken zu helfen. Julchen und die beiden Freundinnen fegten und putzten unser Ferienhaus. Sie wollten unbedingt auch was tun. Und Martin verstaute die ersten Koffer schon mal im Auto.
Am nächsten Morgen ging es zurück nach Deutschland. Allerdings nicht schon um vier Uhr. Die Verabschiederei beim Bäcker dauerte endlos lange. Küsschen hin, Küsschen her. Auch René gab mir einen feuchten Kuss auf die Stirn und mir wurde ganz heiß danach. Es war schon neun Uhr, als wir endlich losfuhren.

„Das schaffen wir heute nicht an einem Tag, wir werden unterwegs übernachten", sagte ich zu Martin. Und das taten wir dann auch. Wir suchten uns eine kleine Pension, Marie-Laure dolmetschte für uns und sonntags fuhren wir dann weiter.

Als wir zu Hause im Taunus ankamen, war es ziemlich nass. Der Gärtner erzählte uns, es habe den ganzen Tag geregnet und gewittert. Wir duschten alle erst mal und ruhten uns ein Stündchen aus, dann machte ich das Abendessen. Erni hatte alles frisch eingekauft.
Später halfen die Kinder beim Kofferauspacken. Martin säuberte das Auto. Linda und Julia führten Marie-Laure durch das Haus und den Garten und anschließend zeigten sie ihr noch unseren kleinen Ort.
Ich telefonierte noch am Abend mit meinen Eltern und auch Martin rief in Hamburg bei Irene an. Schließlich wollten alle wissen, ob wir wieder heil nach Hause gekommen sind.
Mit Maria telefonierte ich am nächsten Tag, als Martin in der Apotheke war. Erst wollte ich René erwähnen, verkniff es mir

aber dann doch. Linda kam dann ebenfalls ans Telefon und lud sie alle zu ihrem 15. Geburtstag Anfang August ein. „Tante Maria, dann könnt ihr auch meine französische Freundin Marie-Laure kennen lernen." „Linda, wenn wir alle gesund sind, dann kommen wir selbstverständlich in einer Woche zu euch. Vielen Dank für die Einladung." Sie beendeten das Gespräch.

Die knapp drei Wochen, die ML bei uns im Taunus noch verbringen durfte, vergingen wie im Flug. Martin hatte die beiden Großen manchmal mit nach Frankfurt genommen und sie gingen ins Senckenberg-Museum, ins Goethehaus und zum Römer oder in den Palmengarten und Zoo. Und Marie-Laures Deutschkenntnisse wurden immer besser. Da bei uns die Schule schon wieder begonnen hatte, konnte sie sogar zwei Tage mit Linda ins Gymnasium gehen, was den beiden riesigen Spaß machte. Zwei Tage Mittelpunkt in der Klasse zu sein, ist schon etwas ganz Besonderes.

Dann meldete sich Onkel René von unterwegs an. Er kam samstags abends, war schon vier Tage in Deutschland, brachte mir Blumen mit und für alle mehrere Gläser Erdbeer-Konfitüre mit Alkohol, welchen seine Schwägerin Colette gekocht hatte. René hatte seine Geschäfte in Deutschland soweit erledigt, wie er berichtete, und wollte Sonntag sehr früh mit ML abreisen. Martin bot ihm an, nicht im Hotel, sondern bei uns zu übernachten und ich richtete ihm das Gästezimmer. Da Marie-Laure noch eine ganze Woche Ferien hatte, sind sie dann doch bis Dienstag früh geblieben, so dass ich die Möglichkeit hatte, montags, als Martin in die Apotheke fuhr, alleine mit René zu sprechen.
Wir gingen in unserem Garten spazieren und setzten uns dann in den Pavillon am Ende des Gartens und er machte mir

ein vorsichtiges Kompliment. „Sie sind eine nette und hübsche Frau, Margarethe." René lächelte mich zärtlich an und ich spürte, wie mir die Röte ins Gesicht stieg. „Martin ist wesentlich älter als sie", sagte er dann. „Ja, mein Mann wird im Oktober 51 und ich bin 36 Jahre."
„Meine Frau ist vor einem Jahr plötzlich mit einem Amerikaner, der in Frankreich Urlaub machte, auf und davon. Können Sie sich das vorstellen, Margarethe?" „Ja, das kann ich mir vorstellen."
René sah mich verdutzt an. „Wissen Sie, René, es gibt eben furchtbar blöde Frauen. Ich hätte Sie bestimmt nicht verlassen."
René strahlte und gab mir einen flüchtigen Kuss auf die Wange. „Das Leben ist manchmal sehr ungerecht und hart", sagte er noch, dann kamen die Kinder angerannt und wir mussten unser Gespräch beenden.

Am Dienstag Morgen um sieben Uhr fuhren René und Marie-Laure zurück nach Frankreich. Wir hatten mit René vereinbart, dass er Anfang Oktober wiederkommt, um Linda in den Herbstferien abzuholen. „Du kannst ruhig einige Tage früher kommen und bei uns wohnen", sagte Martin zu ihm, René nickte und bedankte sich. Wir waren inzwischen „per du".
Abends rief ML an und meldete, sie seien gut zu Hause angekommen. Ich war beruhigt.

Die Operationen

Nur, dass mit Martin etwas nicht stimmte, merkte ich seit unserem Urlaub. Eines abends im Bett sprach ich ihn an. „Bitte Martin sage mir, was mit dir los ist?, „Du bist in letzter Zeit so nachdenklich."
„Ach, Margarethe, ich war kurz vor unserem Urlaub einen Tag im Krankenhaus und habe mich mal gründlich untersuchen lassen. Sie haben festgestellt, dass meine Prostata viel zu groß ist und ich mich einer kleinen OP unterziehen muss. Das schiebe ich nun vor mir her." Ich sah Martin erschrocken und auch etwas wütend an.
„Sag mal, mein Lieber, sind wir ein Ehepaar oder bin ich nur deine Putzfrau? Warum redest du nicht mit mir, als ehemalige Krankenschwester, über deine Probleme?"
„Es tut mir Leid, Margarethe, aber ich musste erst mal selbst damit klarkommen." „Ich bitte dich eindringlich, das sofort machen zu lassen, denn so einen Eingriff schiebt man nicht auf die lange Bank. Das könnte auch bösartig werden."
„Ja, das ist es ja, wovor ich Angst habe. Der Arzt hat das auch zu mir gesagt."

Anfang September kam Martin ins Krankenhaus und nach einer Woche konnte er wieder nach Hause. Er musste sich noch schonen und ich bat ihn, nicht sofort wieder zu arbeiten. Wir hatten genug zuverlässige Angestellte in der Apotheke.

Am 30. September 1966 kam René aus Frankreich angereist und am 1. Oktober feierten wir Julias 12. Geburtstag. Sie hatte mehrere Freundinnen eingeladen, und René hatte Madeleine mitgebracht, so dass die Freude sehr groß bei uns war. Es wurde ein schönes Fest und auch Martin war fast wieder der Alte.

In der Zeit von den Sommerferien bis Oktober hatten die Ypsilons für ihre jüngste Tochter einen Deutschlehrer engagiert, der fast täglich mit ihr lernte. Und das Ergebnis war verblüffend. Die ‚Kleine' gab sich wirklich große Mühe, Deutsch zu sprechen. Und wir behielten sie in den Herbstferien bei uns, während Linda drei Tage später mit René für zwei Wochen nach Breteau fuhr. „Ich werde Linda nicht bringen, sondern mein Bruder und seine Frau wollen zu euch kommen. Marie-Laure hat so geschwärmt von Deutschland und sie waren noch nie hier. Ich hoffe, es ist euch nicht unangenehm."
„Natürlich nicht", sagte ich, obwohl mir Renés Anwesenheit sehr gut tat. Aber ich hatte doch auch Verständnis dafür, dass die Eltern der beiden Mädchen sehen wollten, wo sich ihre Kinder aufhielten.

Familie Ypsilon reiste so an, dass sie an Martins 51. Geburtstag bei uns waren. Und sie brachten Martin eine ganze Kiste von dem guten Rotwein mit, den er so gerne trank.

Auch in den Winter- und Osterferien 1967 tauschten sich die Mädchen aus. Und wir mussten Jacques und Colette versprechen, in den kommenden Sommerferien möglichst drei Wochen nach Breteau zu kommen. Sie hatten inzwischen ihr Gartenhaus so ausgebaut, dass wir im Sommer darin wohnen konnten. Und dort war es nicht so eng, und die Betten waren breiter und bequemer als in den Ferienhäuschen. Wir hatten es wirklich gut getroffen mit dieser Familie. Ist so viel Glück gerecht?, dachte ich manchmal. Wir fuhren also im Sommer 1967 wieder nach Breteau.

Nach zwei Wochen Urlaub hatte Martin erneut Probleme mit dem Urinieren, und René fuhr mit ihm sofort in eine Klinik, in der er einen guten Chirurgen kannte. Die Prostata war wieder gewachsen und musste ein zweites Mal operiert werden. Und zwar sofort, wie der Chirurg sagte. Er behielt Martin gleich da, und René kam mit der traurigen Nachricht zu mir. Ich packte die nötigsten Sachen für Martin zusammen, und wir fuhren ins Hospital nach Avignon.

Martin und ich weinten, als wir uns sahen, und René ließ uns freundlicherweise mit unserem Schmerz alleine. Ich konnte dann noch mit dem Arzt reden, der versuchte, mich zu beruhigen. Vergeblich!

Am nächsten Tag sollten noch einige Voruntersuchungen gemacht und erst am übernächsten Tag operiert werden. Ich hatte kein gutes Gefühl, versuchte aber, mir bei Martin nichts anmerken zu lassen. Wir blieben noch ein knappes Stündchen bei ihm, dann mussten wir gehen, wie die Schwester andeutete.

An Schlaf war in dieser Nacht nicht zu denken. Ich hatte vorher mit unseren Töchtern gesprochen und Linda konnte ebenfalls nicht schlafen. Sie kam um Mitternacht zu mir ins Bett gekrochen und wir beide heulten uns zusammen aus. Das tat gut!

Bei Ypsilons gab es wie immer Frühstück vom Feinsten. René hatte inzwischen sein Domizil bei Paris aufgegeben, da er sowieso die meiste Zeit bei seinem Bruder in Breteau verbrachte. Dort hatte er eine eigene kleine Wohnung und war nicht so alleine. Wie mir seine Schwägerin erzählte, hat René Kinder besonders gerne, aber er wolle nicht mehr heiraten, die Enttäuschung, die er hinter sich hatte, war zu groß für ihn.

René frühstückte mit uns, Colette und Jacques standen in ihrem Laden und verkauften ihre leckeren Backwaren. Ich hatte kaum Appetit. Musste immer wieder an Martin denken. Um die Mittagszeit durften wir ihn noch mal kurz besuchen. Martin fühlte sich ganz gut, wie er sagte. In der Infusion, der er bekam, war ein Beruhigungsmittel, was er aber nicht wusste.

Gegen 13 Uhr fuhren René und ich zurück. Unterwegs hielt René an einem Café an und lud mich zu einem Eis ein. Er streichelte immer wieder meine Hand, und ich ließ es geschehen. Dann bat er mich, mit ihm einen Spaziergang zu machen. Er erzählte von seiner kurzen Ehe. Nach einer Weile setzten wir uns ins hohe Gras und ich bestaunte die herrlichen Blumen und wir lauschten dem Vogelgezwitscher. Eine Sinfonie der Düfte und zarten Töne.

René schnappte ganz plötzlich nach mir, küsste mich endlos lange und sinnlich, legte mich zurück ins Gras, und was dann folgte, ist nicht zu beschreiben.
Solche Gefühle kannte ich gar nicht. Ich weinte danach eine halbe Stunde lang, und René fragte immer wieder, ob er mir weh getan hätte.
„Nein, René, aber ich habe meinen Mann betrogen. Und gerade jetzt, wo er so krank ist. Das verzeihe ich mir nicht."
Er streichelte mein Gesicht und fragte: „War es nicht wunderbar, Margarethe? Ich glaube, wir beide haben uns schon lange danach gesehnt."
„Ja, René, du hast ja Recht. Aber wir sollten jetzt heimfahren und das Ganze erst mal vergessen." „Wie könnte ich so etwas Schönes vergessen, Margarethe?" Wir fuhren in unser Quartier zu Ypsilons und ich richtete allen die Grüße von Martin aus.
Auch in dieser Nacht konnte ich nicht zur Ruhe kommen. Ich

musste ständig an den Nachmittag denken. Hoffentlich sieht Martin mir nicht an, dass ich ihn betrogen habe.

Am nächsten Morgen war die Operation, und wir sollten ihn erst am späten Nachmittag besuchen. René nahm Linda und mich mit, mehr Besucher sollten es heute nicht sein. Und wir blieben auch nicht lange dort, denn Martin war immer noch sehr müde und hatte auch Schmerzen. Ich streichelte ihm die Haare und drückte seine Hand ganz fest, um ihm zu zeigen: wir gehören zusammen. Ein verhaltenes Lächeln durchzuckte sein blasses Gesicht.

Auf dem Flur trafen wir den Arzt, und der sagte mir dann, dass ihm das Ergebnis nicht gefällt. Sie wollten noch weitere Proben entnehmen, weil sie von Krebs ausgingen. Ich war total fertig, sagte aber nichts zu den beiden anderen.
Auf der Heimfahrt im Auto bekam ich einen Weinkrampf und René hielt den Wagen an.
„Was ist los, Margarethe, hast du eine schlechte Nachricht vom Arzt bekommen?" Ich konnte nur nicken. Linda kuschelte sich an mich und fing ebenfalls an zu weinen. Dann fuhr René direkt zu dem Café, in dem wir am Vortag schon Eis gegessen hatten.

Linda bekam einen großen Eisbecher, René und ich tranken nur einen Orangensaft mit Eiswürfeln. René versuchte sehr liebevoll uns etwas zu beruhigen.

Auch die Familie Ypsilon versuchte am Abend, uns die Angst, die wir zeigten, ein bisschen zu nehmen. Colette gab mir für die Nacht ein Schlafmittel und bat Linda, die Nacht bei mir zu verbringen. Julchen schlief bei Madeleine im Zimmer.

Ich habe tief und fest geschlafen und hatte frühmorgens ekelhafte Kopfschmerzen. Colette kochte mir starken Kaffee, Essen konnte ich nichts und kurz danach habe ich den Kaffee erbrochen.

„Du hättest doch etwas dazu essen sollen", sagte Jacques."
Er hatte ja Recht. Aber ich bekam keinen Happen runter. Ich trank nur noch kleine Portionen Wasser und bald ging es mir etwas besser. An diesem Tag fuhren die Ypsilons mit drei der Mädchen ins Hospital. Linda blieb bei mir. „Wir müssen uns darauf einrichten, Linda, dass wir früher abreisen", sagte ich zu meiner Großen. „Bekommt Papa in Deutschland dann Chemo, Mama?" „Das kann gut sein, ich weiß aber auch noch nichts Genaues. Wir fahren heute Abend zu Papa und ich werde dann nochmals mit dem Arzt reden."

Am Abend fuhren wir mit René ins Krankenhaus. Eine Schwester deutete mir gleich an, dass ich in das Zimmer des Arztes gehen sollte.Linda und René durften auch mit. Heute war es ein mir unbekannter Arzt. Es sei der Beginn von Krebs festgestellt worden, sagte uns der Arzt, aber Metastasen wurden nicht gefunden, so dass auch keine Chemo oder Bestrahlung von Nöten sei.
„Wir werden ihren Gatten noch mindestens eine Woche hier behalten, denn auch er muss sich erst mal von dem Schock erholen." „Sie haben mit meinem Mann über alles gesprochen, Herr Doktor?"
„Ja, es ist besser, wenn man ehrlich über die Dinge spricht, die Patienten können sich besser auf die Erkrankung einstellen und später auch besser damit umgehen. Madame, ich schlage ihnen vor, erst mal alleine zu ihrem Gatten zu gehen und ihre Tochter und der Dolmetscher können einige Minuten vor

dem Zimmer warten, bis sie von ihnen hereingerufen werden."
„Vielen Dank, Doktor."
Vor dem Zimmer Nr. 212 blieb ich erst mal kurze Zeit stehen. René und Linda drückten mir fest die Hände, so als wollten sie mir Kraft geben. Dann ging ich zu meinem Martin, der als Privatpatient alleine im Zimmer lag. „Hallo und guten Tag, mein Schatz," sagte ich und Martin sah mich prüfend an. „Guten Tag, Margarethe, hast du mit dem Arzt gesprochen?"
„Ja, Martin, habe ich." Ich beugte mich über ihn und küsste sein blasses Gesicht. Dann wurde ich plötzlich ganz nass. Martin weinte. Ich fing ebenfalls an zu heulen, holte dann aber schnell ein Taschentuch aus meiner Hosentasche und wischte uns beiden die Tränen ab.
„Das hat jetzt überhaupt keinen Sinn, sich so aufzuregen, du musst dich erholen und außerdem brauchst du keine Chemo, wie der Arzt mir sagte. Wir werden also unseren Urlaub hier fortsetzen und dich täglich besuchen."
„Margarethe, hat der Arzt dir auch gesagt, dass ich jetzt impotent bin? Es wird zwischen uns kein richtiges Eheleben mehr geben können." Jetzt musste ich erst mal schlucken. Soweit hatte ich nicht gedacht. „Martin, wir waren alle drei beim Arzt. Draußen vor der Tür steht deine Tochter Linda und unser Dolmetscher René. Der Arzt wollte das bestimmt nicht im Beisein der anderen so deutlich machen, denke ich. Das geht nur uns beide etwas an. Und im Moment ist das kein Thema für mich. Ich möchte, dass du wieder gesund wirst." Martin drückte mich fest an sich und bat dann, die beiden „Türsteher" hereinzuholen.

Linda drückte ihren Paps ganz fest und schaffte es auch, keine Tränen zu vergießen. Und dann nahm René meinen Mann fest in die Arme und klopfte ihm aufmunternd auf die Schulter.

„Martin, es gibt keine Metastasen, das ist jetzt das Wichtigste. Daran musst du immer denken. Und jetzt reden wir mal von was anderem als von Krankheiten."
„Ich muss nämlich eure Tochter loben, sie spricht schon ganz wunderbar Französisch und auch Julia und deine liebe Frau geben sich viel Mühe." Linda strahlte René an. Dieses Lob tat ihr sichtlich gut. Und Martin war stolz auf seine ‚Große', wie er so gerne sagte.

Wir durften eine Stunde beim Patienten bleiben, dann bat uns die Stationsschwester zu gehen.
„Hast du noch genug zu lesen da, Martin, und hast du auf etwas Besonderes Appetit?"
„Ja, ich könnte eine Kiste Rotwein gebrauchen, um mich ständig zu besaufen." „Aber Papa, du hast dich doch noch nie betrunken und schon gar nicht besoffen", sagte Linda lachend.
„Ich hätte gerne jeden Tag ein Stück von Jacques Käse-Sahnetorte, die schmeckt mir so gut." Wir küssten ihn und versprachen, täglich diesen Kuchen mitzubringen.

„Heute lade ich euch zum Eis ein", sagte ich im Auto und René steuerte dann das nette Café an, wo wir draußen noch eine Stunde saßen, ehe wir nach Hause fuhren. Die Ypsilons waren genauso entsetzt über die Nachricht, die wir aus der Klinik mitbrachten, und für Jacques war es mehr als selbstverständlich, dass er Martin täglich mit seiner guten Käse-Sahnetorte verwöhnen konnte.

Ich ging in den folgenden Tagen mit den Kindern und René oft im See baden und abends, wenn es nicht mehr so heiß war, fuhren wir zu Martin ins Hospital. Ich vermied es, alleine mit René zu fahren, nahm immer eines der Kinder mit. Als Martin entlassen wurde, fuhr René alleine zu ihm. Er wollte einfach noch mal mit dem Arzt sprechen. Linda und ich bereiteten zusammen mit Colette das Mittagessen und deckten den Tisch im Garten.

Martin sah gut erholt aus, als sie ankamen, brachte mir einen bunten Blumenstrauß mit und küsste mich heftig. Dann setzten wir uns alle an den Tisch und aßen und mein Schatz bekam endlich wieder einen Rotwein eingeschenkt. Nach dem Essen legte er sich im Schatten auf eine Liege und schlief schnell ein.
Dann erzählte mir René, dass er vom Arzt erfahren habe, dass es keinen Beischlaf mehr bei uns geben könne, wegen der unzureichenden Standhaftigkeit des Penis.
„René, ich bin erst 37 Jahre, ich kann doch nicht mein ganzes Leben auf meinen Mann verzichten?" „Das ist auch Martin klar. Er hat fürchterliche Angst, dass du dich von ihm scheiden lassen wirst."
„Nein, so ein Quatsch! Das kann ich nicht, auf gar keinen Fall. Martin war immer gut zu mir, und wir haben zwei wunderbare Kinder. René, ich liebe meinen Mann noch immer!"
„Er hat mir einen plausiblen Vorschlag gemacht, Margarethe. Und er will mit dir zu Hause darüber reden. Mehr sage ich jetzt nicht! Ich will nicht, dass Linda oder Colette etwas davon mitkriegen."

Nach dem Abwasch verabschiedete sich Linda und ging zu den anderen an den Badesee. Colette setzte sich zu uns, so dass wir sowieso nicht mehr über Martin sprechen konnten. Wir tranken noch einen Kaffee zusammen, redeten über die Kinder und dann musste Colette auch wieder in den Laden und ihr Mann hatte sich bereits schlafen gelegt. Schließlich stand

Jacques schon morgens um 4 Uhr in der Backstube. Ypsilons hatten entschieden, dass wir diesmal keines ihrer Kinder mit nach Deutschland nahmen, sie waren der Meinung, dass wir jetzt andere Sorgen hätten und Martin zu Hause sich weiteren Untersuchungen unterziehen sollte.

Samstags morgens in aller Frühe reisten wir ab. Jacques, der schon wieder am Backen war, hatte uns freundlicherweise geweckt und jede Menge Gebäck eingetütet für unterwegs. Colette stand im Nachthemd draußen, als wir uns verabschiedeten.
René drückte mir unauffällig, aber sehr intensiv die Hand beim Abschied. Ein Zeichen seiner innigen Zuneigung. Ich erwiderte, so gut es ging, den Druck.

Marie-Laure und Madeleine waren ein bisschen traurig, dass sie nicht mitreisen konnten, sahen aber ein, dass es diesmal nicht möglich war. Linda versprach, viele Briefe zu schreiben, und Julia meinte, sie könne das ja auch mal versuchen. Wir küssten und umarmten uns alle, dann fuhren wir davon. Ich hatte die erste Etappe zu bewältigen und nach drei Stunden frühstückten wir auf einem Rastplatz. Lecker waren die Backwaren von Jacques. Dann fuhr Martin weiter. Am frühen Abend waren wir im Taunus und mein Mann sah ziemlich mitgenommen aus.
„Wir hätten doch unterwegs übernachten sollen, Martin. Das war viel zu anstrengend für dich. Immerhin ist die OP noch keine zwei Wochen her. Du musst dich jetzt unbedingt schonen." „Ja, Margarethe."
Erni hatte uns den Kühlschrank gefüllt, wir aßen noch eine Kleinigkeit, dann legte sich Martin schlafen. Die Mädchen halfen mir beim Auspacken der Koffer. Wir hatten alles bei Colet-

te gewaschen, so dass ich nicht am Sonntag damit anfangen musste. Martin, die Kinder und ich hatten besprochen, dass wir meinen Eltern und seiner Mutter vorerst nichts von seinem Krankenhausaufenthalt, der OP in Frankreich und dem Ergebnis erzählen. Wir wollten sie nicht beunruhigen und auch nicht ständig darüber reden.

In der darauffolgenden Woche konsultierte mein Mann einen ihm bekannten Arzt in der Frankfurter Uniklinik. Dort folgten innerhalb von zwei Tagen mehrere Nachuntersuchungen. Das Ergebnis war das Gleiche wie in Frankreich. Am nächsten Tag bat mich Martin um ein ausführliches Gespräch.

„Margarethe, wir können nicht mehr zusammen schlafen, das steht jetzt fest. Und ich habe Angst, dass du die Scheidung einreichst." Ich unterbrach ihn sofort mit einer Handbewegung und sagte: „Das ist kein Scheidungsgrund für mich, obwohl ich mir das noch nicht so recht vorstellen kann, Martin, ich bin noch so jung."
„Ich fühle mich auch noch nicht alt, aber es würde bei mir nichts mehr gehen, sagte der Arzt." „Martin, warum sollte ich mich scheiden lassen, ich liebe dich und was würden unsere Kinder von mir denken und die Eltern und unsere Freunde?"
Er nahm mich in die Arme und küsste mich. Dann erzählte er von einem Gespräch mit René.

„René ist seit einem Jahr ohne Frau, und er hat mir erzählt, dass er dich sehr attraktiv und begehrenswert findet. Ich habe ihn ganz direkt gefragt, ob er in Zukunft mit dir schlafen wolle, ich hätte bei ihm nichts dagegen, weil ich René sehr sympathisch finde. Allerdings nur unter der Bedingung, dass wir verheiratet bleiben. Es muss ja keiner wissen, was sich in unserem

Liebesleben ändert." „Wie stellst du dir das vor, Martin? Soll ich zum Beischlaf nach Frankreich reisen oder soll René zu uns kommen. Das fällt doch auf. Linda und Julia hätten das schnell spitz." „Und was ist, wenn René mich dann doch irgendwann heiraten will?"
„Wir werden uns mit René beim nächsten Treffen zusammensetzen und darüber sprechen, Margarethe. Ich möchte nur, dass du mich nicht verlässt und dir ebenfalls Gedanken darüber machst, wie wir das Problem lösen."
„Du fragst überhaupt nicht, ob ich René mag?" „Nun ja, ich bin einfach davon ausgegangen, er sieht gut aus und ist in deinem Alter." „Ja, ich finde ihn auch sehr nett", sagte ich zu Martin. Dass wir schon einmal zusammen im Gras lagen, während er im Hospital war, verschwieg ich.

„Übrigens mag ihn Linda auch. Allerdings findet sie sich zu jung für ihn, das hat sie mir in Frankreich schon letztes Jahr gebeichtet." Martin wurde blass. „Sie denkt schon an Männer?"
„Ja, sie wird in den nächsten Jahren Frau werden, damit musst du dich abfinden, mein Bester." „Bin ich das noch?" „Ja, das bist du immer für mich!"
Er gab mir einen Gute-Nacht-Kuss und ich sagte ihm, dass es für mich im Moment das Wichtigste sei, dass er einigermaßen gesund bliebe und wir noch ein paar schöne Jahre zusammen hätten. Das hat Martin wohl sehr beruhigt und er schlief schnell ein.

Ich dagegen lag fast die ganze Nacht wach im Bett und überlegte hin und her. Hatte der feste Händedruck beim Abschied von René zu bedeuten, dass ich auf das Angebot meines Mannes eingehen soll?

Martin hat im Hospital in Avignon bestimmt keine Nacht geschlafen, dachte ich. Er hat sich ständig mit dem Thema Liebe-Sex-Scheidung beschäftigt und überlegt, wie er mich halten kann. Wäre ich 52 wie er, wäre das vielleicht kein Thema mehr. Aber ich bin nun mal erst 37 Jahre. Mein armer Mann! Eines wusste ich, im Moment stand mir der Sinn überhaupt nicht nach Intensivbehandlung.

Der Freund des Hauses

René brachte Marie-Laure und Madeleine gleich nach Weihnachten zu uns und auch er blieb über Silvester da, so dass wir zusammen feiern konnten. Von den Eltern kam niemand, die wollten lieber ihre Ruhe. Immerhin hielten sich bei uns vier junge Mädchen auf und das Gegickel und Gelache nahm kein Ende. Nachdem sie ein wenig Alkohol zu sich genommen hatten, wurde es noch schlimmer.

Über das Thema Nr. 1 hatten wir zu dritt am Vortag geredet. Wir waren so verblieben, dass nun René sozusagen mein Liebhaber war. Über das wie und wo haben wir allerdings nichts Konkretes besprochen, das sollte sich ergeben. Auf jeden Fall bekam René bei uns ein Zimmer zur Verfügung gestellt, in dem er immer „als Freund des Hauses" wohnen konnte.
Natürlich gab René zu, dass es ihm lieber gewesen wäre, mich gleich zu heiraten, aber er wollte Martin doch nicht aus meinem so zufriedenen Leben verdrängen. Wozu auch!

Unser Gärtner, Walter Vau, war noch vor Weihnachten zu Erni Äss ins Haus gezogen, nachdem sie dort alles renoviert hatten. Die Eltern von Erni waren inzwischen beide tot. Klotzaugen-Walter und Erni haben sich standesamtlich trauen lassen, und die kleine Zwei-Zimmer-Wohnung bei uns im Souterrain war nun frei.
Linda meldete gleich Bedarf an und das war mir sehr recht. Wir baten Walter, noch im Januar 1968 die Wohnung nach Lindas Wunsch zu renovieren. Im Winter hatte Walter nicht so viel Arbeit im Garten, so dass es für ihn auch eine willkommene

Abwechslung war. Danach sollte Lindas ehemaliges Zimmer renoviert werden, weil Julia dort einziehen wollte.

Unsere vier jungen Damen fuhren Anfang Januar mit einer Jugendgruppe für fünf Tage in die Alpen zum Ski fahren. Das hatten wir ihnen zu Weihnachten geschenkt, und die Freude war riesengroß.
Erni und Walter hatten schon im Dezember einen Teil ihres Urlaubs genommen und den Rest nahmen sie jetzt im Januar, weil sie in ihrem neuen zu Hause noch ein wenig werkeln wollten.
Als Martin dann im Januar wieder in die Apotheke nach Frankfurt fuhr, hatten René und ich sturmfreie Bude und nutzten das auch entsprechend aus. Allerdings klingelte zwischendurch immer wieder das Telefon. Mittags stellte sich heraus, dass es meine Mutter war, die angerufen hatte und sie fragte mich dann gleich: „Wo warst du nur den ganzen Vormittag, Margarethe?" Mütter haben einen fürchterlichen Instinkt, dachte ich und suchte nach einer Notlüge.
„Einkaufen und nach Ernis und Walters neuem Heim schauen, die haben das Haus wunderschön von innen renoviert, das musste ich einfach mal ansehen. Und im Frühling bekommt es außen einen neuen Verputz und Anstrich.
„Und dafür brauchst du einen ganzen Vormittag, Kind?" Am liebsten hätte ich gesagt, dein Kind ist seit fast 17 Jahren Mutter, aber ich habe es mir verkniffen.
„Natürlich nicht, Mama, ich habe auch noch in der Waschküche zu tun, und René war so freundlich und half mir, die kleine Wohnung im Keller zu entmisten." Mama holte tief Luft, dann kam ein merkwürdiges „Ach so!"
Ich fragte dann, ob sich Papa von seiner Erkältung erholt habe und sie sagte: „Dem alten Knotterbock geht es schon wieder

gut, aber er braucht mich für jede Kleinigkeit. Du weißt ja, wie das ist, Margarethchen, wenn Männer einen Schnupfen haben. Sie sind dann todkrank und nerven ihre Umwelt."
„Wenn du willst, Mama, kannst du doch am Nachmittag oder Morgen früh zu mir kommen", sagte ich scheinheilig. Ich wusste allzu genau, dass sie dies nicht konnte, weil mein Vater sonst gestorben wäre. Zumindest hätte er ihr in dieser Richtung ein so schlechtes Gewissen gemacht, dass ein solcher Kurzbesuch von vornherein zum Scheitern verurteilt war.
„Ein anderes Mal gern, Margarethe, aber momentan geht das auf keinen Fall, das verstehst du doch?" Und ob ich das verstand.

Martin fragte natürlich abends im Bett, ob ich schon mit René gesprochen hätte. „Ich werde mich hüten, dir alles bis ins Detail zu erzählen, das gehört nicht zu unserer Absprache. Außerdem würde dich das irgendwann doch eifersüchtig machen und das will ich nicht. Es genügt mir, dass meine Mutter heute früh ständig versucht hat, mich telefonisch zu erreichen."
Dann erzählte ich ihm, über was wir gesprochen hatten und wie schlecht es meinem schnupfenden Vater geht. Martin lachte herzlich. „Bin ich auch so wehleidig", fragte er dann. „Nein, Martin, Gott sei es gedankt, dass du nicht so bist. Du hast bestimmt schreckliche Schmerzen in letzter Zeit aushalten müssen, und deine Psyche hat darunter gelitten."
Er nahm mich in seine Arme und küsste mich so lange, bis mir die Luft fast ausging. „Ich möchte noch ein bisschen leben, Martin. Deine Küsse sind wunderbar, nur zu lange. Immer muss ich nach Luft ringen. Es wäre schön, wenn du das ändern könntest."
Martin entschuldigte sich und dann gab ich ihm die Ansichtskarte, die unsere Mädchen aus Österreich geschrieben hatten.

„Na ja, die haben ihren Spaß im Schnee und wir, Margarethe, haben ein wenig Ruhe. Das tut uns auch mal gut."
Ich schlüpfte zu ihm ins Bett, und wir kuschelten noch eine Weile, dann schliefen wir eng umschlungen ein.

Am nächsten Tag erwarteten wir die Kinder. Sie kamen mit Verspätung am Abend an und einige Tage später reiste René mit ML und Made wieder ab. Es kehrte Ruhe ins Haus. Allerdings dachte ich etwas wehmütig an die schönen Stunden mit René.

Linda nutzte im Februar jede freie Minute und half Walter und Erni in ihrer künftigen Wohnung beim Renovieren. Sie hatte sich schon moderne Möbel ausgesucht und konnte sogar einen Teil vom Taschengeld bezahlen. Den Rest spendeten Oma Irene und Papa. Und Julchen bekam das Versprechen, spätestens in drei Jahren ebenfalls moderne Möbel für ihr Zimmer zu erhalten. Julia motzte selten, sie war ein sehr zufriedenes Kind und genau so strebsam in der Schule wie ihre Schwester. Allerdings war sie in letzter Zeit schon etwas pubertär.

Martin hätte es gerne gehabt, wenn eine seiner Töchter Pharmazie studieren würde, aber die Berufswünsche unserer Töchter gingen in ganz andere Richtungen. Linda wollte gerne Journalismus studieren und später Auslandskorrespondentin werden und Julia dachte an ein Pädagogik-Studium und interessierte sich auch sehr stark für Innenarchitektur. Aber sie hatten ja noch Zeit, sich zu entscheiden.

Im März wurden die neuen Möbel für Linda angeliefert und die Wohnung komplett eingerichtet. Und in den Osterferien reiste René mit Marie-Laure wieder an und sie wohnte nun auch im

Souterrain bei Linda. René schenkte Linda eine wunderschöne Blumenvase aus buntem Glas für ihr neues Domizil und Julia bekam ein gerahmtes Bild vom letzten Sommer-Urlaub. Auf diesem Foto stand Julchen mit weißer Rüschenschürze in der Bäckerei in Breteau und verkaufte Gebäck. Sie sah richtig süß aus und alle bewunderten ihren Charme.

„Du solltest wirklich mal ein Jahr in Frankreich verbringen und bei meinem Bruder verkaufen, Julia", sagte René zu ihr und wir alle stimmten zu. „Die Idee ist gar nicht schlecht", meinte dann Martin und sah seine Tochter fragend an. „Vielleicht, René."
Wir sahen unsere Töchter und ML in den Ferien sehr wenig, meist sind sie mit Martin nach Frankfurt gefahren und stöberten in den Kaufhäusern herum. Für René und mich war das nur gut, wir hatten Zeit und Muße füreinander und ließen uns außer Haus wenig miteinander sehen.

In den Sommerferien sind Linda und Julia alleine nach Frankreich gereist. Sie blieben diesmal sechs Wochen, und Martin und ich flogen nach Chicago zur Beerdigung von Herrn Silbernagel, was für meinen Mann besonders traurig war. Andererseits freute er sich auf ein Wiedersehen mit den Freunden. Wir erlebten drei wunderbare Wochen, danach sahen wir uns noch New York an. Wir wohnten im 14. Stock eines Hotels, und ich konnte keine Nacht schlafen. Die Höhe war mir unheimlich. Martin war begeistert von New York, während mir persönlich diese Stadt mit ihren vielen Wolkenkratzern Angst einjagte. Die drei Nächte, die wir dort waren, machten mich immer launiger und erst als wir im Flugzeug saßen, wurde meine Stimmung besser. Über dem Atlantik habe ich den mir fehlenden Schlaf nachgeholt und wurde erst kurz vor der Landung auf „Rhein-Main" von Martin geweckt.

Die Sommerferien waren vorbei, die Kinder wieder zu Hause und René, der diesmal nur zwei Tage bleiben konnte, war schon wieder abgereist. Julchens Zimmer hatten wir bisher noch nicht renoviert, und wir nahmen es jetzt gemeinsam mit dem Gärtner und Erni in Angriff. Nach einer Woche waren wir fertig. Es wurde wunderschön. Auch die Gardinen haben wir erneuert und Julia war sehr zufrieden mit der Wahl ihrer bunten Blumentapete in Pastellfarben.

Martin ging es gut. Er ging regelmäßig zum Arzt in die Uniklinik und hatte auch zu René ein gutes Verhältnis. Eifersüchteleien gab es bisher keine. Welch ein Glück, dachte ich oft. Ich lebte also mit zwei Männern von Zeit zu Zeit zusammen und bisher hatte es auch noch niemand bemerkt, außer Colette und Jacques, die René darauf ansprachen.

Ende Mai 1969 sind Martin und ich nach Breteau gefahren. Ich wollte so gerne mal an die Côte d'Azur, aber nicht im Hochsommer. Ypsilons und René begleiteten uns. In der Nähe von Nizza wohnten wir in einer kleinen Pension, die nicht so sündhaft teuer war wie die großen und wunderschönen Hotels. Wir blieben eine Woche dort und haben viel erlebt und viel Geld ausgegeben. Das Wetter war durchwachsen, jeden Nachmittag gab es ein Gewitter und nachts war es dann auch entsprechend schwül. Wir verbrachten noch eine Woche bei Ypsilons, ehe wir heimfuhren.
Die Herbstferien blieben nach wie vor unseren Kölner Freunden vorbehalten. Schließlich wollten wir auch deren Kinder aufwachsen sehen. In diesem Jahr flogen wir zum ersten Mal gemeinsam nach Mallorca. Das Wasser im Meer hatte im Oktober noch 24 Grad, so dass wir täglich schwimmen waren. In den überfüllten Pool beim Hotel wollten wir nicht. Die klei-

ne Svenja-Maus zeigte mir ständig ihre Schwimmkünste und Maria sagte mir, wie glücklich sie sei, auch ein Mädchen zu haben.

Martin hatte inzwischen Johannes erzählt, dass er schon zweimal an der Prostata operiert worden sei. Maria fragte mich am nächsten Tag prompt: „Was ist nach den beiden OP's mit eurem Liebesleben, Margarethe?" „Absolut nichts mehr!" Maria schwieg.
Dann nahm sie mich in die Arme und sagte: „Wie hältst du das aus?" „Ich habe mit Billigung meines Mannes einen Freund, und zwar René, den Onkel der beiden Mädchen von Ypsilons." Maria schaute mich ungläubig an.
„Martin hatte fürchterliche Angst, ich könnte mich von ihm scheiden lassen, und er hat mir dieses Angebot gemacht und duldet meinen Freund. Wir sehen uns allerdings nur in den Ferien, aber dann manchmal sehr intensiv." Maria verstand.
„Liebst du diesen Franzosen, Margarethe?"
„Und ob ich ihn liebe! Ich würde ihn auch sofort heiraten, aber das geht ja nicht. Und ich liebe auch noch immer meinen Martin. Von ihm habe ich die beiden tollen Kinder und er ist sehr, sehr gut zu mir, das weißt du ja. Aber ich bitte dich, Maria, das nicht herumzuerzählen, denn unsere Eltern wissen nichts davon." Maria nickte.

Im Sommer 1970 blieben wir drei Wochen in Breteau. Ypsilons wollten Anfang Juli für eine Woche in die Nähe von Paris fahren, wo Jacques und Renés Eltern wohnten. Mindestens einer von uns musste aber zu Hause bleiben und Haus und Hof hüten. René erklärte sich bereit und auch ich wollte lieber, aus verständlichem Grund, in Breteau bleiben. Zufälliger Weise hatte ich gerade einen starken Schnupfen und das gab ich vor

den anderen als Begründung an. Abends im Bett sprach ich mit Martin hierüber und er wollte mir Paris schmackhaft machen, hatte aber Verständnis für meine Situation. Martin war schon ein richtiger Schatz.
Sie fuhren an einem Sonntag, da war weniger Verkehr auf den Straßen, und René und ich hatten eine wundervolle Woche.

Martin brachte mir aus Paris eine sehr schöne Bluse mit und unsere Töchter waren natürlich begeistert von dieser Stadt. Julia mochte besonders den Stadtteil Montmartre mit den vielen Künstlern. Sie waren dort oben in der Kirche „Sacre Coeur", besuchten auch die Kirche „Notre Dame," die auf einer Insel in der Seine steht. Sie waren auf dem Eiffelturm und im Louvre und hörten nicht mehr auf zu schwärmen.

„Beim nächsten Mal musst du unbedingt mitfahren, mein Schatz", sagte Martin und René gab ihm Recht.
„Und wann ist das nächste Mal?", fragte ich in die Runde. Colette sagte spontan: „Jederzeit, ihr seid immer herzlich willkommen." „Vielen Dank, Colette."
Dass es ein nächstes Mal für mich nicht geben würde, zumindest was Paris angeht, wusste ich zu diesem Zeitpunkt noch nicht.
Wir blieben noch wunderbare 10 Tage im Süden Frankreichs und genossen den herrlichen Sommer. Ende Juli fuhren wir zurück. Ich konnte Martin auf der Heimreise nicht am Steuer ablösen, mir ging es überhaupt nicht gut und ich bat darum, wieder unterwegs zu übernachten.

Wir waren am späten Nachmittag zu Hause und ich legte mich gleich in die Hängematte. Die anderen sorgten sich um das Gepäck. In der Hängematte fing ich plötzlich an zu rechnen.

Noch ein Kind

Neun Monate, Anfang April 1971. Im Mai würde ich 41 Jahre werden. Oje! Hoffentlich das nicht. Auf jeden Fall gehe ich nächste Woche zu meiner Gynäkologin, schoss es durch meinen Kopf. Dann habe ich zwei Stunden geschlafen und telefonierte danach mit meiner Mutter, die mit Papa im Schwarzwald in Urlaub war.

Ich konnte in der darauffolgenden Woche nicht wie geplant zu meiner Ärztin, sie war ebenfalls in Urlaub und ich musste noch eine weitere Woche warten. Zu einer Vertretung wollte ich nicht. Die Regel blieb schon das 2. Mal aus. Aber das kann auch durch Luftveränderung passieren, tröstete ich mich selbst.

Linda war ständig dabei Briefe zu schreiben, sie war inzwischen mit einem Schulkameraden liiert und wohl sehr verliebt. Wir feierten Anfang August 1970 ihren 19. Geburtstag, und sie lud ihn ein. Oliver war ein netter Junge, aber noch nicht reif genug für unsere Tochter, wie Martin sehr schnell feststellte. Julia sagte dann leise zu mir: „Ich glaube, Papa ist eifersüchtig." „Ja, Julia, das haben die Väter von Töchtern so an sich. Das wird bei dir dann mal genauso werden." Wir zwei sahen uns an und lachten leise. Martin unterhielt sich angeregt mit Oliver.
Bei mir hatte inzwischen die große Kotzerei begonnen, so dass ich mir sicher war, schwanger zu sein. Ende August saß ich im Wartezimmer meiner Ärztin. Die beiden anderen Frauen, mir gegenüber, hatten schon ziemlich dicke Bäuche. Ich war

hochgradig nervös, als ich aufgerufen wurde. „Frau Peh, sie sehen aber nicht so gut aus", begrüßte mich meine Gynäkologin. Dann untersuchte sie lange, und ich setzte mich danach zu ihr an den Schreibtisch. Plötzlich holte sie einen Mutterpass aus ihrer Schublade.

„Sagen Sie mir doch endlich, ob ich schwanger bin, Frau Doktor." „Ja, Frau Peh, Sie haben fast zwei Monate hinter sich und ich habe den 15.04.1971 als Geburtstermin errechnet.
Ich hielt mich an ihrem Schreibtisch fest.
„Ich nehme doch an, Sie freuen sich auf das Kind", sagte sie lächelnd.
„Nein, ich weiß nicht! Ich werde nächstes Jahr 41, da ist man zu alt für ein Baby."
Die Ärztin lachte und erklärte mir, dass viele Frauen glücklich wären, wenn sie überhaupt ein Kind bekommen würden, denen sei das Alter dann ziemlich egal.
„Ich habe ihnen ein Vitamin B-Präparat aufgeschrieben, welches Sie bitte wie beschrieben einnehmen. Und morgens vor dem Aufstehen lassen Sie sich von ihrem Mann eine Tasse Tee ans Bett bringen und ein Stück Brot mit etwas Butter, das genügt schon. Dann bleiben Sie noch eine halbe Stunde liegen und stehen dann erst auf. In ein paar Tagen ist Ihnen nicht mehr schlecht und Sie können wieder alles essen." Ich bedankte und verabschiedete mich. „Wir sehen uns in vier Wochen wieder, lassen Sie sich draußen einen Termin geben. „Auf Wiedersehen, Frau Peh, und Kopf hoch, Sie sind noch jung genug für ein Kind." Ich nickte nur noch, mir war zum Heulen. An der Rezeption bekam ich meinen nächsten Termin, dann lief ich zu meinem Auto, setzte mich rein und heulte los.
Wie bringe ich das meinem Mann bei. Und was werden die anderen sagen oder fragen. Ich muss jetzt unbedingt zu Ma-

ria nach Köln. Dann verließ ich mein Auto und fuhr mit der Straßenbahn zum Hauptbahnhof und rief von dort Maria an. „Kann ich mal schnell für zwei Tage zu euch kommen, Maria?" „Ist was passiert, Margarethchen? Klar, kannst du kommen." Heulend sagte ich noch, dass ich mir ein Ticket für den Zug kaufen müsse. Dann legte ich auf. Der Zug stand schon da, und ich erlaubte mir, in meinem Zustand in der 1. Klasse zu reisen. Dort würden hoffentlich nicht so viele Menschen sitzen, die mein verheultes Gesicht sehen könnten. Ich ging in die Toilette und machte mich ein bisschen zurecht. In meinem Abteil saß noch niemand, aber später kam eine ältere Dame herein und die fing gleich ein Gespräch mit mir an. Sie erzählte mir fast ihre ganze Lebensgeschichte und dass sie im Krieg von drei Söhnen zwei verloren hat. „Sie glauben gar nicht, Kindchen, wie schlimm das für eine Mutter ist." Hier konnte ich nur zustimmen. Der Gedanke, meine beiden Kinder zu verlieren, erschreckte mich furchtbar, und ich musste an die Worte meiner Ärztin denken, die mir klarzumachen versuchte, dass nicht alle Frauen das Glück haben, Kinder zu kriegen. Dann erzählte ich der alten Dame, dass ich schon zwei große Mädchen hätte und jetzt wieder schwanger sei. Sie gratulierte mir und sagte dann: „Ihre Töchter werden sich riesig freuen über das Baby. In diesem Alter knuddeln und üben sie schon für später." Soweit hatte ich noch gar nicht gedacht. Wie weise sind doch ältere Menschen. Jetzt war ich richtig froh, mit dieser Dame zu reisen, und wir blieben auch bis Köln alleine im Abteil.

Johannes, Maria und Svenja holten mich vom Bahnhof ab. Die Kleine war ganz aufgeregt, als sie mich entdeckte. Sie sprang an mir hoch und ich drückte sie ganz fest. Das tat mir gut und ihr bestimmt auch. „Tante Maretchen, was hast du mir mitgebracht?".

„Ach, Svenja, ich hatte gar nicht vor, zu euch zu kommen, und habe überhaupt nichts dabei, noch nicht mal ein Nachthemd oder eine Zahnbürste. Das muss ich mir schnell kaufen und dann darfst du dir auch etwas aussuchen." Sie war zufrieden.
Dann begrüßten mich Maria und Jo und wir fuhren in ihr Haus. Wir tranken einen Apfelsaft, dann ließ Johannes uns zwei Frauen alleine, denn er wusste von Maria, dass ich etwas auf dem Herzen hatte und das erst mal mit ihr besprechen wollte. „Komm, Svenja, wir gehen zum Nachbar, die kleinen Häschen angucken", sagte er und Svenja hüpfte hinterher.

Maria sah mich fragend an. „Was ist denn passiert, dass du Hals über Kopf hierher kommst?"
„Ich bin bald im dritten Monat schwanger!"
„Das ist doch ein freudiges Ereignis, Margarethe." „Normalerweise schon, Maria. Aber in meinem Fall ist eben nichts mehr normal seit den Operationen von Martin. Du weißt doch, dass ich einen Freund habe, und das Kind ist von ihm und nicht von meinem Mann.
„Aber es war doch damals Martins Idee, dass du mit René ein Verhältnis angefangen hast."
„Ich habe aber Angst, es meinem Mann zu sagen. Und wie René dazu steht, weiß ich auch nicht, wir haben einfach nie daran gedacht, dass es passieren könnte. Aber Anfang Juli war ich mit René eine Woche alleine in Breteau, die anderen waren in Paris und Umgebung. Und wir zwei haben natürlich diese Situation richtig genossen. Da ist es wohl passiert."
„Also ein Kind der Liebe", sagte Maria und lachte mich an. „Margarethe, du wirst sehen, es wird ein wunderbares und schönes Kind werden, an dem du viel Freude hast. Es will mit euch allen leben." Heute kommst du mir vor wie ein Pfarrer", sagte ich zu ihr. Lachen konnte ich noch nicht, meine Situation

war mir zu ernst. Aber Maria empfahl dann, zu Hause bei Martin anzurufen und zu erzählen, dass ich hier in Köln sei.
„Der setzt sich gleich ins Auto und kommt hierher, Maria. Das will ich auf gar keinen Fall."
„Margarethe, du bist von deinem angeblichen Einkauf nicht nach Hause gekommen, und sie werden dich suchen und sogar zur Polizei laufen, das geht doch nicht. Denk mal an deine Eltern, deinen Mann und die Kinder, wie die sich aufregen."
„Du hast ja Recht!" „Sag Martin aber bitte, dass er nicht kommt, ich brauche einfach die zwei Tage Ruhe von allem. Ich hoffe, er versteht das."

Maria telefonierte lange mit Martin, und er bat darum, mich wenigstens am Sonntag Mittag in Köln abholen zu dürfen. Sie sagte zu. Abends unterhielten wir uns auch mit Johannes über das Baby, und auch er fand es nicht schlimm, dass es von René war.

Martin war am Sonntag pünktlich um 12 Uhr zum Essen da. Maria hat ihm wohl am Telefon erzählt, dass ich schwanger bin und Angst habe, mit ihm darüber zu reden.

Nach dem Essen gab es für alle noch Eis und dann verabschiedeten wir uns. Martin fuhr langsamer nach Hause. Wir redeten nur belangloses Zeug. Julia erwartete uns und erzählte, dass Oliver Linda abgeholt habe, sie wollten ins Kino nach Frankfurt fahren. Sie selbst hatte den Abendbrottisch gedeckt. Aber ich hatte keinen Hunger und aß nicht viel. Dann machten wir zu dritt einen Spaziergang und Julia war neugierig und fragte unterwegs, warum ich ohne etwas zu sagen, einfach nach Köln gereist sei. „Weißt du Julia, es gibt Dinge im Leben eines Menschen, da muss man erst mal alleine mit klarkommen oder mit

der Freundin drüber reden und dann die Familie informieren", sagte Martin. „Hast du Kummer, Mama?" Ich wusste nicht, was ich antworten sollte und dann sprang Martin wieder für mich ein und sagte: „Julia, wir bekommen noch mal ein Baby, das hat Mama am Freitag von ihrer Ärztin erfahren, und ich glaube, sie fühlt sich etwas zu alt hierfür."
Ich fand es wunderbar, dass Martin „wir bekommen ein Baby" gesagt hat. Und Julia fand mich noch nicht zu alt und freute sich riesig. Da musste ich an die alte Dame im Zug denken, die mir schon vorausgesagt hatte, dass die Töchter sich bestimmt sehr freuen würden.

Im Bett fing Martin an, mit mir über das Kind zu sprechen, aber ich heulte gleich los und das konnte er wiederum nicht verstehen. Er, der Herr Apotheker und Hanseat, hatte doch so viel Verständnis für meine Situation und wollte sich nur nett unterhalten. Alles Scheiße, dachte ich und heulte weiter. Martin beugte sich über mich und versuchte immer wieder mich zu trösten und schließlich gelang es ihm.
„Martin, das kann ich doch nicht meinen Eltern und deiner Mutter sagen, dass ich ein Kind von einem anderen Mann bekomme."
„Das musst du auch nicht, denn sie alle wissen ja nichts von meinen OP's und es geht auch niemanden etwas an. Das Kind wird sowieso meinen Namen erhalten, ich bin allerdings gespannt, was René dazu sagt. Hoffentlich kommt er nicht auf die Idee, dich dann mit dem Kind nach Frankreich zu holen."
„Das wird es nicht geben, Martin, das habe ich dir doch versprochen und auch jetzt stehe ich zu meinem Versprechen. Aber du musst mir morgen ein Medikament aus der Apotheke mitbringen, welches meine Ärztin mir verschrieben hat, weil es mir doch ständig schlecht ist und ich keine Nahrungsmittel

sehen kann. Außerdem sollst du mir ein kleines Frühstück ans Bett bringen, und ich muss danach noch eine halbe Stunde liegen, sagte die Ärztin." „Ich werde alles dafür tun, dass es dir, meine Liebe, bald wieder gut geht."
Martin schlief schnell ein, während ich wieder wach im Bett lag und überlegte, ob es gerecht ist, dass ich so einen gütigen Ehemann habe und er so krank war. Aber war ich nicht auch gut zu ihm? Ich habe ihn bisher nicht verlassen, obwohl uns so viele Jahre trennen und Martin nicht mehr das kann, was uns immer so viel Spaß machte. Dann überlegte ich noch, ob ich René am nächsten Tag telefonisch oder brieflich von der Neuigkeit in Kenntnis setzen sollte. Martin war am nächsten Morgen der Meinung, dass René schnellstens zu uns kommen müsse und wir gemeinsam über die neue Situation sprechen sollten.

Ich rief René frühmorgens an und bat um seinen schnellen Besuch. „Wir haben etwas Wichtiges mit dir zu besprechen." Er müsse sowieso in den nächsten Tagen nach Frankfurt zu einem Händler fliegen, bei dem es Verkaufsschwierigkeiten geben würde, und er wolle sofort einen Flug buchen und zurückrufen. Zwei Tage später war René bei uns.
Ich hatte ein Paar gehäkelte Schühchen von Julia eingepackt und als René anfing zu fragen, über was wir mit ihm so dringend zu sprechen hätten, überreichte ich ihm das Päckchen.

Er packte es auf und sah uns verdutzt an. „Was hat das zu bedeuten?" Martin ergriff gleich das Wort und sagte: „Du wirst Vater, René!"
René wurde erst rot und dann ganz blass. „Oh, Gott, was habe ich euch da angetan?" „Du hast uns gar nichts getan, René, nur Margarethe muss erst damit klarkommen und es geht ihr

gesundheitlich nicht sehr gut. Allerdings besteht Hoffnung, dass es in einigen Tagen besser wird." René sah mich an, nahm meine Hände und fragte: „Bist du jetzt böse auf mich, Margarethe?"
„Nein, wir sind beide schuld oder vielmehr Beteiligte und ich möchte, dass wir in der nächsten Zeit nur noch positiv über das Baby sprechen, damit es keinen Schaden nimmt." Dann holte Martin die Flasche Champagner, die ihm René mitgebracht hatte, öffnete sie und die Männer prosteten sich mit dem leckeren Gesöff zu, während ich brav meinen Orangensaft trank.
Wir besprachen alles Mögliche, was es in einer solchen Lage zu besprechen gab und blieben erst mal bei der Aussage, dass Martin der Vater des Kindes sei. Denn außer den Ypsilons sowie Maria und Johannes wusste ja niemand von unserer Situation.

Irene feierte im September 1970 ihren 75. Geburtstag bei uns im Taunus. Meine Eltern kamen schon am Vormittag rüber. Mama hatte ihren 65. Geburtstag schon hinter sich und mein Vater war im Januar 66 geworden und nun schon fast ein Jahr Pensionär. Auch sie hatten jetzt alle Zeit der Welt, zu verreisen.

Irene hatte bei mir noch nichts bemerkt. Mein Bauch war noch dünn, meine Wangen hatten wieder etwas Farbe angenommen, und die Übelkeit der ersten Monate war wirklich vorbei gegangen. Die Ärztin war mit mir sehr zufrieden und so war ich es auch. Allerdings war mein Busen schon angeschwollen, was mir überhaupt nicht gefiel. Ich mag nämlich keine so prallen Möpse. Und meine Mutter sah mich beim Mittagstisch immer wieder etwas kritisch an. Klar, dachte ich, sie hat es schon wieder herausgefunden und wird gleich die entsprechende Frage

stellen. Aber das tat sie nicht. Erst beim Abwasch, als wir beide einen Moment alleine waren, sagte sie: „Margarethe, kann es sein, dass du schwanger bist?"
Ich lächelte meine Mama an und erwiderte: „Ja, du wirst schon wieder Oma, die Ärztin hat den 15.04.71 errechnet.
„Im Mai nächsten Jahres wirst du 41 Jahre. Bist du da nicht zu alt für ein weiteres Kind?"
„Das glauben wir nicht, Mama, und auch meine Ärztin ist der Meinung, dass man in diesem Alter noch Kinder bekommen kann." Mama schwieg und trocknete weiter Geschirr ab.

Dann kam Irene dazu, um uns zu helfen, und es platzte aus meiner Mutter heraus:
„Weißt du, Irene, dass Margarethe schwanger ist?" „Oh, wie schön, das ist aber eine tolle Nachricht, Margarethchen", sagte meine Schwiegermama, und ich war froh, über ihre positive Reaktion. „Vielleicht ist es diesmal ein Junge", sagte Irene so vor sich hin, und ich erzählte den beiden dann, dass sich Martin schon immer einen Sohn gewünscht habe.
„War das eigentlich geplant, Margarethe, oder ist es passiert?"

„Mama, ich glaube, das ist einzig und alleine unsere Angelegenheit. Auf jeden Fall freuen wir uns alle sehr auf das Kind. Du musst dich ja nicht freuen." Das hat gesessen!
Ihre Kinnlade fiel runter und sie schwieg. Ich hatte selten Krach mit meiner sonst so lieben Mama, aber was zu viel ist, ist zu viel.

Irene blieb alleine mit ihr in der Küche, ich ging raus und setzte mich zu meinem Vater auf die Terrasse, der sich angeregt mit Martin unterhielt und der mich, als ich ankam, gleich in seine

Arme schloss und mir gratulierte, so wie es sich gehört.
„Da wird im nächsten Sommer nichts aus Euren so langen Frankreich-Reisen, wenn das Baby erst mal da ist," sagte Papa. „Wir werden doch mal einen Urlaub hier zu Hause im schönen Taunus verbringen können", entgegnete Martin und ich nickte zustimmend. „Papa, die Ypsilons können doch ihren Bäckerladen für zwei Wochen dicht machen und uns besuchen." In Hessen kann man sich auch gut erholen.

Papa sagte dann voller Stolz an der Kaffeetafel zu Mama: „Ist es nicht herrlich, Trudchen, dass wir schon wieder Großeltern werden?" Dann las ich ihnen einen kurzen Brief von Tobias und Isabella aus Italien vor, in dem sie mitteilten, dass sie Anfang Mai 1971 ein Kind bekommen würden.
Vor der Heimreise hat sich Mama bei mir entschuldigt. Sie sei wohl sehr geschockt gewesen von der Nachricht und hätte überreagiert. „Was denkst du, Mama, wie geschockt ich erst war, als ich in Frankreich das Gefühl hatte, schwanger zu sein. Und dann musste ich noch auf meine Gynäkologin warten, die war zur gleichen Zeit in Urlaub wie ihr."

„Deine Mutter hat wohl erst sauer auf die Neuigkeit reagiert", sagte Martin, als meine Eltern weg waren. „Sie hat sich inzwischen wieder beruhigt. Die Nachricht, dass auch Tobias und Isa ein Baby bekommen, hat sie sehr froh gestimmt. Und Mama ist in der Lage, sich für ihre Fehler zu entschuldigen."

Es ging mir die ganzen Monate gut. Meine Ärztin sagte mir bei der letzten Untersuchung, dass es ein kräftiges Kind sein würde und es auch schon etwas früher als errechnet kommen könnte. So lebhaft wie dieses Baby waren meine beiden Mädchen nicht, und so hoffte ich doch sehr auf einen Jungen.

Am 26. März war René angereist und wir feierten am 27.03.1971 seinen 42. Geburtstag bei uns. Und genau zwei Wochen später setzten bei mir leichte Wehen ein. René fuhr die letzten Tage mit mir und Martin immer in die Apotheke, weil ich in meine Frankfurter Klinik wollte und wenn es so weit sein würde, sollte er mich ins Krankenhaus begleiten. Und am 10. April brachte er mich gleich morgens in die Klinik zur Untersuchung. Im Auto hatte ich schon so einen starken Druck nach unten und dann schaffte ich es gerade noch in den Kreißsaal, da kam auch schon das Kind. Ein „Achtpfünder", wie die Hebamme sagte. Sie und eine Schwester versorgten mich und den Kleinen, dann rief sie nach René. „Ihr Mann da draußen ist ganz blass. Das ist doch schon ihr drittes Kind und es ging rasend schnell alles, da muss er sich doch nicht so aufregen."
Die Hebamme konnte ja nicht wissen, dass es für René das erste Kind war, und ich hielt auch schön meinen Schnabel, als sie plötzlich rief: „Herr Peh, sie können jetzt nach ihrer Frau und dem Söhnchen sehen, kommen sie herein." Ich lag wieder privat in einem Einzelzimmer, diesmal auf Kosten von René. Er kam zu uns und hatte Tränen der Freude in den Augen und küsste mich heftig.
„Ich hatte ja keine Ahnung, dass eine Geburt so aufregend ist", sagte er und streichelte dem Kleinen über die dunklen Haare.
„Was war hier aufregend, René? Ich bin sehr froh, so eine spontane Geburt gehabt zu haben, das war eine Kleinigkeit. Meine beiden Mädchen waren zarter und es dauerte Stunden. Heute hatte ich kaum Wehen und dein Sohn sagte schon lautstark, ‚Hallo, da bin ich'!"
„Freust du dich, René, dass es ein Junge ist?" „Ja, Margarethe, ich bin sehr, sehr glücklich." „Wie wollen wir den Kleinen nennen, René? Ich finde Pascal sehr schön, und was meinst du?"

„Ja, der Name gefällt mir auch." Dann verließ uns René sehr schnell, um Martin zu holen, und beide brachten mir herrliche Blumen mit. Auch Martin drückte mich ganz fest und nahm gleich den Kleinen in die Arme, als sei es sein Kind. Nach einer kurzen Weile übergab er ihn René, und Pascalchen fing prompt an zu schreien. Er hatte wohl Schwierigkeiten mit zwei Vätern.

Dann gab René mir den Kleinen, ich wiegte ihn ein wenig in meinen Armen, und er schlief wieder ein. „Sind Babys immer so winzig?", fragte uns René. „Das ist ein Brocken, René. Er wiegt acht Pfund und ist 56 cm lang." Er war erstaunt und ergriffen zugleich.
Die Schwester deutete ihnen an, sich jetzt zu verabschieden, und sie drückten mich noch einmal und verschwanden.

Wir hatten vereinbart, dass René immer morgens sehr früh zu Besuch kommt, er sollte möglichst von der Verwandtschaft nicht gesehen werden. Am Nachmittag kamen erst meine Eltern und später auch Martin. Sie freuten sich ebenfalls riesig über den Jungen und der Name „Pascal" gefiel ihnen auch. „Er hat heute zum ersten Mal getrunken und mir sind die Tränen dabei übers Gesicht gelaufen, so hat der kleine Kerl gezogen. Ich werde also mit dem Füttern keine Schwierigkeiten haben. Pascal hat einen sehr guten Appetit." Dann ging die Tür auf und Maria stürmte mit Svenja herein. Alle, außer Svenja, fingen vor Freude an zu heulen. Das liegt wohl daran, dass Köln sowie Frankfurt am Wasser liegen.

Und als dann Pascal von der Schwester gebracht wurde und alle ihn bestaunen konnten, wurde es schön laut im Zimmer. Maria, die ehemalige Stationsschwester, mahnte zu etwas mehr

Ruhe für Mutter und Kind. Meine Mama nahm Pascal in die Arme und wollte ihn nicht mehr loslassen. Sie grüßten mich von Tobias, den sie in der Toskana angerufen hatten, und vor allem von Isabella, der das Laufen jetzt schon schwer fiel.

Nach vier Tagen durfte ich die Klinik verlassen. Martin holte mich zusammen mit René ab. Zu Hause hatten die Mädchen mit Erni und Klotzaugen-Walter alles schön geschmückt zu unserem Empfang und Linda hatte zusammen mit Irene, die aus Hamburg gekommen war, jede Menge Kuchen gebacken. Aber unsere Töchter hatten kaum Zeit etwas zu essen, sie waren mit ihrem kleinen Bruder beschäftigt. René ging am nächsten Tag wieder eifrig seinen Geschäften nach, was mir sehr recht war. Es sollte ja vor Irene nichts auffallen. Und am übernächsten Tag reiste er, bestimmt schweren Herzens, ab nach Frankreich. „Mon Cher, wir telefonieren und gib bitte Pascal einen dicken Kuss von mir." „Adieu, junger Papa", sagte ich leise in sein Ohr.

Irene blieb nur eine Woche, dann meldeten sich meine Mutter an, um zu helfen, obwohl es gar nicht nötig war, denn Pascal war pflegeleicht. Er schlief viel und schrie wenig, aber wenn er schrie, dann entsprechend laut. Er war fast täglich an der frischen Luft und wurde ein richtiger Wonneproppen.

Linda studierte schon ein Jahr Journalismus in Hamburg und wohnte bei Oma Irene.

Anfang Juli hatte René seinen Besuch angemeldet, er musste allerdings erst mal quer durch Deutschland reisen und seinen Geschäften nachgehen, bevor er für den kleinen Pascal Zeit hatte. Sonntags morgens badete ich unser Carlchen, wie wir

ihn auch manchmal nannten, cremte sein Gesicht und den Körper ein, als mir plötzlich sehr heiß und nass am Busen wurde.
Julia stand neben mir und wir lachten laut, als wir die Bescherung sahen. Sein Mini-Pipifax probte bereits einen Aufstand und pinkelte mir zielgenau in den Ausschnitt. „Bravo, Carlchen, gut gemacht", sagte Julia und wir kicherten weiter und der Kleine freute sich mit uns.
Ich machte mich frisch und zog mich um. Und dann war auch schon René da und begrüßte alle. Er hatte jede Menge Geschenke von der Verwandtschaft mitgebracht, und Julia war in ihrem Element. Babysachen auspacken war ihre große Leidenschaft, denn alles sieht ja so niedlich aus.
Ich bekam ein kleines Päckchen mit einem wertvollen Geschenk mit der Bemerkung: „Dein Mann war einverstanden!"
Es war eine wunderbare Goldkette, die mir René mitgebracht hatte. Martin bekam wie immer seinen guten Rotwein und Julia diesmal auch so eine schöne Blumenvase, wie sie Linda schon hatte. René war immer sehr spendabel. Er trug seinen Sohn, so oft es ging, im Garten spazieren und blieb bis Anfang August bei uns.
Anfang Oktober war Julia 17 Jahre geworden und Martin feierte ebenfalls im Oktober seinen 56. Geburtstag. Mama half mir fleißig bei den Vorbereitungen für die Party. An der Kaffeetafel konstatierte sie ganz unvermittelt, dass der Junge überhaupt nicht seinem Vater ein bisschen ähnelt. „Er hat auch eine Mutter", entgegnete ich sofort. „Der Bub kommt eben ganz auf mich raus, dunkle Haare und braune Augen."

Allerdings waren seine Gesichtszüge anders als meine und er ähnelte immer mehr seinem leiblichen Vater René. Und das hat Mama wohl auch gemeint, traute sich aber nicht, es so

deutlich auszusprechen. Ich wäre dann auch mit dem Tortenmesser auf sie losgegangen. Oder doch nicht?
Irgendwann, wenn wir beide alleine sind, wird mich meine Mutter bestimmt fragen, wer der Vater des Kleinen ist und spätestens dann muss ich Farbe bekennen, das war mir nun klar. Pascalchen wurde schon bald sieben Monate und übte fleißig das Sitzen.

Nachdem unser Besuch gegangen war und Martin und ich im Bett lagen, sprach ich ihn gleich deswegen an. Er hatte die Bemerkung meiner Mutter gar nicht richtig mitbekommen, weil er sich so angeregt mit seiner Mama unterhalten hatte.
„Was sollen wir machen, Martin, wir haben ihnen die ganze Zeit nicht die Wahrheit gesagt und wenn der kleine Spatz wirklich immer mehr René ähnelt, werden immer mehr Verwandte merken, dass du nicht der Vater sein kannst. Auch unsere Töchter werden es merken und wir müssten weiter lügen. Das mag ich nicht." „Ich glaube, es ist am besten, wenn wir in dieser Richtung angesprochen werden, dass wir dann endlich die Wahrheit sagen, uns aber weitere Fragen zu unserem Eheleben verbitten." „Das ist gut! Prima, Martin!"

Im Frühling 1972 reisten Martin und ich mit dem Kleinen nach Paris. Pascal war jetzt ein Jahr alt und seine Großeltern wollten ihn kennenlernen. René holte uns am Gare de l' Est mit dem Auto ab. Dann fuhren wir ins Umland dieser wunderschönen Stadt zu den Großeltern, die voller Erwartung vor ihrer Tür standen als wir ankamen. Sie kannten auch mich noch nicht.

Wir wurden sehr herzlich empfangen und ich musste mit Pascal gleich ins Bad, er hatte Kacka in der Windel und roch entsprechend. „Musst du deine Großeltern gleich stinkend begrüßen?", fragte ich den Kleinen und der freute sich riesig und krähte laut, als ich den Haufen entfernte.

Es gab einen Aperitif vor dem Essen, und Pascal bekam von mir einen lauwarmen Fenchel-Tee, der ihm wenig schmeckte. Oma Ivette brachte ihm dann einen Apfelsaft und den genoss er richtig. Er fühlte sich in ihren kräftigen Armen wohl, strahlte sie an und lachte lautstark, als würde er sie schon ewig kennen. Dann führte er allen seine ersten Gehversuche vor und landete gleich wieder auf dem Allerwertesten. Opa Henry hob ihn auf und Carlchen sah den Opa prüfend an, so als wolle er sagen: „Darf der mich überhaupt berühren, Mama?" Opa schenkte ihm nach dem Essen eine Kiste Bausteine, baute ihm Türme und schon war er Carlchens Freund. Denn es gab nichts Schöneres für unseren Sohn, als diese Türme mit einer Hand zu Fall zu bringen und sich auch noch köstlich darüber zu amüsieren. Wir blieben eine Woche bei Ivette und Henry, ich lernte natürlich auch Paris kennen, und sie waren sehr froh über unseren Besuch und versprachen, auch uns im Taunus zu besuchen.

Die Sommerferien verbrachten wir wieder bei Colette und Jacques. Auch sie freuten sich riesig, Pascalchen kennenzulernen. Er konnte inzwischen laufen und Mama und zu Martin Papa sagen. Wir waren so verblieben, dass er später einmal zu seinem richtigen Vater René sagen solle, denn Papa hörte er ja schließlich von seinen großen Schwestern. Linda war nicht mit uns gereist, sie hatte viel zu lernen. Auch Marie-Laure hatte im vergangenen Jahr ihr Abi gemacht und war für ein Jahr als Au-pair-Mädchen nach England gegangen.

Madeleine war inzwischen 16 Jahre und unsere Julia im 18. Lebensjahr. Die beiden hatten in diesen Ferien ständig Krach.

Sie kamen kaum noch auf einen Nenner. Wenn Julchen schwimmen wollte, hatte Made keine Lust dazu und umgekehrt. Außerdem war Madeleine eifersüchtig auf den kleinen Pascal, denn ihre Mutter hatte ihn ständig im Arm und das gefiel der liebebedürftigen Tochter nicht. Später stellte sich heraus, dass sie einen Freund hatte, den sie aber vor uns allen verstecken wollte. Dieser stand jedoch eines Tages vor der Tür und Made musste ihn zwangsweise vorstellen. Sie wollte also nicht mehr mit Julia, sondern lieber mit Jean-Claude schwimmen gehen. Kann man verstehen!
Julia hatte auch versucht, sie für die nächsten Ferien einzuladen und Made druckste nur herum und zeigte wenig Interesse. Jetzt war allen klar, warum. Und Julia hatte großes Verständnis für ihre französische Freundin. „Das ist doch okay, dass dein Freund vorgeht, Made. Ich sehe ein, dass du momentan nicht zu uns kommen willst."

Zwei Tage später sind wir abgereist, haben unterwegs wieder übernachtet und fuhren sonntags nach Hause. „Eigentlich schade, dass unsere Freundschaft nun beendet ist", sagte Julia, als wir abends noch ein bisschen zusammensaßen und Pascal schon schlief. „Weißt du eigentlich, was Madeleine beruflich vor hat?", fragte Martin. „Sie wird kein Abitur machen, Papa, sie ist nicht so gut in der Schule wie ihre Schwester und wird auch nicht studieren. Sie will Konditorin werden und wird im eigenen Geschäft nach der Lehre arbeiten. Ich finde das gar nicht so schlecht."
„Ja, Julchen, es können eben nicht alle Leute studieren, wo kämen wir da hin. Wenn unser lieber Klotzaugen-Walter studiert hätte, hätten wir keinen Gärtner und da draußen eine Wildnis. Ich bin für solche Arbeiten nicht geboren und deswegen ist es gut, dass jeder versucht, das zu tun, was ihm Freude macht.

Wenn der Beruf keine Freude macht, geht viel Lebensqualität verloren."
Dann meldete ich mich auch wieder mal zu Wort und fragte Julia, was sie nach dem Abitur nun studieren wolle, und sie sagte uns, nachdem sie einen so lieben kleinen Bruder bekommen hätte, wolle sie doch Pädagogik und nicht Architektur studieren und an einer Grundschule unterrichten, vorausgesetzt, sie schaffe das auch. „Mit deiner großen Liebe zu Kindern wirst du das schon schaffen", sagte Martin und ich stimmte zu. Wir gaben ihr noch einen Gute-Nacht-Kuss und gingen schlafen.

Am nächsten Morgen war Julia vor uns wach und gab Pascal schon sein Fläschchen. Ich deckte im Esszimmer den Frühstückstisch. Dann sah sie an seinem linken Mittelfinger ein winziges Muttermal und sagte zu mir: „Schau mal, Mama, Carlchen hat genau so ein winziges Muttermal wie René und auch am gleichen Finger."
Das hatte ich bei René noch nicht gesehen, interessierte mich auch wenig. Mir wurde aber heiß und kalt, was sollte ich nun meiner Tochter sagen? Ich war äußerst ratlos, schaute nur kurz auf das Muttermal, machte „hm" und deckte weiter den Frühstückstisch. Zu meinem Glück kam gerade Erni herein, sie hatte sich etwas verspätet, entschuldigte sich und fing an, Kaffee zu kochen. Ich ging, so schnell ich konnte, ins Bad. Dort war Martin und rasierte sich. Ich erzählte ihm, was Julia entdeckt hatte. „Was machen wir nun, Martin?" „Ich hätte nie gedacht, dass ausgerechnet Julia diejenige ist, die zuerst etwas merkt. Bei jedem Besuch meiner Mutter habe ich damit gerechnet, dass sie wieder damit anfängt, dass dir der Kleine überhaupt nicht ähnelt." Martin sah mich ratlos an und dann sagte er: „Am besten ist es, wenn wir heute Abend mit beiden

Mädchen reden. Ich denke doch, dass Linda heute wieder aus London zurück ist." Wegen ihres weiteren Studiums wollte sie sich dort einmal informieren und eventuell im nächsten Sommer ein Semester in London studieren.

Julia hatte wohl gemerkt, dass es mir peinlich war, was sie da bei Pascalchen festgestellt hatte, und bohrte nicht weiter. Taktgefühl ist etwas, was man nicht lernen kann, dachte ich in diesem Moment.

Am Nachmittag kam Linda zurück und ich hatte bemerkt, dass die beiden etwas zu tuscheln hatten. Nun ist es raus! Martin hat Recht, wenn wir heute Abend mit ihnen darüber reden, sie sind keine Kinder mehr. Aber ich hatte große Angst, dass sie mich hierfür verachten könnten.
Linda erzählte von ihrer Reise nach London, dem tollen Wetter, und dass es im kommenden Sommersemester für sie in dieser schönen Stadt klappen würde. Das war eine positive Nachricht. Sie würde also nur noch das Wintersemester in Hamburg bleiben und dann nach London gehen.

Nach dem Abendessen setzten wir uns auf die Terrasse und Papa holte eine Flasche Champagner aus dem Keller. Ein Geschenk von Pascalchens französischen Großeltern. Es wurde angestoßen, und Martin ergriff feierlich das Wort: „Wir haben euch etwas zu beichten", fing er an und erzählte unsere Geschichte mit meinen zwei Männern und seiner Impotenz.
Linda sah Julia an: „Was habe ich dir vor kurzem gesagt, der kleine Spatz ist bestimmt von René, er hat genau die gleiche Mimik wie sein Vater und sieht unserem Papa überhaupt nicht ähnlich. Von Mama hat er ebenfalls nicht viel, höchstens hinten runter, von vorn ist er, soweit ich das beurteilen kann, ganz der

Vater." Wir mussten lachen.
Dann ergriff ich das Wort und sagte: „Es tut mir Leid, dass wir euch so lange im Unklaren ließen, aber außer Jacques und Colette sowie Maria und Johannes weiß niemand etwas davon." Dann sagte Julia: „Und so kann es auch bleiben, wir können doch dichthalten, das geht die anderen nichts an." Linda nickte zustimmend. Wir prosteten uns wieder zu und ich nahm einen so großen Schluck, dass mir danach fast schwindelig wurde.
„Ich bin so froh, dass ihr jetzt Bescheid wisst. Wir waren im Frühling auch nicht alleine in Paris, sondern wir haben uns mit René getroffen und den Kleinen seinen französischen Großeltern präsentiert. Sie haben sich riesig gefreut über Pascal." Linda sagte noch: „Wir haben doch volles Verständnis für eure Situation. Hauptsache ist, wir bleiben die Familie, die wir immer waren, und René ist schon mehr als eine Sünde wert, wenn man hier überhaupt von Sünde reden darf. Das Ergebnis ist doch zuckersüß."
Das muss Pascal gehört haben, denn er fing an zu schreien. Vielleicht hatte er auch nur Lindas laute Stimme vernommen und wollte unbedingt zu uns. Linda eilte, um ihn zu holen, und die Welt war für ihn wieder in Ordnung. Er feierte bis 23 Uhr mit uns, dann brachte ich ihn in sein Bettchen, und er schlief auch sofort ein. Da es noch immer sehr schwül war, blieben wir noch eine Weile sitzen und gingen erst gegen Mitternacht schlafen.
Im Bett sprach ich noch lange mit Martin über die liebe Reaktion unserer Töchter. Und auch er war ganz gerührt, dass sie so viel Verständnis hatten. Wir gaben uns dann einen Gute-Nacht-Kuss, denn zum Kuscheln war es viel zu warm, das sparten wir uns für den Winter auf.
Von meiner Mutter kam in dieser Richtung kein Kommentar mehr, sie war mit sich selbst beschäftigt. Hatte, als es auf den

Winter zuging, oft Arthrose und Ischias. Papa war ihr jetzt eine große Hilfe.

Linda lebte inzwischen in London und wollte zu ihrem 22.Geburtstag im August '73 wieder bei uns sein. Julia bereitete sich schon auf das Abitur vor. Auch Pascal war stark beschäftigt. Er spielte leidenschaftlich gerne mit kleinen Autos, die man einfach so in die Hand nehmen konnte, auf keinen Fall etwas Ferngesteuertes. Das war nichts für unseren Sohn. Und Martin hatte seinen Spaß mit ihm und beschenkte ihn immer wieder mit neuen Modellen. Besonders Polizei- und Feuerwehr-Autos sowie Krankenwagen waren gefragt.
Martin liebte ihn genauso wie seine Töchter.

Kein Schwiegersohn in Sicht

Im Sommer 1974 hatte Julia ihr Abitur bestanden, es gab eine riesige Party mit Feuerwerk in unserem Garten und im Oktober fing sie an zu studieren. Manchmal hatte Julia auch einen Freund, aber keiner durfte ihr zu nahe kommen, das mochte sie noch nicht.

René besuchte uns von Zeit zu Zeit, und wenn Martin in der Apotheke und Pascal im Kindergarten waren und die Luft auch sonst rein war, ging es uns beiden besonders gut. Wir hatten immer noch viel Spaß miteinander und mussten nicht mehr aufpassen, dass ich schwanger werde. René hatte sich nach der Geburt von Pascal sterilisieren lassen, was ich sehr begrüßte.

Nach dem Studium absolvierte Linda ein zweijähriges Volontariat bei einem Hamburger Zeitungsverlag, bei dem sie schon während des Studiums teilweise tätig war. Danach ging sie für den gleichen Verlag als Auslandskorrespondentin nach London. Wir sahen uns nur noch selten.

Im August 1978 wurde Linda 27 Jahre und es war noch kein Schwiegersohn in Sicht. Wir hatten, als sie noch in London war, Irene mehrfach besucht und mit ihr hierüber gesprochen. Sie erzählte uns, dass Linda eine kurze Liebschaft gehabt habe, es hätte sich aber herausgestellt, dass der Mann verheiratet war, was er ihr nicht gesagt hatte. Der Typ hatte sie regelrecht belogen und da machte sie sofort Schluss mit ihm. „Eure Tochter hat keine besonders gute Meinung von Männern", sagte

Irene. Linda hatte ihr erzählt, dass es für sie nur zwei nette und brauchbare Männer geben würde und das seien Papa und René.
Sie ist noch immer in ihn verknallt, dachte ich. Und Martin war der Meinung, dass es doch auch in England nette Männer geben könne und vielleicht hätte sie dort mehr Glück.
„Es gibt auch Frauen, die überhaupt nicht heiraten wollen, mein lieber Sohn, und vielleicht gehört eure Tochter zu diesen Frauen. Sie will in der Welt herumkommen, wie sie mir sagte, und da sei eine Familie nicht das Ideale." Bei Martin und mir fielen die Kinnladen runter, aber es war Lindas Leben und wir hatten kein Recht, ihr etwas vorzuschreiben.

Linda besuchte uns an Weihnachten und hatte einen fast zwei Meter langen Engländer im Schlepptau, der sich allerdings mehr für Männer interessierte, wie sich später herausstellte.
Pascal war inzwischen 7 Jahre und ein fröhliches Kind mit vielen Ideen. Sein soziales Engagement in der Schule war sprichwörtlich. Er war immer bereit, Schwächeren, besonders in Mathe, jedoch auch in allen anderen Fächern, zu helfen. Und bei mir half er gerne in der Küche.

Nachdem meine Mutter so glücklich über ihre neue Einbauküche war, kaufte mir Martin ebenfalls eine Einbauküche, denn ich hatte immer noch die alten Teile von Oma Käthe und der Herd funktionierte nur, wenn er Lust dazu hatte. Jetzt waren wir dabei, alles auszumisten und nicht mehr Brauchbares für den Sperrmüll bereitzustellen. Auch der Gärtner und Erni halfen uns. Und siehe da, in einer kleinen Glasschütte, die eigentlich für Gewürze bestimmt war, fand ich einen Zettel auf dem das Rezept der gedeckten Apfeltorte stand, welchen Oma Käthe bis fast an ihr Lebensende für uns immer wieder gebacken hat. Ohne diesen Kuchen gab es keinen Geburtstag in unserem Haus.

Man nehme: 300 g Mehl, 2 gestrichene TL Backpulver, 100 g Zucker und 2 Vanille-Zucker, 100 g Butter oder Margarine und 1 Ei.
Hieraus einen Knetteig herstellen und eine halbe Stunde im Kühlschrank belassen.
750 g geschälte Äpfel (sehr gute Sorten sind: „Geheimrat Oldenburg", „Ontario" oder im Winter „Boskoop"). Diese werden in kleine Stücke geschnitten und kurz mit 3-4 Esslöffel Wasser gedünstet. Danach von der Herdplatte nehmen.
Den Teig aus dem Kühlschrank holen, Arbeitsfläche mit Mehl bestreuen, 2/3 des Teiges zu einer runden Platte mit dem Nudelholz ausrollen und in eine gefettete Springform (28 cm) geben. Einen ca. 2 cm hohen Rand andrücken, 2-3 Zwiebäcke zerbröseln und auf die Teigplatte geben.
Die Äpfel mit Zucker und Zimt (2-3 TL) nach Belieben würzen und ebenfalls auf den Teig geben. Bei 175 Grad 20 Minuten backen. Inzwischen den restlichen Teig ausrollen, die Teigplatte auf den vorgebackenen Kuchen geben und mit einer Gabel in die Platte mehrmals einstechen . Nochmals 15-20 Minuten backen, aus dem Herd nehmen und auskühlen lassen.
Dann mit Puderzucker bestäuben oder eine Zitronen-Glasur draufgeben.
Für Kalorienbewusste: Weniger Zucker nehmen, dafür Flüssig-Süßstoff.

Es macht etwas Arbeit, aber es lohnt sich. Und am besten ist es, wenn man diesen Kuchen erst am nächsten Tag anschneidet.
Pascal wollte gleich so einen Apfelkuchen mit mir backen, aber jetzt musste erst mal die ganze Küche leergeräumt wer-

den und wir behalfen uns für einige Tage mit einem Zwei-Platten-Kocher, den wir auf der überdachten Terrasse stehen hatten. Fünf Tage später kam die neue Küche und es dauerte fast zwei Tage, bis alles am richtigen Platz stand.
„Mama, jetzt backen wir zwei einen Apfelkuchen", sagte Carlchen und das haben wir dann auch gemacht, weil wir nun doch noch das Rezept von Oma Käthe gefunden hatten, was ich schon so lange suchte.

Ich hatte auch endlich eine Spülmaschine und war sehr glücklich mit meiner neuen Küche in hellbeige mit etwas Eiche rustikal. Pascal war begeistert von dem Herd mit der Glastüre, durch die er jetzt immer nach den Kuchen und sonstigen Speisen schauen konnte, ohne die Tür zu öffnen.
Vor Weihnachten half Carlchen beim Plätzchen backen. Er wollte immer wieder neue Rezepte ausprobieren. Dann verpackte er von allen Sorten welche, aber getrennt, in Folie. Diese kamen dann in eine große Blechdose, die er beim Ausmisten der Küche gefunden hatte. „Das schicke ich den Eltern von René nach Frankreich, die sind immer so lieb zu mir, wie richtige Großeltern. Und ich muss ihnen auch mal was Gutes tun. Außerdem habe ich dir beim Backen doch schön geholfen, Mama. Darf ich das schreiben?" „Natürlich darfst du das schreiben, Pascal. Es stimmt doch."
Der Junge wusste noch nicht, dass es sich hier um seine richtigen Großeltern handelt. Irgendwann müssen wir auch ihn aufklären und es meinen Eltern und Irene sagen, dachte ich.

Alles aufgeklärt

Die Osterferien 1981 wollte Pascal unbedingt bei Oma und Opa in Frankreich verbringen und René kam schon eine Woche vorher angereist, um ihn zu holen.

Ich sprach mit René und Martin, ob es jetzt nicht doch an der Zeit sei, den Jungen, der nun in diesem Jahr ins Gymnasium kam, über unser Verhältnis aufzuklären. „Dann musst du es auch deinen Eltern und Irene sagen", meinte Martin, René nickte. Pascal sah so seinem Vater ähnlich, dass es sowieso jeder merken konnte. Und Irene hatte es schon längst von Linda erfahren.

„Mama, Irene hat so lange gebohrt, bis ich lachen musste. Ist das sehr schlimm?" „Nein, meine Süße, das sagen wir heute auch Carlchen und in den nächsten Tagen meinen Eltern."
Julia und Linda sahen sich an und sagten wie aus einem Mund: „Ojee!"

Am Abend sprachen wir mit Pascal über unsere Geschichte und der Junge war äußerst vernünftig und freute sich riesig, dass René sein eigentlicher Vater ist und dessen Eltern seine Großeltern. „Papa René, darf ich in allen Ferien nach Frankreich zu Oma und Opa?" „Ja, mein Junge, das darfst du." Wir waren alle glücklich, dass es jetzt raus war.

Als René und Pascal abgereist waren, sind wir zu viert rüber zu meinen Eltern. Sie konnten nicht zu uns kommen, weil sich mein Vater den Fuß so verstaucht hatte, dass er jetzt einen

dicken Verband tragen musste. Es war auf der Leiter passiert, als er Mama beim Gardinen aufhängen helfen wollte. Nun ja, mein Vater war nicht so sportlich, eher etwas ungelenk. Und Mama war immer etwas ungeduldig mit ihren Gardinen. Die mussten unbedingt vor Ostern gewaschen werden.
Wir tranken zusammen Kaffee, ich hatte Kuchen mitgebracht und Mama hatte ebenfalls einen Kuchen gebacken und als es so richtig gemütlich war, schnitt ich das Thema an. Papa reagierte ganz ruhig .
Mama sah immer wieder zu Martin rüber, der ihr wohl zu locker damit umging. Das konnte und wollte Mama nicht begreifen. „Und wo ist Carlchen jetzt?", fragte mein Vater. „In Frankreich bei seinen Großeltern, Papa."
„Wissen diese Leute Bescheid und was haben sie dazu gesagt?", fragte Mama streng.
„Ja, natürlich wissen sie es, und sie haben sich sehr gefreut, dass sie außer den beiden Mädchen von Jacques und Colette einen Enkelsohn von René bekommen haben."
„Und von dir!", kam es zurück. In solchen Dingen ist Mama eben mehr als korrekt.

„Kann sich der Junge denn überhaupt mit den Großeltern in Frankreich unterhalten?", fragte Papa. „Aber natürlich, lieber Schwiegervater", sagte Martin. „Wenn René bei uns ist, spricht er mit Pascal fast nur Französisch, er ist sozusagen zweisprachig aufgewachsen. Und das ist gut so."
Mama schluckte. Diesen Brocken, den wir ihr an einem so herrlichen Frühlingstag vorwarfen, musste sie erst mal verdauen. Das konnte Tage und Wochen dauern, denn wir sind doch eigentlich eine sehr ordentliche Familie, schoss es mir durch den Kopf. Weiß es deine Mutter, Martin?", fragte Mama, und Linda bestätigte, dass es Oma Irene sozusagen aus ihr heraus-

gelockt hätte, vor etwa einem Jahr. Sie hätte die beiden einmal gemeinsam lachen sehen und die Mimik von Vater und Sohn sei so identisch, dass es für Irene damals schon feststand, dass Martin nicht der Vater sein konnte.

Julia wechselte geschickt das Thema und sprach von ihrem künftigen Arbeitsplatz in einer Dorfschule. Gegen Abend gingen wir heim. Beim Verabschieden hat Mama sogar mit mir gelächelt und mir einen Kuss auf die Wange gedrückt. Das konnte nur Gutes zu bedeuten haben.
Das Telefon klingelte. „Mama, Pascal will dich sprechen", rief Julia. Um mich ein bisschen zu necken, sprach er erst nur Französisch, und zwar in einem Tempo, dass ich kaum etwas verstand. Er lachte sich fast kaputt. „Hallo, mein kleiner Großer, wie geht es dir?" „Sehr gut, Mama. Wir fahren morgen nach Breteau zu Onkel Jacques und Familie. Sollen wir von euch grüßen?"
„Auf jeden Fall, mein Schatz. Aber wieso fahrt ihr in den Süden?" „Hier bei Paris ist sehr schlechtes Wetter, es regnet den ganzen Tag, und ich kann noch nicht mal Fußball spielen."
„Ist es auch kalt bei euch?" „Nein, Mama, nur sehr trübe und nass. Deshalb haben wir entschieden, in den Süden zu fahren. Sie freuen sich auf unseren Besuch und bei Ihnen ist es schon 20 Grad warm." „Möchtest du noch Papa Martin sprechen, Carlchen?" „Ja, gib ihn mir mal an die Strippe." Sie schwätzten noch eine Weile, Martin lachte mehrmals laut ins Telefon und ich freute mich, dass sich an dem herzlichen Verhältnis der beiden nichts geändert hat.

Irene kam am nächsten Tag zu Besuch, und wir erzählten ihr, dass jetzt auch meine Eltern wüssten, dass Pascal nicht Martins, sondern Renés Sohn sei. Und wie meine sonst so liebe

Mama auf diese Nachricht reagiert hat. Es gab viel Gelächter, und wir hatten ein schönes Osterfest. Unser Leben verlief nun wieder in geordneten Bahnen.

Pascal kam im Spätsommer ins Gymnasium. Linda berichtete immer noch aus England und ich bekam ständig unangenehme Schweißausbrüche. Die Wechseljahre. Halleluja!
Und Papa wurde im Oktober 66 Jahre, was wir ausgiebig feierten. Irene war von Ostern bis zu Martins Geburtstag bei uns. Es ging ihr gesundheitlich nicht so gut. Im September hatte sie ihren 86. Geburtstag. Und plötzlich wollte sie nach Hause, obwohl sie immer wieder erkältet war und viel hustete.

Martin brachte sie Ende Oktober zum Flughafen und in Hamburg wurde Irene von ihrer Haushaltshilfe abgeholt. Das hatten wir so vereinbart. Diese alleinstehende Frau war nicht verheiratet, hatte keine eigene Familie und konnte sich gut um Irene kümmern.
Sie schlief auch bei Irene im Haus, weil meine Schwiegermutter nicht alleine sein wollte. Und sie hat es dann auch geschafft, Irene davon zu überzeugen, dass sie sich mal im Krankenhaus richtig untersuchen lassen sollte.
Der Chefarzt rief nach einer Woche bei Martin in der Apotheke an und sagte ihm, dass sie für seine Mutter nichts mehr tun könnten, sie habe Lungenkrebs, müsse in der Klinik bleiben, um ihr das Sterben zu erleichtern. Martin war total geschockt, rief dann sofort bei mir an und wir überlegten, was zu tun sei. Wir flogen am nächsten Tag nach Hamburg und sprachen im Krankenhaus nochmals mit dem Arzt. Er meinte, es könne nach drei Wochen zu Ende sein, aber auch noch vier Monate dauern, das wisse selbst er nicht, da sei ein anderer für zuständig und sah nach oben. Wir hatten Tränen in den Augen, doch

der Arzt tröstete uns. „Herr Peh, ihre Frau Mutter ist 86 Jahre, das ist ein schönes Alter, und hier wird sie gut versorgt." Martin wollte, dass seine Mama ein Einzelzimmer bekomme. Der Arzt sagte ihm aber, dass sie das überhaupt nicht wolle. Sie sei froh, etwas Gesellschaft zu haben. „In dem Drei-Bett-Zimmer ist immer jemand in der Nähe ihrer Frau Mutter und kann jederzeit der Schwester klingeln, wenn sie selbst nicht mehr kann. Machen Sie sich nicht so viele Sorgen, alle Menschen gehen irgendwann einen ähnlichen Weg."

Wir besuchten Irene noch dreimal, dann flogen wir wieder nach Hause. Dort erwartete uns sehnsüchtig Pascal. Heide, die Haushaltshilfe von Irene, hielt uns täglich auf dem Laufenden.
Martin flog alle zwei Wochen zu seiner Mutter und nach Weihnachten flog ich auch mit. Sie sagte uns mit einem Lächeln auf den Lippen: „Kinder, ich mache nicht mehr lange, es geht zu Ende mit mir. Aber ich habe ein schönes Leben gehabt. Nette Eltern, einen lieben Mann und einen besonders lieben Sohn und eine gute Schwiegertochter und Enkelkinder, was will man mehr. Ich brauche jetzt meine Ruhe."
Ich hätte am liebsten drauflos geheult, riss mich aber zusammen, nur Martin durfte ich nicht anschauen, denn ich spürte, wie er litt.

Wir blieben bis Anfang Januar 1982 und telefonierten täglich mit Julia und Pascal. Auch Linda rief alle zwei Tage aus London an und kam Silvester zu uns nach Hamburg.
Nach Feiern war uns nicht. Irene wurde immer schwächer. Am 3. Januar sind Martin und Linda zu ihr gefahren. Ich blieb zu Hause, weil ich mich stark erkältet hatte. Am Abend ist Irene in Martins Armen für immer friedlich eingeschlafen. Mit

verheulten Augen kamen die beiden zurück und fielen mir regelrecht in die Arme. Was jetzt zu erledigen war, Pietät anrufen und so weiter, regelte Heide, die Haushälterin, für uns. Eine Woche später war die Beisetzung.

Julia, ihr Verlobter und Pascal reisten im Zug an. Martin besprach mit Heide alles Weitere. Sie und der Gärtner sollten nach wie vor im Hause seiner Eltern tätig sein, denn verkaufen wollte er dieses Anwesen nicht. Immerhin arbeitete Linda für einen Hamburger Verlag und hatte sich im 1. Stock gemütlich eingerichtet. So sollte es auch vorerst bleiben. Meine Eltern meldeten ebenfalls Bedarf an. Sie fuhren gerne mit dem Zug in die Hansestadt und verbrachten dort ein paar Tage oder auch Wochen Urlaub.

„Unsere Familie schrumpft immer mehr zusammen", sagte Julia nach der Beisetzung zu mir. „Es kommen aber bestimmt irgendwann auch neue Menschen nach, Julia." Linda nahm uns zur Seite und sagte, sie hätte die Hoffnung auf ein Kind längst aufgegeben. Und wenn sie schon kein Kind bekommen könne, dann wolle sie auch nicht heiraten. Sie war im 31. Lebensjahr und wollte gern die Welt kennenlernen. Julia und ihr Verlobter hatten ihre Hochzeit für den kommenden Mai geplant. Ein kleiner Lichtblick für mich.

„Dürfen wir überhaupt da schon heiraten, Muttchen, oder müssen wir jetzt ein ganzes Jahr warten, wegen Omas Tod?" „Wir sehen das nicht so eng, meine Liebe, und ihr heiratet ja nicht in Hamburg, sondern bei uns im Taunus. Also wird sich hier keiner den Mund verbrennen. Und wenn schon, das interessiert mich überhaupt nicht. Aber du solltest in jedem Fall mit deinem Vater darüber reden."

Martin stand bereits hinter mir, ich hatte es nicht bemerkt, und gab seine Zustimmung.

Dann musste ich mich ein bisschen um Pascal kümmern, er war sehr traurig und wollte mit mir schmusen. Das durfte natürlich niemand sehen und wir gingen in Lindas Wohnung.
„Mama, ich kann mir gar nicht vorstellen, dass du einmal stirbst", sagte er und ich erwiderte: „Ich auch nicht!"
Ich streichelte ihm zärtlich über sein welliges Haar, küsste ihn und drückte ihn fest an mich. „Wir werden jetzt über etwas Schöneres reden, mein Junge."
Wir gingen zu den anderen an den Kaffeetisch und besprachen unsere Heimreise für den nächsten Tag.

Es war nasskalt in Hamburg, ich war immer noch erkältet und froh, als wir alle im Zug saßen. Hier war es gemütlich warm und beim Kellner bestellten wir uns einen heißen Kakao und genossen die schöne Bahnfahrt. Pascal kuschelte sich auch hier wieder an mich. Der Tod von Oma Irene beschäftigte den Jungen sehr. Immerhin war es seine erste Beerdigung, die er erlebte.

Im Taunus lag ein bisschen Schnee und Pascal traf sich am nächsten Tag mit Freunden zum rodeln. Das lenkte ihn ab und er wurde von Tag zu Tag fröhlicher.

Ende Mai 1982 feierten wir eine schöne Hochzeit. Unsere Julia war eine wundervolle Braut und ihr künftiger Mann strahlte sie nur so an. Linda war aus London angereist. Sie brachte wieder einen neuen Freund mit, der uns besser gefiel als der lange Kerl von damals. René war ebenfalls schon da, er hatte diesmal seine Eltern mitgebracht. Familie Ypsilon kamen mit ihren Töchtern und einem Schwiegersohn aus Breteau. Madeleine war inzwischen mit einem jungen Bäcker liiert, der bei ihren Eltern angestellt war. Sie selbst war wirklich Konditorin geworden und wie ihre stolzen Eltern berichteten, eine sehr gute. Sie brachten in großen Kühlbehältern die Torten für die Hochzeit mit. Als sie am Auspacken waren, sagte ich zu allen: „Vergesst heute bitte alle Kalorien."

Marie-Laure, die erst bei uns in der Apotheke aushalf, um ihre Deutschkenntnisse weiter zu verbessern und dann in Frankreich Pharmazie studierte, war inzwischen in einem großen Pharmazie-Konzern beschäftigt. Verheiratet war sie noch nicht, hatte jedoch einen Freund.

Es gab natürlich viel zu erzählen. Und wir sollten unbedingt wieder mal nach Breteau kommen und möglichst meine Eltern mitbringen. Ypsilons blieben noch eine Woche bei uns.
In den Sommerferien verbrachten Julia und ihr Ehemann die Flitterwochen auf Mallorca. direkt nach der Hochzeit konnten sie nicht verreisen, sie als Lehrer mussten weiter unterrichten.

Martin, Pascal und ich sowie meine Eltern fuhren in den Ferien, wie besprochen, in die Provence zu Ypsilons. Mama und Papa waren begeistert. Wir machten viele Ausflüge mit ihnen, so dass sie viel von der schönen Gegend sehen konnten. Und sie waren erstaunt, wie gut Carlchen Französisch sprach.
René hatte mir inzwischen einen französischen Vorführwagen geschenkt. Meinen „Käfer" fuhr inzwischen Julia. Der war nicht klein zu kriegen. Vorerst wohnten sie bei uns im Haus.

Jesolo

1985 fuhren Martin und ich im September wieder mal alleine nach Jesolo. Der erste Urlaub zu zweit. Ich war inzwischen schon 55 und Martin bald 70 Jahre. Die Zeit hatte auch bei uns ihre Spuren hinterlassen. Wir gönnten uns viel Ruhe in unserem kleinen Hotel an der Adria und ließen uns verwöhnen. Pascal hatte die Sommerferien wieder in Frankreich verbracht und mit seinen 14 Jahren war er selbständig genug, alleine zu bleiben, immerhin waren Julia und ihr Mann nachmittags auch im Hause.

Bei einem wunderschönen Sonnenuntergang an unserem vorletzten Urlaubstag machten Martin und ich einen Spaziergang am Strand. Martin gefiel mir seit Wochen nicht so recht. Er hatte keine gesunde Hautfarbe und ich das Gefühl, dass ihn etwas bedrückt und er deshalb unbedingt mit mir alleine verreisen wollte.

Händchen haltend liefen wir vom trockenen in den nassen Sand und bis zu den Knien ins Wasser. Er nahm mich immer wieder zwischendurch in seine Arme und drückte mich an sich. So heftig hatte Martin das lange nicht mehr getan. Ich hielt es vor Neugierde nicht mehr aus.
„Martin, was bedrückt dich so sehr? Ich sehe dir an, dass du mir etwas verschweigst, und ich bitte dich eindringlich, mit mir über alles zu reden, egal was es ist."
„Komm, wir setzen uns dort oben hin, Margarethe." Wir saßen im Sand und er sagte nur: „Es geht wieder los!" „Was geht los, Martin?" „Ich habe seit Wochen Blut im Stuhlgang, vermutlich

ist der Krebs jetzt auch dort." Ich hätte laut schreien können, so erschrak ich über diese Nachricht, riss mich aber zusammen. „Martin, es wäre besser gewesen, du hättest früher mit mir darüber geredet, denn das muss unbedingt untersucht werden, das weißt auch du."
„Ich wollte so gerne einmal mit dir alleine verreisen, mein Liebling. Wenn wir in den nächsten Tagen zu Hause sind, gehe ich gleich in die Uniklinik. Das verspreche ich dir."

Ich weinte leise in seinen Armen, Martin tat mir unendlich Leid, das hatte er doch nicht verdient. Er versuchte, alles herunter zu spielen, und tröstete mich, obwohl er so dringend Trost gebraucht hätte.

Wir gingen langsam zurück ins Hotel und fingen an, unsere Koffer zu packen, weil wir am nächsten Morgen fahren wollten. Es war Freitag und die Straßen waren voll mit LKWs, was ich überhaupt nicht mochte. Ich war froh, als wir in Österreich waren und uns dort ein Nachtquartier suchten. Am nächsten Tag bin dann ich gefahren, Martin hatte starke Kopfschmerzen und sollte sich ausruhen.

Mein Mann wurde in der Klinik gleich stationär aufgenommen, für den Fall, dass man operieren müsse. Sie mussten operieren! Ein Stück Darm haben sie entfernt, Chemo und Bestrahlung folgten.
Wir machten schlimme Wochen und Monate durch, und ich fing plötzlich wieder an zu beten, wie früher. Hoffentlich hilft es, dachte ich. René war in dieser Zeit ständig bei uns, aber wir schliefen nicht zusammen. Bei mir wäre da nichts möglich gewesen, und er hatte ja auch Verständnis für unsere schlimme Lage.

Den 70. Geburtstag von Martin feierten wir nur im kleinsten Kreise. Es stand niemand der Kopf nach einer großen Party, die wir eigentlich geplant hatten. Leider kommt es im Leben oft anders, als man denkt.
Mein Vater, der immer so gesund war, bekam aus heiterem Himmel Anfang November 1985 einen tödlichen Schlaganfall in der Wohnung, vor den Augen meiner armen Mutter. Wir holten sie zu uns rüber, sie hatte Angst, alleine im Haus zu sein. Dann hatte Julia die Idee, mit ihrem Mann in Omas Haus zu ziehen und Oma blieb bei uns.

Endlich Nachwuchs

„Ich brauche nämlich etwas Ruhe, bin schwanger", sagte Julia. Endlich mal wieder eine freudige Nachricht!

Am 3. April 1986 brachte Julia einen Jungen zur Welt und sie nannten ihn Lukas Martin.
Pascal war ganz verrückt nach dem Baby und bedauerte es sehr, dass die junge Familie nicht mehr bei uns wohnte. „Ich bin froh, Pascal. Babygeschrei würde mich jetzt sehr stören. Es reicht mir, meine Mutter und einen sehr kranken Mann hier zu haben." Das sah Pascal ein.

In dieser schweren Phase meines Lebens sehnte ich mich oft nach René. Wie gerne hätte ich mit ihm wenigstens eine Woche Urlaub gemacht, irgendwo in Frankreich. René tröstete mich damit, dass er oft erschien und sich auch rührend um Martin kümmerte.
Er spielte mit ihm Schach, oder sie spielten zusammen mit Julias Mann Ralf Skat. Das lenkte Martin ab, und er dachte nicht ständig an seine Krankheit.

Und wenn samstags im Fernsehen Fußball kam, saß auch schon Pascal dabei und fieberte mit. Sein Lieblingsverein war logischer Weise die „Eintracht Frankfurt".

Julias Sprössling entwickelte sich prächtig, Pascal ging öfter rüber zu ihnen, um das liebe Fröschlein, wie er ihn nannte, zu sehen. Immerhin war er Patenonkel geworden und das machte ihn ganz stolz. Wenn sie spazieren gingen, fuhr Carlchen den Kinderwagen. Er wird mal ein guter Vater werden, dachte ich.

Im Sommer fuhren wir nicht weg. Colette hatte die Idee, uns für eine Woche zu besuchen, aber ich musste ablehnen. Erst muss Martin wieder einigermaßen auf die Beine kommen, vorher geht das nicht. René sprach ebenfalls am Telefon mit seiner Schwägerin und Colette sah es ein. „Margarethe kann jetzt keinen Besuch gebrauchen und auch für Martin wäre das viel zu anstrengend. Außerdem wohnt jetzt die Mama von Margarethe hier im Hause und sie braucht Pflege." Rene beendete das Gespräch mit einem kurzen „Tschüss."

Dann regte er sich bei mir auf über die Unvernunft von Colette. Ich versuchte, ihn zu beruhigen, und Pascal sprang plötzlich an ihm hoch und küsste seinen Vater. „Papa René, nicht aufregen, das schadet der Gesundheit." Der Junge war momentan der Einzige, der uns mal zum Lachen brachte. Und er versuchte es bei jeder Gelegenheit. Halt ein richtiger Schatz.

Linda war inzwischen in New York, aber sie konnte sich in dieser Stadt nicht einleben, wie sie uns am Telefon sagte. Sie mochte noch nie Wolkenkratzer. Und jetzt saß sie täglich in einem solchen und berichtete nach Hamburg. Sie hatte furchtbares Heimweh und musste nach kurzer Zeit ihre Arbeit dort beenden. Ein Kollege, der gern diesen Job gehabt hätte, sprang für Linda ein, und sie konnte heimfliegen. Ich hatte Verständnis für sie, Martin nicht. „Martin, es müssen nicht alle Menschen N.Y. mögen", sagte ich ihm.

Anfang August, pünktlich zu ihrem 35. Geburtstag, war sie wieder zu Hause. Sie erschrak, als sie ihren heißgeliebten Papa sah. Aber es ging ihm schon wieder besser, und die Ärzte in der Klinik waren zufrieden mit den kleinen Fortschritten, die er machte.

Julia, Ralf und das Fröschlein kamen zur Begrüßung der Tante aus Amerika. Klein Lukas strahlte Linda an, als würde er sie schon ewig kennen.
Er war jetzt vier Monate alt und quicklebendig. Linda rieb ihre Nase an die Seine, das mochte er besonders gern, und sprach leise mit ihm. „Ich habe dir etwas mitgebracht, mein kleiner Neffe." Dann zeigte sie ihm einen bunten, weichen Ball zum Reinbeißen und einen knuddeligen, weichen Hund. Lukas strahlte. Geschenke okay, sagten seine Augen. Und alle lachten.
Später sprach Linda mit mir über Oma Trudchen und meinte, sie hätte so einen starren Blick. Ich erzählte ihr, dass sie vor vier Wochen einen leichten Schlaganfall hatte. „Oma hat den Tod von Opa nicht verkraftet, Linda." „Wie alt ist Oma jetzt?", fragte Linda. „Sie ist 82 Jahre, aber sie hat keinen Lebensmut mehr. Ich kenne sie so nicht." Linda war bestürzt.
Mehr Sorgen machte sie sich allerdings um ihren Vater. „Glaubst du, Mama, dass er das schafft? du warst doch mal Krankenschwester und hast so deine Erfahrungen."
„Linda, selbst die Ärzte wissen das nicht. Wir können nur hoffen und für Papa beten."

Weihnachten 1986 ging es Martin wieder gut. Die ganze Verwandtschaft traf sich am ersten Feiertag bei uns im Haus zum Kaffee trinken und Plätzchen naschen. Ich habe mehrmals betont, wie schön mir Pascal beim Backen geholfen hat. Und er freute sich hierüber sehr. Auch René war bei uns und stolz auf seinen so lieben Sohn. Ich sagte René oft: „Er sieht aus wie du und ist so nett wie du, Chéri." „Wirklich, Margarethe?" Ich gab ihm zur Bestätigung einen dicken Schmatz auf die Wange und er strahlte mich an. „Margarethe, hat dir schon mal einer gesagt wie nett und lieb du bist?" „Ja, René, das sagen öfter zwei Männer zu mir und da muss ich es wohl auch glauben. Denn zwei können sich kaum irren."

René blieb wieder bis Anfang Januar 1987, dann musste er seinen Geschäften nachgehen und versprach Pascal, ihn in den Osterferien nach Frankreich zu holen. Pascal jubelte. „Papa René, ich habe wieder eine 1 in Französisch bekommen. Sind Monsieur zufrieden mit große Bub?"
René zog ihn an sich und küsste ihn. „Mein Junge, du bist ein Geschenk des Himmels." Ich nickte. Pascal strahlte uns beide an.
„Habt ihr eigentlich schon gemerkt, dass in unserer Familie drei Widder immer im Abstand von einer Woche hintereinander Geburtstag haben?", fragte uns Carlchen.
„Papa René hat am 27.3., eine Woche später am 3.4. wird das Fröschlein Lukas Martin ein Jahr. Und ich habe wieder eine Woche später, also am 10.4. Geburtstag. Ich werde schon 16 und ab dem übernächsten Jahr bin ich dann volljährig." Pascal grinste uns an. „Da haben wir dir nichts mehr zu sagen, das meinst du doch, Carlchen?", sagte ich und René lachte.
„Ich denke, da bin ich kein ‚Carlchen' mehr, Mama." „Ja, mein Sohn, ich werde es mir abgewöhnen." „Das schaffst du nie!" „Aber ich werde es versuchen, du Schlitzohr", sagte ich zu unserem Jungen. Und Pascal küsste uns beide.

Als ich Anfang Februar morgens in die Küche ging, um das Frühstück für alle zu richten, lag meine Mama dort am Boden und war nicht ansprechbar. Irgendwann in der Nacht war sie

aufgestanden und dort zusammengebrochen. Ich holte schnell Martin und Pascal, aber wir schafften es nicht, sie aufzuheben. Selbst Klotzaugen-Walter, der viel Kraft hatte und gerade mit Erni ankam, musste kapitulieren. Wir riefen einen Krankenwagen, und die Sanitäter brachten sie nach Oberursel in die Klinik. Meine liebe Mama kam nicht mehr zu sich und ist am gleichen Tag, zur Mittagszeit, verstorben. Ich war fix und fertig. „Schon wieder eine Beerdigung", sagte ich zu Martin und Pascal und weinte. „Ich gehe bis zur Beisetzung deiner Mutter nicht arbeiten, Margarethe, ich bleibe hier bei dir", sagte Martin. „Ja, ich glaube, das ist jetzt auch notwendig, sonst drehe ich irgendwann durch." Und dann sagte er noch etwas Wunderbares, was mich besonders überraschte:
„Ich habe mir überlegt, nach allem, was du in letzter Zeit durchstehen musstest, meine Liebe, wirst du in den Osterferien zusammen mit Pascal und René Urlaub machen. Ich bleibe hier." „Martin, ich lasse dich doch nicht alleine im Haus, das kommt überhaupt nicht in Frage."
„Doch, Margarethchen, ich habe schon mit Julia gesprochen und sie kommen in dieser Zeit oft zu mir und leisten mir Gesellschaft. Mit Julias Sohn kann ich dann auch mal spazieren gehen und den Wagen schieben. Das macht ja sonst immer Pascal." „Ich werde es mir überlegen, Martin."

Er fuhr am Nachmittag in die Apotheke, um alles Wichtige mit meinem Bruder Thomas zu besprechen. Als er weg war, rief ich gleich René an und erzählte ihm, dass meine Mama verstorben sei und welchen Vorschlag mir Martin gemacht hatte.

René war begeistert. Er hätte sich nie getraut, danach zu fragen, aber wenn es Martins Idee sei, wäre das in Ordnung und ich solle mich nicht sperren.

Abends im Bett redete Martin mit mir nochmals über diese Angelegenheit, und ich kuschelte mich an ihn und bedankte mich. „Du wirst nun mal von zwei Männern heiß und innig geliebt, mein Schatz, das kann und will ich nicht von der Hand weisen." Eng aneinander geschmiegt schliefen wir ein.
Papa René, Pascal und ich fuhren in den Osterferien an die Côte d'Azur. Pascal war viel alleine unterwegs und hielt Ausschau nach schönen Mädchen.
Und René und ich hatten endlich wieder mal uns. Das hatte ich bisher nur in der Zeit gehabt, als alle anderen von Breteau nach Paris fuhren und ich zusammen mit René das Haus der Ypsilons hütete. Damals haben wir Pascal gezeugt.

Leider waren die zwei Wochen viel zu schnell vergangen, und ich dachte mit Wehmut an zu Hause. Ich hatte zwar dreimal mit Martin telefoniert, machte mir jetzt aber doch Sorgen, obwohl er mir immer wieder versicherte, es sei alles in Ordnung.
Und so war es dann auch. Martin schwärmte von Klein-Lukas, als wir ankamen. Er habe viel Spaß mit ihm gehabt. Da dachte ich ganz leise und verschämt: Ich hatte auch viel Spaß in diesem Urlaub!

Wir drei brachten Martin ein wunderschönes Schachspiel mit und Pascal berichtete, dass er es endlich geschafft hätte, sich mal die Spielbeschreibung durchzulesen.
„Papa, jetzt kann ich auch mal mit dir spielen und was ich noch nicht weiß, wirst du mir beibringen." Martin bedankte sich und drückte Carlchen. Er ist noch keine 18, da darf ich wenigstens „Carlchen" denken.
Das Jahr war zu Ende und Linda schon einige Zeit zu Hause. Sie hatte sich ganz von ihrem Verlag in Hamburg gelöst und arbeitete jetzt für eine Frankfurter Zeitung. Linda wohnte wie-

der in ihrer Souterrain-Wohnung bei uns. Einen Mann hatte sie immer noch nicht, und ich machte mir große Sorgen um unsere älteste Tochter. Immerhin war Linda jetzt 36 Jahre. Irgendwann muss ich mit ihr reden, dachte ich.

Im Sommer '88 fuhren wir wieder zu Ypsilons nach Frankreich und verbrachten herrliche drei Wochen dort. Julia und ihre Familie fuhren nicht mit, aber Linda. Und dort hatte ich auch Gelegenheit, eines schönen Morgens mal mit ihr alleine spazieren zu gehen.

„Linda, meine Gute, du hast zwar schon einige Freunde gehabt, aber noch nie etwas Ernstes", fing ich das Gespräch an. Und Linda erzählte mir dann, dass sie schon bei verschiedenen Ärzten gewesen sei, aber sie würde keine Kinder bekommen, das stünde fest. „Bist du sehr traurig hierüber, Linda?" „Nein, Mama, ich habe mich inzwischen damit abgefunden. Julia erwartet ihr 2. Kind und ich darf Patin werden. Darüber freue ich mich sehr."
„Aber du könntest doch heiraten, Linda, oder willst du keinen Mann haben?" „Schon, aber ich bin sehr wählerisch geworden." „Ja, dann lass' dir Zeit, Kind."
Wir pflückten einen bunten Wiesenstrauß und brachten ihn Martin mit. Nachmittags waren wir alle wieder mal in unserem kleinen See schwimmen.

Am 2. März 1989 brachte unsere Julia ein zweites Söhnchen zur Welt. Und Linda wurde glückliche Patentante vom kleinen Maximilian.
Kurz zuvor, im Februar, hatte Linda auf der Mainzer Landstraße in Frankfurt einen kleinen Auffahrunfall, an dem sie schuld war. Und bei dieser Gelegenheit lernte Linda ihren zukünftigen

Mann, Gerhard Üh, kennen. Neugierig, wie ich war, fragte ich eines Tages: „Ist Herr Üh, mit dem du den Unfall hattest, eventuell an dir interessiert, Linda?" Sie lachte und meinte: „Kann schon sein, ich finde ihn auch sehr nett."

Hochzeit in Breteau

Im Sommer war Marie-Laures Hochzeit in Breteau, und wir alle waren eingeladen. Auch Julia und Familie fuhren mit sowie Linda, Gerhard und seine Tochter Natascha.

Marie-Laure war eine entzückende Braut und ich hatte das Gefühl, Linda kam so langsam auf den Geschmack. Gerhard hielt in der Kirche ständig ihre Hand fest, und Natascha kuschelte mit ihr so, als wären sie schon eine Familie. Vor allen Gästen an der Kaffeetafel, die überwältigend war, Madeleine und ihr Vater hatten sich mit der Auswahl der Kuchen und Torten wohl selbst übertroffen, sagte Natascha: „Mein Papa und Tante Linda heiraten auch bald, und da habe ich endlich eine liebe Mama." Erst war es still, dann klatschten alle und riefen: „Bravo!" „Ja, im Frühjahr 1990 wird im Taunus eine Hochzeit sein," sagte Linda. Die Braut sprang auf und drückte Linda ganz fest und sagte: „Ich freue mich so für dich und wünsche dir alles Glück dieser Welt."

Nach einer Woche sind wir abgereist. Martin hatte wieder Blut im Stuhl, wir sagten aber nichts. Er wollte sofort in Frankfurt ins Krankenhaus. Julia blieb mit ihrer Familie noch weitere zwei Wochen in der schönen Provence.

Uniklinik Frankfurt

Martin wurde in der Uniklinik wieder ein Stück Darm entfernt, und diesmal sagten mir die Ärzte, dass ihnen sein Zustand nicht gefalle. Sie würden noch überlegen, ob Chemo und Bestrahlung sein müsse, weil er vor drei Jahren so sehr darunter gelitten hatte. Mir blieb fast der Atem stehen, als ich diese Nachricht hörte. Trotzdem habe ich Julia am Telefon nichts gesagt, ich wollte ihnen den Urlaub nicht verderben. Als sie zurückkamen, lag Martin immer noch in der Klinik, hatte sich aber recht gut erholt.

Julia fuhr mit mir zu ihm. Ralf musste die Kinder hüten. Sie streichelte ihren Vater zärtlich und Tränen rannen über seine Wangen in die Kissen. „Du machst uns Sorgen und Kummer und willst es gar nicht, Papa." Und dann sagte Martin etwas ganz Schreckliches: „Wenn es mit mir zu Ende geht, will ich hier raus und daheim sterben, darum bitte ich euch."
„Aber Martin", sagte ich, „so schnell stirbt es sich nicht. Die Ärzte geben sich alle Mühe dir zu helfen, da bin ich mir ganz sicher."

Im September wurde er entlassen und im Oktober war er schon wieder in der Klinik. Sie mussten noch ein 2. Mal operieren. Seinen 74. Geburtstag verbrachte er im Krankenhaus, danach wurde er entlassen. Martin hat es wohl gemerkt, dass er keine Chance mehr hatte.

„Warum kommt in letzter Zeit René nicht mehr zu uns?", fragte er mich und ich erklärte ihm, dass ich René darum gebeten habe. „Ich möchte mit dir alleine sein, Martin." „Aber René gehört zu unserer Familie, Margarethe, und ich bitte darum, ihn anzurufen, weil ich mit ihm etwas zu besprechen habe." Ich rief sofort an und René war am übernächsten Tag bei uns.

Spät abends, als Martin schon schlief, erzählte mir René, dass Martin ihn gebeten habe, gut auf mich aufzupassen. Er würde bald seinen Platz einnehmen, und er hätte überhaupt nichts dagegen, wenn René in sein Haus, was ja auch mein Haus sei, einziehen würde. „Oh Gott", sagte ich und René meinte: „Dein Ehemann macht sich viele Gedanken und spürt, dass er bald nicht mehr unter uns ist." Ich heulte mich in Renés Armen aus, dann kam Pascal von seinem Freund, mit dem er Tennis spielen war, zurück und versuchte ebenfalls, mich zu trösten.

Am 30. Oktober 1989 starb Martin in meinen Armen. Wir waren alle unendlich traurig. Ich war gerade mal 59 Jahre und schon Witwe. Von da an las ich immer in der Zeitung die Todesanzeigen, weil ich wissen wollte, ob es anderen Frauen auch so ergeht. Als sei das ein Trost. Die Beerdigung war furchtbar, ich hatte vorher fünf Baldrian-Tabletten genommen, aber das nützte überhaupt nichts. René saß in der Kirche hinter meiner Familie in gebührendem Abstand, zusammen mit seinem Bruder und Colette. Pascal und meine Mädchen mit ihren Familien saßen neben mir. Am Grab mussten sie mich halten, sonst wäre ich umgekippt. Meine Beine gaben immer wieder nach. Mit den Verwandten und Freunden fuhren wir in unser Haus und dort legte ich mich erst ein bisschen aufs Bett. Mein Kopf schien zu platzen. Thomas verabreichte mir dann Tropfen, die sehr schnell geholfen haben. Ich ging runter ins große Zimmer zu den anderen, trank einen Kaffee und aß ein kleines Stück Kuchen, den Jacques gebacken hatte. Ich bat Colette und Jacques, wenigstens einige Tage zu bleiben, um noch ein wenig Abwechslung zu haben. Auch René blieb noch drei Tage.

Linda wohnte inzwischen bei Gerhard und Natascha, aber ihre kleine Wohnung neben der Waschküche wollte sie gerne noch eine Weile behalten. Jetzt hatte ich nur noch Pascal. Wir zwei alleine in dem großen Haus, wie werde ich das aushalten. Der Junge bereitete sich auf sein Abi vor und hatte seine Freunde.

René versprach, so schnell wie möglich seine Arbeit in Frankreich und Deutschland zu beenden. Die Herumfahrerei war er leid. Geld hatte er genug verdient und viel gespart. Und wenn es klappt, würde er vielleicht im Frühjahr 1990 bei mir einziehen. Ein Lichtblick!

Ich konnte nicht mehr im Schlafzimmer schlafen, das Bett neben mir war leer und ich wälzte mich jede Nacht nur herum. Es musste schnellstens eine Lösung gefunden werden.
Linda kam zurück zu mir. „Gerhard hat es vorgeschlagen", sagte sie mir. „Damit du wieder schlafen lernst, Mama." Nach einer Woche habe ich sie heimgeschickt zu ihrem Freund.
Jetzt kam meine liebe Maria aus Köln und blieb ebenfalls eine Woche bei mir. Wir hatten uns lange nicht gesehen und es gab viel zu erzählen. Maria war nicht bei der Beerdigung von Martin dabei, sie war zu diesem Zeitpunkt krank und nur Johannes konnte kommen. Sehr langsam gewöhnte ich mich daran, dass Martin nicht mehr lebte.

Als Maria wieder abgereist war, besuchten mich Gerhard, Natascha und Linda. Ich hatte für uns alle gekocht und als wir am

Essen waren, sagte Gerhard: „Die Kleine möchte dich etwas fragen, Oma Margarethe." „Und was ist das, Natascha?"
„Ich bin auch schon ganz schön groß, mache gar nicht mehr ins Bett und kann bei dir schlafen, Oma, wenn du willst." „Das wäre ja ganz toll, Natascha, aber du gehst doch in Frankfurt in den Kindergarten." „Der eine Bub im Kindergarten haut mich immer, da will ich nicht mehr hin, Oma Makarädchen." „Und was sagt dein lieber Papi dazu?"
„Ich kann Natascha in einem anderen Kindergarten unterbringen, aber erst im Frühjahr'90. Wo sie jetzt ist, lasse ich sie nicht mehr. Sie weint jeden Tag und die Damen dort sind nicht in der Lage, die Schlägerei des Jungen abzustellen. So lange könnte sie hier bei dir wohnen, wenn es dir recht ist. Wir würden sie natürlich am Wochenende holen und euch zwei in der Woche besuchen."
Und ob mir das recht war. Natascha schlief bei mir im Schlafzimmer und das war gut so. Das Kind lenkte mich ab. Julia kam auch öfter mit ihren beiden rüber und die Kinder spielten dann zusammen. Abends las ich Natascha immer Geschichten vor und das gefiel ihr besonders gut.

Nicht mehr alleine

René zog im Frühling bei mir ein, so wie es besprochen war. Er hat seinen Dienst beendet und wir feierten am 27.3.90 seinen 61. Geburtstag bei uns. Auch seine Eltern kamen angereist. Es war wieder Leben in meiner Bude.

Linda heiratete ihren Gerhard nicht im Mai. Sie warteten bis Oktober. „Das bin ich meinem lieben Paps schuldig", sagte sie zu mir. Ihr Mann führte inzwischen das Geschäft seines Vaters „Heizung- und Sanitär-Anlagen" in Frankfurt alleine. Linda half ihm im Büro. Ihre Arbeit im Verlag hatte sie längst beendet.

Ein gutes Jahr später, an meinem 61. Geburtstag, Anfang Mai 1991, haben René und ich in Frankfurt standesamtlich geheiratet, so wie es sich Martin gewünscht hatte. Pascal hatte jetzt die ganze 1. Etage in unserer alten Villa für sich und lud ab und zu Freunde ein. René und ich machten es uns unten gemütlich. Wir hatten es gut miteinander. Trotzdem fehlte mir Martin sehr.
Im Frühsommer hat Pascal sein Abitur gemacht. Er hatte immer noch keine Idee was er studieren wollte und half erst mal in unserer Apotheke meinem Bruder Thomas. Das gefiel ihm so gut, dass er dann an der Frankfurter Uni Pharmazie studierte. Und es machte ihm sehr viel Freude. „Schade, dass Martin das nicht mehr erleben durfte?, sagte ich eines abends zu René. Er wäre hierüber sehr glücklich gewesen.

René und ich machten viele schöne Reisen. Unsere gegenseitige Liebe hielt uns lange Jahre jung. Auch die Leichtigkeit und der

Frohsinn von Pascal trugen dazu bei. Er hatte inzwischen eine nette Freundin, die er 1996 heiratete. Endlich wieder mal eine Hochzeit.
Pascal und seine Frau Nadine wohnten bei uns im Haus. „Wenn wir euch auf die Nerven gehen, dann müsst ihr das sagen oder ausziehen", sagte ich zu unserem Sohn. Pascal meinte, wir seien pflegeleicht und sie würden vorerst bleiben. Im Jahr 2000 kam ein Junge zur Welt, kurz nach meinem 70. Geburtstag. Die jungen Eltern waren überglücklich.

Im Juli machten Colette, Jacques, René und ich eine Skandinavien-Reise. Von Kiel aus mit dem Schiff nach Oslo, weiter nach Bergen und Hammerfest, dann über Lappland nach Finnland und von dort nach Schweden. Von Stockholm sind wir dann nach Frankfurt geflogen. Es war teilweise anstrengend, aber wir haben eine Menge gesehen, vor allen Dingen beeindruckende, wunderbare Landschaften.

Erni und Klotzaugen-Walter arbeiteten nicht mehr bei uns. Sie waren ja schließlich älter als René und ich und wir mussten uns für den Garten und das Haus neue Kräfte suchen.
Ich gab in mehreren Zeitungen Annoncen auf und es meldeten sich auch einige Leute. Wir entschieden uns für ein junges, ausländisches Ehepaar, die weder eine richtige Wohnung noch Eltern hatten. Alle waren im Kossovo-Krieg umgekommen. Petro und Mariza waren sehr fleißig und glücklich über die ehemalige Wohnung von Linda.
Als Petros Frau nach einigen Monaten ein besseres Deutsch sprach, erzählte sie mir eines Tages, dass sie in ihrer Heimat vergewaltigt worden sei. Ich nahm Mariza in meine Arme, drückte sie und sagte: „Das ist so furchtbar und schrecklich. Ich hatte ja Ahnung! „Und wie ist es jetzt mit deinem Mann?"

„Er hat mich lange Zeit nicht berührt, aber es geht gut, Petro ist sehr rücksichtsvoll. Und sie sind wie eine Mama zu uns. Das ist auch gut, weil wir keine Eltern mehr haben."

Ich streichelte ihr über das schöne dunkle Haar und das zarte Wesen drückte mir schnell einen Kuss auf und rannte wieder wie ein Wiesel durchs Haus, um sauber zu machen. In diesem Augenblick war ich besonders froh, dass wir uns für dieses arme Pärchen entschieden hatten. Hier bei uns konnten sie doch wieder etwas Glück erfahren. Ganz besonders ins Herz geschlossen, hatten sie unseren Enkel Justin-Henry, Pascals 1. Kind. In jeder freien Minute hatte Mariza den Kleinen im Arm.

In den darauffolgenden Jahren machten wir keine großen Reisen mehr. Wir fuhren mit dem Auto nur nach Süd-Frankreich zu Jacques und Colette. Ansonsten sind wir nur noch geflogen, manchmal nach Mallorca, aber eher nach Griechenland. Ich liebe ganz besonders die grüne Insel Korfu.

René wird 80

Im Jahr 2009 feierte René immerhin schon seinen 80. Geburtstag. Auch wir hatten inzwischen unsere Altersbeschwerden. Keiner bleibt verschont.

Im darauffolgenden Jahr wurde ich 80 Jahre, und meine Haut wurde immer faltiger. Rouge half auch nicht mehr. Aber hatte ich mir diese Falten nicht im Laufe meines Lebens verdient? Ich lag nicht immer in der Hängematte.
Nur im Sommer, wenn es warm war, gönnte ich mir ab und zu ein, zwei Stündchen.
René lag lieber auf einer Gartenliege neben mir und die Enkelkinder kletterten auf ihm herum oder tobten so laut durch den Garten, dass es uns nervte.
Etwas Ruhe wäre uns schon lieber gewesen, aber die ständige Präsenz der Kinder und Enkel im Haus ist für alte Menschen sehr beruhigend.

Julia hatte ihre Arbeit als Lehrerin wieder aufgenommen. Lukas und Max waren oft bei uns und spielten mit Justin-Henry und seiner Schwester Lucienne.
Unsere Linda hatte großes Glück mit ihrem Gerhard. Wirklich ein sehr lieber Mensch und guter Handwerker, nicht nur in seinem Beruf. Gerhard reparierte alles, auch bei uns im Haus. Und Natascha liebte Linda, als sei sie ihre richtige Mutter. Unsere Tochter gab sich auch alle Mühe, das Mädchen liebevoll und ordentlich zu erziehen.
René und ich waren zwei zufriedene Alte, wenn nur nicht immer wieder diese blöden Altersbeschwerden gekommen wären

und die so lästigen Sitzungen im Wartezimmer des Arztes. Ich hatte genau, wie früher meine Mutter, Arthrose und Ischias, und René fiel das Laufen immer schwerer. Außerdem hörte er sehr schlecht. Und Hörgeräte mochte er nicht, weil die manchmal so pfeifen, wie er sagte.

Seelenwanderungen

Haben wir 2014 oder sind wir schon ein Jahr weiter, ich weiß es nicht. Jetzt liege ich zur Abwechslung im Krankenhaus, mit allen möglichen Schmerzen. Was sie mit mir angestellt haben, weiß ich auch nicht. Vielleicht bin ich operiert worden, es ist mir egal. Auf jeden Fall hatte ich meine Kinder rechtzeitig gebeten, keine lebensverlängernden Maßnahmen ergreifen zu lassen. Bin ja vom Fach!
Und plötzlich liege ich in einem Krankenwagen und frage die Sanis: „Wooo fahrt ihr mich denn hin?" „Frau Peh, sie dürfen nach Hause." Ich war beruhigt und hielt meinen Schnabel, weil mir selbst das Reden schwer fiel.

Wie ich in mein Bett kam, weiß ich schon gar nicht mehr. Aber der junge Arzt war ständig da und eine Krankenschwester brachte diese ekligen Tabletten, die ich nicht schlucken konnte. Also gab es jetzt Tropfen gegen meine Schmerzen. Wenn das Zeug unten war, ging es mir besser. Es schwirrten Pascal und seine Nadine um mich herum oder Julia und Linda und mein geliebter René. Sie tupften mir den Schweiß von der Stirn und legten kalte Tücher drauf.
Eigentlich wollte ich noch nicht sterben, aber danach wird man nicht gefragt.

Ich habe auch tagsüber viel geschlafen und sah die vielen Gestalten nur noch durch einen Nebel. Der Arzt war wieder gekommen, ich erkannte ihn an der Stimme und er sagte leise zu Linda und Julia: „Es geht zu Ende, ich kann nichts mehr für ihre Frau Mutter tun." Meine Ohren waren noch prima, ich hörte gut. Aber das war wohl alles, was an mir noch in gutem Zustand war.

Ich bedankte mich bei Gott für mein schönes Leben und betete außerdem:
„Lieber Gott, lass' in der Welt das Gute wachsen, den Glauben an dich und die Liebe zu dir.
Segne alle Menschen, Frauen wie Männer, die sich für Gerechtigkeit engagieren und die sich für Arme und Schwache einsetzen, ohne auf die Hautfarbe, die Nationalität, die Sprache oder Religion zu achten. Amen!"

Pascal, mein lieber Sohn, legte seine Arme um mich und warme Tränen tropften mir ins Gesicht. Vielleicht hat er mich das Gebet leise sprechen hören. René streichelte mir das verbliebene, dünne Haar. Linda und Julia schluchzten: „Mama, liebste Mama", und hielten mir die Hände. Ich spürte noch einen zarten Kuss von René, dann wurde mir ganz leicht.
Ich sah unseren Gartenweg hell erleuchtet und ganz hinten am Pavillon erblickte ich das Gesicht von Martin, der mir zulächelte. Und als Gott sah, dass meine Kraft nachließ und der Körper immer mehr schmerzte, breitete er seine Arme aus und nahm mich zu sich. Meine Seele flog langsam durch das halb offene Fenster hinaus.

Jetzt war ich nur noch ‚Seelchen Margarethe' und der Wind trug mich zu den Wolken.
Ich kam an Wolke 7 an, auf der immer die Verliebten schweben. Ein älterer Herr und ein junger Mann waren zu erkennen, der Ältere hatte ein Lebkuchen-Herz um den Hals hängen, auf dem stand: „In Liebe, deine Eva."
Ach, ist das Adam, der aus dem Paradies, dachte ich. Kann aber nicht sein, da wäre sein grauer Bart viel länger. Der junge Mann machte ein finsteres Gesicht und sagte zu mir: „Verpiss dich!"
Und so einer schwebt auf Wolke 7. Der hat ja überhaupt kein

Benehmen. Ich, das winzige, rosé-goldene ‚Seelchen Margarethe' hatte wohl zu lange hinüber geschaut und das störte ihn. Den Text auf dem Lebkuchenherz wollte ich doch nur lesen. So etwas gibt es auf Weihnachtsmärkten. Ich muss also in der Adventszeit gestorben sein.

Ein starker Süd-West-Wind trieb mich weiter nach oben. Hamburg hatte ich überflogen und jetzt war ich wohl über Schweden. Auf Wolke 1083 ließ ich mich nieder und ruhte aus. Es wurde Nacht.
„Lieber Gott, wo bist du, ich sehe dich nicht, was soll ich hier?"
Eine leise, freundliche Stimme sprach zu mir: „Mich kann man nicht sehen, nur hören und fühlen." Dann war es wieder ruhig.
Und Gott sprach weiter leise zu mir:
‚Seelchen Margarethe', du hast ein sehr ordentliches Leben geführt und das will ich honorieren. du warst gut zu deinen zwei Männern und den drei Kindern. du hast dich liebevoll um deine Enkelkinder, die Alten und Schwachen gekümmert. Ich werde dich zu neuem Leben erwecken."
Gott hat mir also René nicht übel genommen. Großzügig!
„Wie du weißt, ‚Seelchen Margarethe', gibt es auf dieser Erde drei Kreaturen. Pflanzen, Tiere und Menschen. Ich fange mit dir wieder ganz von vorne an, also bei den Pflanzen. Bis zum frühen Morgen kannst du überlegen, welche Pflanze du gerne werden möchtest. Von der Petersilie bis zur Kokospalme. Dir wird schon was einfallen."
Dann war die Stimme wieder weg, und ich überlegte, welch eine Pflanze mir gefallen könnte.

Auf gar keinen Fall Petersilie! Die ist kaum im Garten ein bisschen gewachsen, da wird sie für den nächsten Salat benötigt und abgeschnitten. Da wäre ich ja schon wieder tot. Nur das nicht! Eine Rosenhecke ist sehr schön, dachte ich. Aber da sind auch Dornen dran. Nein, verletzen wollte ich niemand. Oder vielleicht ein Apfelbaum? Äpfel sind gesund und so ein Baum wird alt. Aber viele Äpfel haben Maden. Igitt, das ist nichts für mich.

Plötzlich fiel mir die schöne Lärche in unserem Garten im Taunus ein. Lärchen wechseln im Herbst ihr grünes Kleid. Erst wird es gelb, dann terra. Ihre Nadeln sind weich und verletzen niemand. Und Lärchen werden sehr alt, dachte ich. Ich hatte ja keine Ahnung, wie schnell Menschen das ändern können.

Am Morgen sprach Gott zu mir: „Für welche Pflanze hast du dich entschieden", und ich sagte zu Gott, dass ich gerne eine Lärche wäre. „Wird gemacht, ich wünsche dir ein schönes Baumleben." Dann war es wieder ganz still um mich. Und ich schwebte weiter an vielen Wolken vorbei durch die Lüfte.

Im nächsten Frühjahr stand ich im Park eines Hotel-Areals in Schweden, als Lärchlein neben lauter größerem Gehölze. Meine zarten Äste bewegten sich langsam im kühlen Wind. Auf der einen Seite, ein Stück von mir entfernt, war ein kleiner Parkplatz, auf der anderen ein Kinder-Spielplatz. Manchmal kamen Kinder zu mir und streichelten die zarten Nadeln und ich hörte sie sagen: „Dieser Baum ist am schönsten, seine Nadeln pieksen nicht."

Ich war zufrieden mit meinem Leben als Pflanze. Konnte den Kindern beim Spielen zusehen, konnte Liebespaare beobachten und die vielen verschiedenen Menschen, die in einem Hotel so ein- und ausgehen. Ich hörte den Vögeln bei ihrem Gezwitscher zu, nur ihre Kacke mochte ich nicht auf meinen schönen

Ästen. Das könnten sie auf der Tanne neben mir abladen. Nach drei Jahren war ich fast zwei Meter hoch, aber immer noch ein Lärchenkind.

Wenn in Schweden „Mittsommernacht" gefeiert wurde, haben die Mädchen sich kleine, dünne Zweige von mir geholt und sie mit Blumen zu Kränzen geflochten, die sie dann auf dem Kopf trugen. Lärchenzweige lassen sich eben gut biegen. Man kann sogar den inneren Kern der Zweige mit den Zähnen herausziehen, so dass sie noch biegsamer werden. Mit anderen Zweigen von Nadelbäumen ist das nicht möglich.

Eines Tages gingen verschiedene Leute aufgeregt mit Zollstöcken am Parkplatz auf und ab. „Wenn wir den Parkplatz vergrößern wollen, müssen hier die ganzen Bäume weg", hörte ich sie sagen. Auch Pflanzen können hören und verstehen, das wissen aber die meisten Menschen nicht, dachte ich und war sehr traurig. Was haben die vor und was geschieht mit mir?

Ein paar Wochen später kamen andere Männer. Sie gestikulierten herum und einer sagte: „Der Parkplatz wird richtig vergrößert, also muss hier alles weg." Er deutete in meine Richtung. Ein anderer kam mit einer großen, elektrischen Säge. Sie liefen direkt auf mich zu. Ich zitterte vor Angst. Aber das interessierte niemand. Die kleinen Vögel flogen von meinen Ästen, als man den Motor der Säge in Gang setzte. Und ich schrie: Hilfe, Hilfe, Hilfe!" Meine Schreie wurden nicht erhört. Klar, Pflanzenschreie sind nicht hörbar. Die Säge bohrte sich immer weiter in meinen noch dünnen Stamm. Entsetzliche Schmerzen musste ich ertragen. Oder glauben Sie, ein Baum würde das nicht spüren? Diese Männer haben mich als Lärchen-Kind getötet.

Und als winziges, hellgrünes ‚Seelchen Lärche' flog ich wieder zu den Wolken und hoffte auf ein Zeichen Gottes.
Ich war mit meinen jungen Nerven am Ende und ließ mich auf Wolke 17 nieder, um erst mal nachzudenken. Als der liebe Gott damals, als ich ‚Seelchen Margarethe' war, zu mir sprach und sagte, ich könne mir eine Pflanze aussuchen, da konnte ich doch nicht ahnen, dass mich Menschen in so jungem Alter umbringen. Man hätte mich doch auch verpflanzen können, das wäre nur eine kleine OP gewesen. War ja vom Fach!
Ach, vielleicht war meine Entscheidung total verkehrt. Wenn ich eine Kokospalme geworden wäre, dann hätte ich meine Nüsse diesen unverschämten, elektrotechnischen Baumsägern auf die Füße fallen lassen. Plattfüße hätten die jetzt! Quadratlatschen müssten sie sich kaufen!
Aber was nützt mir alles jammern, hätte, müsste, sollte und so weiter.
In den Regenwäldern und auch sonst auf der Welt werden sowieso viel zu viele Bäume gefällt, und wenige denken darüber nach, was in einigen 100 oder 1000 Jahren aus unserer schönen Erde wird.

Der Wind trieb meine Wolke in Richtung Süden und ich ruhte mich aus. Als es schon dunkel war, hörte ich plötzlich eine leise Stimme die zu mir sprach: „Liebes ‚Seelchen Lärche', es tut mir Leid, dass dein Leben als Baum so schnell beendet wurde, aber so sind sie, die Menschen. Sie nehmen zu wenig Rücksicht auf andere Kreaturen. Ich werde ein Tier aus dir machen. Lasse dir einfallen, was du werden möchtest. Und Morgen früh hören wir wieder von einander."
Meine Wolke wurde vom Wind immer weiter nach Süden getrieben. Ich sah sogar das Mittelmeer. Am frühen Morgen waren wir direkt über Nordafrika, und wohin ich schaute, nur

Sand. Viel Sand. Das musste die Sahara sein. Ich war mir noch immer nicht schlüssig, für welches Tier ich mich entscheiden sollte, da sah ich eine Kamel-Karawane. Ich schaute ihr lange nach, alles sah so friedlich aus und das gefiel mir. Besonders die Kamele. Sie haben vier Beine. Man kann also schneller weglaufen, wenn man von Menschen bedroht wird. Außerdem haben Kamele ein großes Maul und können spucken. Ja, da könnte ich die Menschen, die ich nicht leiden kann, laut anbrüllen und so richtig voll spucken. Herrlich!

Gott meldete sich morgens bei mir mit leiser Stimme und ich sagte ihm, ich würde so gerne ein Kamel werden und da unten in der Sahara leben. Und Gott machte aus mir dem ‚Seelchen Lärche' ein Kamel-Baby.
Der viele Sand in der Sahara war mir am Anfang meines Kamel-Lebens ziemlich lästig, denn meine zittrigen Beine sanken oft tief in den Sand ein und meine Mama musste mir dann hoch helfen. Nach einem Monat war das allerdings schon besser und ich hatte ein schönes Kamel-Leben in der Wüste. Ganz besonders liebte ich den Sonnenuntergang. Da war dann auch immer Feierabend und ich konnte mich ausruhen. Wenn mein liebster Tcha-Tcha jedoch seine Stoßzeiten hatte, wurde es anstrengend. Das ging mir auf die Nerven, und ich verweigerte mich ihm oft. Tcha-Tcha musste sich eine andere Kameldame suchen, und ich hatte meine Ruhe. Zu spucken hatte ich nicht viel, die Berber sind ruhige, friedliebende Menschen. Also blieb auch ich friedlich.

Bis hierher habe ich, das alte Kamel, Ihnen von meinem früheren Leben erzählt und von meinen Seelenwanderungen. Hier unter den Palmen muss ich auch ein bisschen eingedöst sein bei meiner Erzählerei.

Aber jetzt bin ich ganz wach und stelle fest, dass bei Tcha-Tcha, der neben mir liegt, der Kopf schlaff runter hängt und sein Blick starr ist. Und auf mein Stupsen reagiert er nicht. Ist er tot?

Ich fange laut an zu brüllen und Moussa, der Hotel-Angestellte, eilt herbei. Dann ruft er nach mehreren anderen Männern, und sie legen meinen Tcha-Tcha auf ein großes, weißes Tuch und tragen ihn weg. Zwei andere Männer haben abseits ein Loch gegraben und dort legen sie ihn jetzt hinein. Alles kann ich beobachten und bin sehr, sehr traurig.
Mein lieber Kamel-Mann ist tot. Und ich liege nun allein unter den Palmen im Schatten. Was soll ich noch hier auf der Welt? Es war Zeit, mit dem lieben Gott ein Gespräch zu suchen. Wie mache ich das, ich altes Kamel?
Erst wollte ich mal richtig schlafen, ich war sehr müde. Am nächsten Tag, nachdem ich lange geschlafen hatte, bat ich Gott:
„Lasse mich auch sterben. Ohne meinen Partner ist das Leben für mich nicht mehr schön. Außerdem schmerzen mir alle Knochen, besonders die Beine. Ich komme kaum noch hoch und bin schon lange keine Freude mehr für die Kinder der Touristen, die hierherkommen.
Meine Augen, lieber Gott, sind trübe geworden, ich kann nicht mehr gut sehen und mein Appetit lässt immer mehr nach. Also hole mich, Fatima, zu dir." Gott antwortete mir nicht.
Dann betete ich weiter:
„Lieber Gott, du hast damals, als ich das ‚Seelchen Margarethe' war, zu mir gesagt, du würdest mich zu neuem Leben erwecken, weil du mit mir als Mensch und Frau so zufrieden warst. Dann hast du von drei Kreaturen gesprochen und der Tatsache, dass ich diese Stufen bei einer Wiedergeburt durchlaufen wür-

de. Ich war kurze Zeit ein kleiner Lärchenbaum und wurde ermordet. du erinnerst dich bestimmt daran. Dann hast du ein Tier aus mir gemacht und ich bin jetzt bestimmt schon 15 Jahre alt. Vermutlich haben wir jetzt das Jahr 2033.
„Wenn ich dich, lieber Gott, richtig verstanden habe, dann könnte ich noch mal Mensch werden. Das wäre mir sehr recht. Aber mache bitte wieder eine Frau aus mir. Ich möchte keine so komische Glocke zwischen den Beinen haben, wie das bei den Männern so ist. Das hindert bestimmt beim Laufen.
Nun, lieber Gott, wäre es schön, als kleines Mädchen zur Welt zu kommen, möglichst in der Nähe von Paris, da hätte ich es später nicht so weit zur Uni. Ich möchte nämlich an der Sorbonne Architektur studieren und vielleicht noch etwas Kunstgeschichte.
Lieber Gott, ich wünsche mir eine elegante und nicht so strenge Mama mit wunderschönen Schuhen und Hüten. Und einen stolzen Vater und möglichst zwei ältere Brüder, die mich verwöhnen. Dann hätte ich so gerne eine lachsfarbene Ausfahr-Garnitur, weiße Kissen und einen von den neuesten Kinderwagen in lindgrün-metallic.
Viele Menschen, die an der Seine spazieren gehen, würden dann in diesen wunderschönen Wagen schauen, und mich als Baby bestaunen. Und noch eine Bitte, lieber Gott:
Lass' mich wieder eine ordentliche Frau werden mit vielen Facetten und schenke mir Kinder, deren Leben voller Freude, Frieden und Vertrauen zu dir verlaufen möge.

Ich weiß, das sind viele Wünsche, die ich da geäußert habe, lieber Gott. Aber die Menschen strapazieren dich oft viel mehr mit ihren Sorgen und Wünschen.

Und ich, Fatima, bin doch nur ein altes Kamel!"